JÜRGEN BANSCHERUS

# Spannende Krimigeschichten

Foto: © privat

**Der Autor**

Jürgen Banscherus, geb. 1949, arbeitete nach einem geistes- und sozialwissenschaftlichen Studium als Journalist, Lektor und Dozent in der Erwachsenenbildung. Er ist Mitglied im PEN und war langjähriger Vorsitzender der Jury beim Bundesentscheid des Vorlesewettbewerbs. Seit 30 Jahren schreibt er erfolgreich für Kinder und Jugendliche. Seine Bücher wurden vielfach ausgezeichnet und sind in 23 Sprachen übersetzt. 2010 erhielt er als erster Kinderbuchautor den renommierten Annette-von-Droste-Hülshoff-Preis. Er hat zwei Kinder und lebt mit seiner Frau im Ruhrgebiet.

*Von Jürgen Banscherus ist bei cbj/cbt lieferbar:*
Katana – **Der Junge aus Nirgendwo** (Bd. 1, 22274)
Katana – **Das schwarze Licht** (Bd. 2, 22275)
Katana – **Die Spur der 9 Zeichen** (Bd. 3, 22276)

*E-Book:*
**Der Wald der Abenteuer** (14229)
**Die Stille zwischen den Sternen** (02573)
**Bis Sansibar und weiter** (01438)

JÜRGEN BANSCHERUS

# SPANNENDE KRIMIGESCHICHTEN

cbt

Bei diesem Buch wurden die durch das verwendete Material und die Produktion entstandenen $CO_2$-Emissionen ausgeglichen, indem der cbj Verlag ein Projekt zur Aufforstung in Brasilien unterstützt. Weitere Informationen zu dem Projekt unter: www.ClimatePartner.com/14044-1912-1001

FSC www.fsc.org MIX Papier aus verantwortungsvollen Quellen FSC® C014496

Wir produzieren Klimaneutral ClimatePartner.com/14044-1912-1001 Druckprodukt

Penguin Random House Verlagsgruppe
FSC® N001967



1. Auflage 2022
Erstmals als cbt Taschenbuch-Sammelband
Dieser Sammelband besteht aus den Einzelbänden:
»Der Smaragd der Königin« von Jürgen Banscherus

und »Das Gold des Skorpions« von Jürgen Banscherus

Umschlaggestaltung: Grafikagentur Kathrin Schüler
unter Verwendung von Bildmaterial von © Shutterstock.com
(zizi_mentos, Igor Normann)
ah · Herstellung: LW
Satz und Druck: GGP Media GmbH, Pößneck
ISBN 978-3-570-31487-6
Printed in Germany

**www.cbj-verlag.de**

Jürgen Banscherus

# Der Smaragd der Königin

# Inhalt

# Pia ärgert sich

Vor dem Rathaus, dessen Turm seinen Schatten über den Fischmarkt wirft, sitzt Pia auf der Bordsteinkante und befühlt vorsichtig ihre Backe. Dick ist die, mein lieber Mann, und sie wird immer dicker. Außerdem kann Pia spüren, wie ihr linkes Auge zuschwillt. Es ist nur eine Frage der Zeit, wann sie nichts mehr sehen kann. Zum Glück sind ihre Zähne heil geblieben, wenigstens das. Ein abgebrochener Zahn hätte ihr gerade noch gefehlt.

Als Alex in der großen Pause mit seiner linken Geraden auf ihren Kopf zielte, hat sich Pia, wie sie es gelernt hat, weggeduckt. Aber genau darauf hatte Alex wohl gewartet. Mit einem rechten Aufwärtshaken erwischte er sie am Auge, danach mit einer linken Geraden an der Backe. Ein paar Minuten später hat sie ihn k. o. geschlagen, Alex hatte keine Chance. Aber das ändert nichts daran: Mit ihrem zerbeulten Gesicht sieht Pia aus wie Frankensteins Tochter.

Wütend tritt sie gegen eine leere Coladose. Warum haben ihre Eltern sie bloß Pia genannt? Wussten sie nicht, wie oberpeinlich der Name ist? Gleich in der ersten Stunde des neuen Schuljahrs hat ihr Religionslehrer erklärt, dass Pia aus dem Lateinischen komme und »die Fromme« heiße. Natürlich kringelten sich ihre Mitschüler vor Lachen, sie selbst hätte sich am liebsten unter der Bank verkrochen. Über ihre knallroten Haare hatten sich Alex und ein paar andere schon vorher lustig gemacht. Jetzt war noch ihr blöder Name dazugekommen.

Deshalb hat es am Morgen auch den Streit gegeben. Alex ist über den Schulhof gerannt und hat »Es brennt! Es brennt! Die Fromme brennt!« gebrüllt. Alle haben geguckt, sogar der Lennart aus der 7, in den sie manchmal verknallt ist. Was ist ihr da übrig geblieben, als Alex eins auf die Nase zu geben?

Er war schuld an der Prügelei, aber das haben sie ihr in der Schule nicht geglaubt, natürlich nicht, die haben was gegen sie. Und deshalb steckt jetzt ein Brief an die Eltern in Pias Schultasche. Es ist schon der zweite in diesem Schuljahr. Beim ersten Mal hat sie sich mit Sven geprügelt. Allerdings hat ihr Gesicht hinterher nicht halb so schlimm ausgesehen wie nach dem Kampf mit Alex.

Warum haben ihre Eltern sie nicht Katharina genannt? Der Name passt doch viel besser zu ihr. Immerhin war Katharina Zarin und, wenn Pia das im Fernsehen richtig mitgekriegt hat, die mächtigste Frau Russlands. Gegen Madonna hat sie auch nichts. Oder gegen Marilyn. Aber nein, es hat Pia sein müssen. Die Mädchen in ihrer Klasse haben so doofe Namen wie Laura, Julia oder Friederike. Trotzdem würde sie mit jeder von ihnen tauschen.

Während Pia durch die Stadt läuft und sich ärgert, wacht Puschkin auf. Die Uhr auf dem Nachtschränkchen zeigt halb eins, nicht zu fassen, wie lange er geschlafen hat. Durchs Dachfenster scheint die Sonne ins Zimmer, eine einsame Wolke schippert Richtung Hafen.

»Mittagessen ist fertig!«, hört Puschkin Viola rufen. »Es gibt Tofuschnitzel!«

Er verzieht das faltige Gesicht zu einer Grimasse. »Ich bin krank«, nuschelt er in sein Kopfkissen. »Lass mich bloß mit deinen Pappschnitzeln in Frieden!«

Ächzend dreht er sich auf die Seite und greift nach der Kassette, die neben ihm auf dem Nachtschränkchen liegt. Doktor Höppner hat sie ihm bei seinem letzten Besuch mitgebracht. Wann war das? Gestern? Oder letzte Woche? Puschkin kann sich nicht erinnern, in letzter Zeit spielt sein Gedächtnis manchmal verrückt.

Er nimmt sein Gebiss aus dem Wasserglas, steckt es sich umständlich in den Mund und setzt die Lesebrille auf. Seit er einmal aus Versehen drauf geschlafen hat, sind beide Bügel mit Leukoplast geflickt. Alle machen Witze darüber, aber ihn lässt das kalt. Er hängt an seiner Brille, er will keine andere.

»M-e-n-t-a-l-e-s S-c-h-w-i-n-d-e-l-t-r-a-i-n-i-n-g« steht handgeschrieben auf dem Rücken der Kassette, Puschkin hat Mühe, die Schrift zu entziffern. Was hat sich der Doktor bloß dabei gedacht? So ein Training ist was für Staubsaugervertreter. Oder Politiker. Jedenfalls bestimmt nichts für einen alten Knacker wie ihn. Außerdem kann er schwindeln, da steckt er jeden in die Tasche.

Kopfschüttelnd lässt er die Kassette im Inneren des Nachtschränkchens verschwinden. Bei Gelegenheit wird er sie Holger geben. Vielleicht weiß der was damit anzufangen. Puschkins Sohn arbeitet nämlich bei der Bank. Wie Marga, Puschkins unverheiratete Tochter. Die beiden sind leider völlig aus der Art geschlagen. Das Interesse an allem, was mit Geld zu tun hat, haben sie von ihm geerbt, immerhin. Aber Bankangestellter wäre er nie geworden, nie im Leben!

Holger hat das rot geklinkerte Haus am Kirchweg 27 vor zwölf Jahren gekauft. Puschkin haben sie in der Einliegerwohnung im zweiten Stock einquartiert. Sie besitzt eine winzige Schlafkammer, ein nicht viel größeres Wohnzimmer und ein Bad. In den Sommermonaten ist es hier heiß wie die Hölle, im Winter manchmal so kalt, dass Puschkin nachts die gefütterte Mütze mit den gestrickten Ohrenklappen aufsetzen muss. Im Erdgeschoss und im ersten Stock wohnt Holger mit seiner Familie, das Souterrain haben sie für Marga ausbauen lassen. Seit zwanzig Jahren wartet sie auf einen steinreichen Grafen oder den Vorstandsvorsitzenden einer Bank. Darunter tut die Dame es nicht.

Puschkin lässt seinen kahlen Schädel aufs Kissen zurückfallen und schließt die Augen. Früher hat er mal dichte feuerrote Haare gehabt, die Frauen haben sich auf der Straße nach ihm umgedreht, jawoll, das haben sie. Aber das ist eine Ewigkeit her. Jetzt gleicht er mit seiner Glatze eher den hässlichen Truthähnen auf dem Hof vom Bauern Jensen, draußen in der Marsch.

Vor zwei Monaten hat Puschkin seinen siebzigsten Geburtstag gefeiert. Mit Holger, Viola und dem Rest der Familie ist der Tag zum Gähnen langweilig gewesen: Orangensaft und alkoholfreien Sekt zum Frühstück, Kaffee und Kuchen am Nachmittag. Aber eine Woche später hat er es krachen lassen, richtig krachen, jawoll! Da hat er alle alten Freunde in die ROTE HELENE unten am Hafen eingeladen. Viola und Holger haben sich in die Bar kaum reingetraut und sind schon nach einer Stunde wieder gegangen. Die anderen haben es länger ausgehalten. Bis morgens um sieben haben sie gefeiert, Bier und Schnaps getrunken und sich Geschichten von früher erzählt.

Am nächsten Tag ist ihm dann schwindlig gewesen, Doktor Höppner hat kommen müssen. Und Holger und Marga haben ihn ausgeschimpft. Er sei keine zwanzig mehr, haben sie gesagt. Er müsse sich schonen, der Schnaps bringe ihn noch ins Grab. Puschkin hat seine Ohren auf Durchzug gestellt. Mit siebzig darf es einem ruhig schon mal schwindlig sein. Wenn das Wetter wechselt. Wenn einen das verdammte Rheuma zwickt. Oder wenn man sich geärgert hat. Weil einem keiner die Zeitung raufbringt. Oder weil einer die Wodkaflasche versteckt hat.

Jetzt klopft es energisch an Puschkins Tür. Es ist Viola. An vier Vormittagen in der Woche arbeitet sie als Kundenberaterin in der Bank, in der Holger letztes Jahr zum Leiter der Wertpapierabteilung befördert worden ist. Viola sieht gut aus, das ja. Aber sie ist Puschkin zu dünn. Eindeutig. Außerdem trampelt sie ihm mit ihrem Sauberkeitsfimmel auf den Nerven rum. Doch für den braven Holger ist sie offenbar genau die Richtige.

»Geht's dir nicht gut, Vater?«, fragt sie.

»Nein.«

»Kommst du runter?«

»Nein.«

»Soll ich dir dein Essen raufbringen?«

»Nein.«

»Vielleicht eine Suppe?«

»Nein.«

Sie zieht die linke Augenbraue hoch. »Na, dann wünsche ich dir noch einen schönen Tag«, sagt sie schnippisch, wischt ein paar Krümel vom Nachtschränkchen und wendet sich zur Tür.

»Nein«, sagt Puschkin, weil er schon einmal dabei ist und weil das bestimmt kein schöner Tag mehr werden wird.

»Es ist schwierig mit dir«, sagt sie.

»Die Zeitung«, sagt Puschkin.

»Du könntest ›Bitte‹ sagen.«

»Nein!«

»Brauchst du sonst noch was?«

»Nein!!«

Ein paar Minuten später liegt die Zeitung vor Puschkin auf der Bettdecke. Viola hat sie ihm ohne ein weiteres Wort heraufgebracht.

Wie jeden Tag vertieft er sich zuerst in die aktuellen Börsenkurse. Immerhin besitzt er einen Haufen Aktien, von dem niemand in der Familie was weiß. Außerdem ist er einmal in den größten Bankhäusern ein und aus gegangen. Sozusagen ...

Danach liest er die Seite mit den Berichten aus aller Welt. Mord, Totschlag, Überfälle, die Frühjahrsmodenschau in Mailand, ein neuer Pandabär für den Berliner Zoo. Das Übliche eben, er liest es und vergisst es wieder.

Doch für eine Meldung gilt das nicht, die interessiert ihn mehr als die übrigen Artikel. »98-Jähriger bezwingt Montblanc« steht da in fetten Buchstaben. Der alte Mann, ein früherer Bergführer, habe den höchsten Berg Europas zusammen mit seinem 21-jährigen Urenkel bestiegen. Der 98-Jährige sei damit der älteste Mensch, der je auf dem Gipfel des Montblanc gestanden habe.

Puschkin streckt sich, dass seine brüchigen Knochen empört in ihren Gelenken knacken. Er ist früher mit Begeisterung geklettert, mit Begeisterung, jawoll! Wenn auch nicht in den Bergen ... Doch eine Tour auf den Montblanc kann er vergessen. Mit seinem Rheuma und den verdammten Schwindelanfällen schafft er es an manchen Tagen kaum die Treppen zu seiner Wohnung hinauf.

Unter den Todesanzeigen findet sich niemand, den er kennt. Das ist beruhigend, irgendwie. Im Lokalteil fällt ihm dann ein Artikel ins Auge, der ihn noch neugieriger als die Montblanc-Geschichte macht und ihn auf der Stelle Rheuma und Schwindel vergessen lässt. Unter der geheimnisvollen Überschrift »Der Smaragd der Königin« liest er:

»Die Besitzerin eines der berühmtesten Edelsteine der Welt weilt seit gestern in unserer Stadt. Gloria von Waldenfels, die Witwe eines Ölmagnaten, hat eine Suite im Grandhotel bezogen. Wie aus gut unterrichteten Kreisen zu erfahren war, führt sie den Smaragd, dessen Herkunft im Dunkeln liegt, auf allen Reisen mit sich. Der Legende nach darf der Besitzer des Edelsteins mit Gesundheit und einem langen Leben rechnen.«

Neben dem Bericht ist das Bild einer stattlichen Dame zu sehen. Die Haare der Frau türmen sich zu einer furchterregenden Hochfrisur, mit ebenmäßigen Zähnen lacht sie in die Kamera. Puschkin schnalzt mit der Zunge. Sieht gut aus die Lady. Ob die Zähne wohl echt sind? Aber noch besser gefällt ihm der große Stein, den sie um den Hals trägt. Natürlich hat Puschkin schon von dem Smaragd der Königin gehört. Schließlich ist er vom Fach.

»Gesundheit und ein langes Leben, ein langes, jawoll!«, murmelt er. »Na, dann mal los. Attacke!« Er lässt die Zeitung achtlos neben das Bett fallen und tastet mit den Füßen nach seinen Hausschuhen. Der Wecker zeigt Viertel nach eins.

Als Pia an diesem Mittag nach Hause kommt, wartet Mama schon mit dem Essen auf sie. »Wie war's in der Schule?«, will sie wissen. Das fragt sie jeden Tag.

Und wie jeden Tag antwortet Pia: »Ging so.« Das stimmt natürlich nicht, überhaupt nicht. Da war nicht nur die Schlägerei mit Alex. Nein, sie haben auch noch die Deutscharbeit zurückgekriegt.

»Was gibt's zu essen?«, fragt sie.

»Lauchgemüse mit Pariser Kartöffelchen und einem panierten Tofuschnitzel.«

»Tofu? Igitt!«

»Pia! Also wirklich!«

Erst in diesem Augenblick bemerkt Mama die Kampfspuren in Pias Gesicht. »Was ist passiert?«, ruft sie erschrocken. »Bist du gefallen, Kind?«

Statt zu antworten, fischt Pia den Brief aus der Schultasche. »Ich möchte Sie davon in Kenntnis setzen, dass sich Ihre Tochter Pia in der großen Pause wieder einmal mit einem Jungen aus ihrer Klasse geschlagen hat«, liest ihre Mutter laut vor. »Dabei ist sie mit einer solchen Brutalität vorgegangen, dass der Junge nach Hause geschickt werden musste. Ein derartiges Verhalten können wir nicht dulden. Ich bitte Sie deshalb zu einem Gespräch in unsere Schule. Für die Terminabsprache ist unser Sekretariat zuständig.«

»Der Alex hat angefangen«, erklärt Pia. »Der hat mich geärgert. Wegen meiner roten Haare und weil ich Pia heiße.«

»Und da schlägst du gleich zu?«, fragt Mama fassungslos. »Dabei hast du uns nach der Geschichte mit Sven versprochen, dass du das nicht mehr tun willst!«

»Na ja«, murmelt Pia.

»Der arme Junge«, sagt Mama. Das gibt's ja gar nicht! Nimmt sie Alex etwa in Schutz?

»Der arme Junge«, äfft Pia sie nach. »Und was ist mit meinem Gesicht?«

Ihre Mutter betupft die Schwellungen mit einem feuchten Lappen. »Es schaut schrecklich aus.«

»Siehst du.«

»Nur …«, beginnt ihre Mutter.

Sofort wird sie von Pia unterbrochen. »Ihr habt immer gesagt, ich soll mich wehren«, sagt sie.

»Stimmt. Aber du kannst doch nicht einfach auf jemanden losgehen. Bloß weil er dich ein bisschen geärgert hat!« Mama streicht sich die Haare aus dem Gesicht und seufzt. »Wir hätten deinem Großvater eben nicht erlauben sollen, dir Boxen beizubringen.«

»Warum sollen Mädchen nicht boxen?«, ruft Pia.

Mama übergeht die Frage. »Dein Vater wird über den Brief sehr traurig sein«, sagt sie stattdessen. »Wie soll es mit dir bloß weitergehen, Kind?«

Pia zuckt die Schultern. Woher soll sie das wissen? »Wo ist Einstein?«, fragt sie, während sie sich ein paar Kartöffelchen in den Mund steckt, Lauchgemüse und Tofuschnitzel aber nicht anrührt. Beim Kauen schmerzt ihre Backe, das linke Auge hat sich jetzt bis auf einen schmalen Spalt geschlossen. Alex hat wirklich verdammt gut getroffen.

»Thomas hat heute acht Stunden«, antwortet ihre Mutter, nimmt einen Lippenstift aus dem Küchenschrank und zieht sich die Lippen nach. »Und sag bitte nicht Einstein zu ihm«, fährt sie fort. »Du weißt, dass er das nicht mag.«

»Phht«, macht Pia. Ihr großer Bruder verkraftet das schon. Schließlich hält er sich für mindestens so schlau wie der berühmte Physiker mit den langen weißen Haaren, der einem auf den Plakaten die Zunge rausstreckt. Einsteins Zeugnisse wimmeln nur so von Einsen, er hat bereits eine Klasse übersprungen. Nach dem Abitur will er zur Bank. Wie Mama. Und Papa. Und wie Tante Marga.

»Ist Puschkin nicht da?«, fragt Pia.

Mama verzieht das Gesicht. Sie mag es überhaupt nicht, wenn Pia ihren Opa so nennt. »Dein Großvater ist weggegangen. Ich weiß nicht, wohin. Gegessen hat er auch nicht. Er wird immer verrückter, manchmal benimmt er sich wie ein ungezogenes Kind. Es wird höchste Zeit, dass er in ein Altersheim kommt.«

Pia sagt nichts dazu. Über Puschkin kann sie mit ihren Eltern nicht reden, das braucht sie gar nicht erst zu versuchen. Sie hilft Mama beim Abräumen und Spülen, bringt ihre Schultasche in ihr Zimmer im ersten Stock und steigt dann die Treppe hinauf zu Puschkins Wohnung.

Er ist tatsächlich nicht da. Sein Bett ist nicht gemacht,

die Zeitung liegt auf dem Boden, der Kleiderschrank steht offen. Pia schnuppert – es riecht eindeutig nach Parfüm. Komisch, nach Parfüm duftet es bei Puschkin sonst höchstens zu Weihnachten oder an seinem Geburtstag. Auf dem Rand des Waschbeckens im Bad liegt der altmodische Rasierer mit der langen Klinge, die man schärfen muss, bevor man sie benutzt. Es ist lange her, dass sich Puschkin rasiert hat, seine Backen haben in der letzten Zeit wie Sandpapier gekratzt.

Pia versinkt in einem der beiden Ohrensessel. Hier sitzt sie oft und lässt sich von Puschkin Geschichten erzählen – wenn ihn sein Rheuma nicht zwickt. Oder wenn er nicht einen seiner Tage hat, an denen er von morgens bis abends an die Zimmerdecke starrt.

In der Zeitung, die Puschkin wie üblich einfach auf den Boden geworfen hat, hat er einen Artikel dick mit einem Bleistift angestrichen. »Der Smaragd der Königin« steht drüber. Pia überfliegt die Zeilen. Steinreiche Witwe, Grandhotel, berühmter Edelstein, Gesundheit, langes Leben – was hat das alles mit Opa zu tun? Kennt er die Frau mit der komischen Frisur?

Im Kleiderschrank fehlt Puschkins bester Anzug. Außerdem sind seine Wildlederschuhe, das schwarz-weiß gestreifte Sonntagshemd, der schicke Wintermantel und der knallrote Seidenschlips, den er auf seinem siebzigsten Geburtstag getragen hat, verschwunden.

Puschkin und diese reiche Tussi – was ist zwischen den beiden? Mama hält ihren Mittagsschlaf, wenn man sie dabei stört, bekommt sie einen Wutanfall. Also rennt Pia, ohne jemandem Bescheid zu sagen, aus dem Haus, holt ihr Rad aus der Garage und fährt los. Ihre Schularbeiten kann sie später machen. Das hier ist jetzt wichtiger.

Auf den Straßen, die zum Hafen hinunterführen, herrscht kaum Betrieb. Nur in den beiden Kaufhäusern drängen sich die Leute. Pia hält an und betrachtet sich im Schaufenster des Fischgeschäfts Lange. Der intensive Geruch von Krabben und Muscheln verschlägt ihr für einen Moment den Atem. Mit ihrer dicken Backe, dem zugeschwollenen Auge und den nach allen Seiten abstehenden roten Haaren sieht sie wie eine Mischung aus Pippi Langstrumpf und Frankensteins Tochter aus. Für das, was sie vorhat, hätte sie sich wenigstens ihre gute Jacke und die neuen Jeans anziehen sollen.

Als Pia vor dem Grandhotel hält und durch das Eingangsportal ins Innere schaut, sieht sie Puschkin gegenüber der Rezeption in einem braunen Ledersessel sitzen. Auf dem Tischchen vor ihm steht eine Tasse Kaffee, im Aschenbecher qualmt eine dicke Zigarre. In seinen schicken Sachen sieht Opa gut aus, verdammt gut. Wenn sie daran denkt, wie er noch gestern in seinem alten Schlafanzug und mit den karierten Schlappen an den Füßen als klappriges Gespenst durch seine Wohnung geschlurft ist, grenzt das hier an Zauberei. Wer ihn nicht kennt, könnte glauben, er hätte in seinem Leben nie was anderes gemacht, als in den Eingangshallen vornehmer Hotels zu sitzen.

In diesem Augenblick kommt der Portier auf Pia zu. Er trägt eine Livree mit Goldknöpfen und einen blauen Zylinder auf dem Kopf. Lang, wie er ist, könnte er glatt aus der Dachrinne trinken.

»Kann ich dir helfen?«, fragt er.

»Puschkin … äh, mein Opa sitzt da drinnen«, antwortet Pia und muss ihren Kopf weit in den Nacken legen, um das Gesicht des Portiers zu sehen.

»Dann geh doch rein«, sagt der Mann freundlich.

Damit hat Pia nicht gerechnet. Kaum zu glauben, dass sie eine Pippi Frankenstein so einfach ins Grandhotel lassen.

»Und … und mein Fahrrad?«, stottert sie.

»Darum kümmere ich mich.«

Mensch, der Portier ist echt nett. Sie drückt ihm das Rad in die Hand, versucht, sich – erfolglos – die Haare glatt zu streichen, und betritt das Hotel.

»Was tust du denn hier?«, fragt Puschkin überrascht, als sie vor ihm steht.

»Dasselbe wollte ich dich gerade fragen«, antwortet Pia.

Er zeigt auf ihr Gesicht. »Das sieht ja schlimm aus, schlimm, jawoll. Hast du dich geprügelt?«

Sie nickt.

»Wer hat gewonnen?«

»Ich. Erst eine linke Gerade auf die Nase, dann ein Aufwärtshaken genau auf die Kinnspitze. Alex war bis neun am Boden.«

»Sehr gut.« Puschkin zieht an seiner Zigarre und lässt den Qualm spielerisch um seinen Kopf kreisen. »Du hast die Zeitung gefunden. Stimmt's?«, sagt er. »Da konntest du dir denken, wo ich bin.«

Pia nickt.

»Setz dich«, sagt Puschkin. »Willst du was trinken?«

»Cola.«

Puschkin gibt dem Kellner ein Zeichen und bestellt für Pia eine Cola und für sich ein Glas Wodka.

Ob es eine bestimmte Sorte sein solle, fragt der Kellner.

»Puschkin«, antwortet Puschkin.

»Wie viel hast du heute schon getrunken?«, will Pia wissen, nachdem der Kellner gegangen ist.

Ihr Großvater hebt drei Finger zum Schwur. »Es ist das erste Glas, das erste, jawoll. Und red mit mir nicht wie deine Mutter, wenn ich bitten darf!«

»In Ordnung. Also, was tust du hier?«, fragt Pia.

Puschkin schmunzelt. »Ich warte.«

»Auf die reiche Tussi? Was willst du von ihr, Puschkin? Du hast doch mich!«

»Die Dame hat was, was du nicht hast.«

»Einen großen Busen?«

Puschkin lacht. »Den hat sie auch.«

»Den Stein?«

»Genau, Pia, sie hat den Smaragd der Königin.«

»Und den willst du haben«, sagt Pia. »Hab ich recht?«

»Kluges Kind«, antwortet Puschkin.

»Damit dir nicht mehr schwindlig ist und du hundertzwanzig Jahre alt wirst.«

Er lacht. »Hundertfünfzig! Und das verflixte Rheuma soll auch verschwinden. Und mit neunundneunzig will ich auf den Montblanc, mit neunundneunzig, jawoll!«

Pia denkt einen Moment nach. Was ist, wenn Mama und Papa recht haben und Puschkin doch verrückt ist? Wenigstens ein bisschen? Das mit dem Stein kann doch nicht sein Ernst sein! »Und du glaubst an den Blödsinn?«, fragt sie vorsichtig, um ihn nicht zu reizen. »Du glaubst echt, dass dir ein Stein helfen kann?«

»Es gibt mehr Dinge zwischen Himmel und Erde, als eure

Schulweisheit sich träumen lässt«, antwortet er feierlich. Manchmal redet er wie ein Pfarrer. Oder wie ein Politiker.

»Bla, bla«,sagt Pia.»Sonst willst du nichts von ihr? Sei ehrlich, Puschkin!«

»Sie ist verdammt hübsch für ihr Alter«, antwortet er.

Eigentlich mag Pia alles an ihrem Großvater: seine Glatze, die wie eine dicke Billardkugel aussieht, die Haare, die ihm in Büscheln aus Ohren und Nase wachsen, die Geschichten, die er ihr erzählt. Nur eines mag sie überhaupt nicht – dass keine Frau zwischen fünfzig und fünfundneunzig vor ihm sicher ist. Das findet sie einfach blöd.

»Hast du einen Plan?«, fragt Pia.

»Hab ich.«

»Erzählst du ihn mir?«

»Wenn du dichthältst.«

In diesem Augenblick öffnet sich die Tür des Fahrstuhls und eine Dame in einem langen lachsfarbenen Kleid und mit einer weißen Pelzstola um die Schultern kommt heraus. Ach was, sie kommt nicht einfach so, sie schwebt! Ihre Füße scheinen kaum den Boden zu berühren. Nur ein paar Meter von Pia und Puschkin entfernt setzt sie sich an ein Tischchen, zündet sich eine Zigarette an, die sie vorher umständlich in eine silberne Spitze gesteckt hat, und winkt dem Kellner.

»Ist sie das?«, flüstert Pia.

Puschkin nickt und streicht sich mit einem blütenweißen Taschentuch über seine Glatze. »Du musst jetzt gehen«, sagt er. »Attacke!«

»Und der Plan?«, will Pia wissen.

»Später«, antwortet er.

Sie bekäme zwar zu gern mit, wie es mit Opa und dieser Tussi weitergeht. Aber andererseits will sie Puschkin nicht den Auftritt vermasseln. Also gibt sie ihm einen Kuss und läuft hinaus. Kaum tritt sie aus der Drehtür ins Freie, bringt ihr der freundliche Portier schon das Fahrrad.

»Sie sind sehr nett«, sagt Pia. Ihn kann sie bestimmt fragen – auch wenn er goldene Knöpfe an der Jacke hat und einen Zylinder trägt. »Ist diese Gloria von Dingsbums wirklich reich?«

»Frau von Waldenfels? Allerdings. Wenn mir jeder so viel Trinkgeld geben würde wie sie, könnte ich bald zu arbeiten aufhören.«

»Ich kann Ihnen leider kein Trinkgeld ...«, beginnt Pia.

»Für das Fahrrad?«, unterbricht er sie und lacht. »Das brauchst du nicht.«

»Haben Sie den Stein schon gesehen?«, fragt Pia weiter. »Ich meine den Smaragd der Königin?«

Der Portier schüttelt den Kopf. »Mit so etwas Kostbarem läuft man nicht herum. Den verwahrt Frau von Waldenfels bestimmt in ihrer Suite. Unsere Safes sind nämlich absolut einbruchsicher.«

»Suite?«

»Frau von Waldenfels wohnt in der Präsidentensuite«, erklärt der Portier feierlich. »Im vierten Stock. Dort residieren nur unsere prominentesten Gäste.«

»Aha«, sagt Pia und fragt sich, ob wohl alle Portiers so gesprächig sind wie dieser hier.

Bevor sie losfährt, wirft sie noch einen Blick ins Innere des Hotels. Puschkin sitzt neben dieser Gloria von Dingsbums und redet auf sie ein. Die Frau lacht, dass ihr viel zu großer Busen wackelt. Opa hat wirklich keine Zeit verloren.

»Kennt dein Großvater Frau von Waldenfels?«, will der Portier wissen, der sich hinter sie gestellt hat und ebenfalls unauffällig ins Hotel guckt.

»Sieht ganz so aus«, antwortet Pia.

# Puschkin hat einen Plan

Als Pia vom Grandhotel nach Hause kommt, sitzt Thomas in der Küche beim Mittagessen. Mama schläft noch immer, aus dem Wohnzimmer ist ihr leises Schnarchen zu hören.

»Hallo, Einstein«, begrüßt Pia ihren großen Bruder.

»Nenn mich nicht Einstein!«, knurrt er.

»In Ordnung, Einstein«, sagt sie.

»Was ist mit deiner Deutscharbeit?«, fragt er und grinst hinterhältig.

»Mit welcher Deutscharbeit?«, fragt sie zurück.

»Das weißt du genau.« Er steht auf, räumt sein Geschirr in die Spülmaschine und wischt den Tisch ab. »Hast du Mama gesagt, dass du eine Fünf hast?«, fragt er, ohne mit seinem Grinsen aufzuhören.

Kann an dieser blöden Schule eigentlich gar nichts geheim bleiben? Am liebsten würde sie Einstein ins Gesicht springen – nur damit er endlich mit seinem dämlichen Grinsen aufhört. Aber sie beherrscht sich, eine Schlägerei am Tag ist genug. Außerdem hätte sie gegen Thomas keine Chance. Ihr Bruder ist eine andere Gewichtsklasse, Halbweltergewicht oder so.

»Hab ich nicht«, antwortet sie. »Ich werde es Mama und

Papa heute Abend sagen. Außerdem war es eine Grammatikarbeit. Grammatik kann keiner.«

»Ach!«

»Außer dir natürlich, Einstein.«

»Genau, Schwesterchen. Und sag nicht immer Einstein zu mir.«

In ihrem Zimmer verteilt Pia Schulhefte und Schulbücher großzügig über ihren Schreibtisch, schiebt die neue Kuschelrock-Kassette ins Radio und legt sich auf ihren weichen Hirtenteppich. Solange sie nicht weiß, was Puschkin ausgeheckt hat, hat es überhaupt keinen Zweck, mit den Schularbeiten anzufangen, da kann sie sich sowieso nicht konzentrieren.

Puschkin hat ein verrücktes Leben geführt, ihm ist so ziemlich alles zuzutrauen. Wenigstens darin ist Pia mit ihren Eltern, Einstein und Tante Marga einer Meinung. Nach der Schule ist er zu einem Uhrmacher in die Lehre gegangen. Daneben boxte er und gewann sogar einige Meisterschaften. Für eine große Karriere reichte sein Talent allerdings nicht aus.

Dafür entdeckte er eine andere Begabung. Mit zwanzig knackte er seinen ersten Geldschrank und verschwand mit der Beute nach Südamerika. In den folgenden Jahren trieb er sich überall in der Welt herum, keine Bank, kein Safe, kein Firmentresor war vor ihm sicher. Wo andere Tresorknacker Dynamit brauchten, um einen Safe zu öffnen, reichten ihm seine geschickten Uhrmacherfinger und seine empfindlichen Ohren, die auch das leiseste Geräusch registrierten. War das Geld alle, heuerte er im nächstbesten Hafen als Matrose an. Er räumte Tresore aus, kurz bevor sein

Schiff auslief, und war längst wieder auf hoher See, wenn die Einbrüche entdeckt wurden.

Zuerst glaubte Pia ihrem Großvater nicht, es klang alles zu unwahrscheinlich. Ihr klappriger Opa, der an manchen Tagen kaum das Schloss in der Haustür fand, sollte ein berüchtigter Panzerschrankknacker gewesen sein? Da lachten ja die Hühner! Aber dann bat er sie eines Mittags, ihm ihr Tagebuch zu bringen. Es war mit einer Zahlenkombination verschlossen, die außer ihr niemand kannte.

Puschkin forderte Pia auf, die Zahlen zu verstellen. Statt der »505«, mit der sich das Schloss öffnen ließ, stellte sie »666« ein – natürlich ohne dass er es sehen konnte.

»Und jetzt stopp die Zeit«, befahl er.

Sie tat es. Puschkin hielt das Buch an sein linkes Ohr, schloss die Augen, drehte ein paarmal an den silbernen Rädchen – und nach genau 23 Sekunden lag es geöffnet vor ihr. Von dem Tag an glaubte sie so ziemlich alles, was Opa ihr aus seiner wilden Vergangenheit erzählte.

Als sie einmal ihren Vater danach fragte, sagte der bloß: »Jaja, dein Großvater war schon ein Schlimmer.« Dann schwieg er. Es schien ihm peinlich zu sein, darüber zu reden. Genau wie Tante Marga.

Doch Puschkin erzählt ihr nicht nur Geschichten, er zeigt ihr auch Tresorknackertricks. Wenn keiner von den anderen zu Hause ist, darf sie an geheimnisvollen Schlössern üben, die er aus irgendwelchen Verstecken in seinem Zimmer holt.

Ein Leben, in dem man in der Welt herumkommt, in schicken Hotels wohnt und schnelle Autos fährt, würde Pia schon gefallen. Andererseits aber hat sie nicht die geringste

Lust, von der Polizei erwischt zu werden und ins Gefängnis zu wandern. Puschkin hat insgesamt sieben Jahre gesessen, beim letzten Mal fünf Jahre am Stück. Seinen sechzigsten Geburtstag hat er im Gefängnis gefeiert. Bald danach ist er zu ihnen gezogen, nachdem er feierlich versprochen hat, nie wieder ein krummes Ding zu drehen.

Während Pia ihren Gedanken nachhängt, klopft es an ihre Tür. Schnell springt sie auf, stellt das Radio aus und setzt sich mit gezücktem Füller an den Schreibtisch.

»Herein!«, ruft sie.

Es ist ihre Mutter. Sie hat sich frisch geschminkt, in der Hand hält sie eine Tasse Kaffee.

»Dein Opa ist noch nicht zurück«, sagt sie.

»Ich mache mir Sorgen«, fährt sie fort, als Pia nicht antwortet. »Heute Morgen ging es ihm gar nicht gut.«

Pia knabbert an der Kappe ihres Füllers. Seit wann macht sich Mama um Puschkin Sorgen? Bisher hat Pia immer das Gefühl gehabt, dass Opa allen bloß lästig ist, dass sie ihn am liebsten so schnell wie möglich loswerden wollen.

»Puschkin ist im Grandhotel«, sagt sie trocken.

Für einen Augenblick verschlägt es Mama die Sprache. »Wo ist er?«, fragt sie schließlich.

»Im Grandhotel«, antwortet Pia. »Er trinkt Kaffee.«

»Ka-ka-kaffee«, wiederholt ihre Mutter stotternd. »Woher weißt du das?«

»Ich hab ihn gesehen«, antwortet Pia. Dass sie sogar mit ihm im Hotel gesessen und Cola getrunken hat, braucht Mama nicht zu wissen.

»Das wird ja immer schöner«, murmelt die. »Höchste Zeit, dass er ins Altersheim kommt.«

»Warum darf Puschkin im Grandhotel keinen Kaffee trinken?«

»Weil … weil …« Ihre Mutter stockt. »Weil du das nicht verstehst«, sagt sie dann. »Und nenn ihn nicht immer Puschkin. Schlimm genug, dass er so viel von dem Zeug trinkt.«

»Opa geht nie ins Altersheim«, sagt Pia. »Da könnt ihr euch auf den Kopf stellen. Eher bringt er sich um.«

Mama verschluckt sich fast an ihrem Kaffee. »Er bringt sich um?«, fragt sie entgeistert.

Pia nickt. »Er hat lange genug im Knast gesessen, sagt er. Und dass es im Altersheim auch nicht anders ist.«

Ihre Mutter kommt zu ihr und drückt sie an sich. Sie riecht toll. Wie immer. »Du steckst zu viel mit deinem Großvater zusammen. Warum hast du keine richtige Freundin wie andere Mädchen?«, fragt sie. »Opa hat einen schlechten Einfluss auf dich.«

»Hat er nicht!«

»Ich möchte zu gern wissen, was er dir erzählt.«

»Geschichten, Mama. Nur Geschichten.«

Sie lässt Pia los.

»Das werden schöne Geschichten sein. Aus seiner ruhmreichen Vergangenheit als Tresorknacker, nehme ich an.«

Pia zuckt die Schultern.

»Papa, Tante Marga und ich verdienen unser Geld ehrlich in der Bank. Wir haben täglich mit Hunderttausenden von Euro zu tun. Trotzdem lässt keiner von uns einfach mal ein Päckchen Scheine mitgehen.«

»Ich weiß, Mama«, versucht Pia sie zu beruhigen. Sie kann sich denken, was jetzt kommt.

Und richtig: »Aber was hat dein Opa gemacht?«, ruft Mama, und ihre Stimme überschlägt sich. »Er ist in Banken eingebrochen. Dann hat er den dicken Mann markiert und mit Tausendern um sich geworfen. Er war ein Verbrecher, Pia!«

»Ja, ja.«

»Ein Schwerverbrecher!«

»Er ist siebzig, Mama. Ihm ist schwindlig und er hat Rheuma. Und ich hab ihn lieb.«

Ihre Mutter seufzt tief und streicht ihr durch die Haare. »Schon gut. Wir wollen uns nicht streiten. Hast du viel auf?«

»Geht so.«

Nachdem ihre Mutter gegangen ist, legt Pia den Füller weg, klappt die Bücher zu, dreht das Radio auf volle Lautstärke und lässt sich auf den Teppich fallen. Es wird Zeit, dass Puschkin nach Hause kommt. Sie platzt fast vor Neugier.

Erst kurz vor dem Abendessen hält ein Taxi vor dem Haus. Pia, die Puschkin vom Fenster aus gesehen hat, rennt die Treppen hinunter und lässt ihn herein. Er stützt sich auf ihre Schulter und fällt dann ächzend auf den Stuhl neben der Garderobe.

»Was ist …?«, beginnt Pia.

Er legt ihr die Hand auf den Mund. »Später«, flüstert er.

In diesem Moment kommt Pias Mutter aus der Küche. »Da bist du ja endlich, Vater«, sagt sie vorwurfsvoll. »Wir haben uns schon Sorgen gemacht.«

»Ja?«

»Wie siehst du eigentlich aus? Deine Schuhe sind ganz dreckig.«

»Ja?«

»Und dein guter Mantel erst! Den müssen wir in die Reinigung bringen.«

»Ja?«

Sie schüttelt den Kopf. »Ach, mit dir ist nichts anzufangen«, sagt sie. Und: »In fünf Minuten gibt's Abendessen. – Sag jetzt bloß nicht wieder ›Ja?‹!«, faucht sie Puschkin an. Der grinst bloß.

Bei Tisch wird wenig gesprochen. Papa scheint sehr müde zu sein, die Falten auf seiner Stirn sind noch tiefer als sonst, er stochert lustlos in seinem Essen herum. Seit er in der Bank befördert worden ist, ist nicht mehr viel mit ihm los, findet Pia. Tante Marga berichtet vom Kauf ihrer neuen roten Schuhe, hört aber schnell damit auf, als sie merkt, dass sich keiner dafür interessiert. Kein Wunder, schließlich kauft sie alle zwei Wochen ein neues Paar rote Schuhe. Puschkin sagt sowieso selten was. Und Thomas scheint nur darauf zu warten, dass Pia von ihrer Klassenarbeit erzählt.

Doch die denkt gar nicht daran. Wenn sie es sagt, will sie mit Mama und Papa allein sein. Dann kann sie auch gleich über die Prügelei in der Schule reden.

Aber Einstein lässt Pia keine Chance. »Ich habe heute die Mathearbeit zurückgekriegt«, sagt er.

»Und?«, fragt Mama.

»Eins«, antwortet Einstein.

»Natürlich«, sagt Tante Marga in einem Tom, als ob sie selbst die Eins geschrieben hätte.

»Prima«, sagt Pias Vater.

»Und was ist mit deiner Deutscharbeit, Pia?«, fragt Einstein.

Pia spürt, wie ihre Ohren heiß werden. »Na ja«, murmelt sie und funkelt Einstein mit einem Blick an, aus dem Mord blitzt. Oder wenigstens Totschlag.

»Die war wohl nicht so gut«, sagt ihre Mutter.

»Fünf«, flüstert Pia.

»Wie bitte?«, fragt ihr Vater. Er war früher ein guter Schüler, fast so gut wie Einstein. Auf seinem Abiturzeugnis, das er ihr mal gezeigt hat, hat sie keine einzige Drei entdeckt.

»Mangelhaft«, sagt Pia. »Aber es war Grammatik. Grammatik kann keiner.«

»Stimmt«, sagt Puschkin.

»Halt du dich bitte raus, Vater!«, schimpft Papa.

Die nächsten Minuten lässt Pia das Unwetter, das von allen Seiten auf sie herunterprasselt, regungslos über sich ergehen. Schließlich hört sie ihren Vater sagen: »Statt dich mit Jungs zu prügeln, solltest du im Unterricht besser aufpassen. Besser aufpassen und mehr üben!«

»Ich kann ihr ja helfen«, sagt Puschkin.

»Das fehlt noch!«, ruft Tante Marga. Manchmal kann Puschkin kaum glauben, dass diese Streithenne mit ihrem Schuhtick und den ewig zu engen Röcken und Blusen seine Tochter ist.

»Kommt nicht infrage!«, ruft Mama.

Aber Puschkin lässt sich nicht stoppen. »Was ist eigentlich krimineller – eine Bank auszurauben oder eine Bank zu gründen?«, fragt er kichernd. Diese Frage stellt er mindestens einmal die Woche – und immer in den unpassendsten Augenblicken.

Papa schüttelt müde den Kopf. »Du bist unmöglich, Vater«, murmelt er.

»Kann ich jetzt in mein Zimmer gehen?«, fragt Pia und wirft Puschkin einen dankbaren Blick zu.

»Versprichst du uns, dass das die letzte Prügelei war?«

»Ja, Papa.«

»Großes Ehrenwort?«

»Auch das.«

»Und dass du mehr üben willst?«, fragt ihre Mutter.

»Ja, ja. – Was ist mit dem Gespräch in der Schule?«

»Das erledige ich telefonisch«, sagt Papa. »So schlimm war die Geschichte ja nicht. Und immerhin hast du auch ganz schön was abgekriegt.«

Auf der Treppe schwört sich Pia, es Einstein heimzuzahlen. Ihr wird schon was einfallen.

Kurz darauf hört sie Puschkins Schritte und läuft ihm nach. In seiner Wohnung schleudert er die Hausschuhe von den Füßen und lockert den Schlips. Dann nimmt er ein Glas und die Flasche Puschkin aus dem Schränkchen neben dem Bett und gießt sich randvoll ein. »Den habe ich mir verdient«, sagt er, nachdem er das Glas in einem Zug ausgetrunken hat.

»Und?«, fragt Pia. »Wie war's? Erzähl schon!«

»Schön war's«, antwortet er. »Frau von Waldenfels ist eine sehr charmante, gebildete Dame. Gebildet, jawoll.«

»Bla, bla«, sagt Pia. »Was ist mit dem Smaragd der Königin?«

»Keine Ahnung«, antwortet er. »Ich konnte sie ja schlecht danach fragen. Das hätte sie misstrauisch gemacht.«

»Tüchtiges Mädchen«, sagt er, nachdem sie ihm von dem

Gespräch mit dem Portier berichtet hat, und gießt sich ein zweites Glas ein.

»Und wie sieht nun dein Plan aus?«, will Pia wissen.

»Wir greifen von zwei Seiten an, von zwei Seiten, jawoll«, sagt Puschkin. »›Zangenbewegung‹ nennt man so was. Wenn der eine Angriff nicht klappt, klappt der andere.«

Pia versteht nur Bahnhof.

»Ich komme von innen, du von außen«, fährt Puschkin fort.

Pia kapiert immer noch nichts.

Nun lacht Puschkin. »Jetzt denkst du auch, ich bin verrückt. Wie alle in der Sippe. Stimmt's? Dabei ist die Sache ganz einfach. Ich werde daran arbeiten, dass mich Gloria mit in ihre Suite nimmt.«

»Puschkin!«

»Na und? Wir sind erwachsene Leute, erwachsen, jawoll. Wenn das nicht funktioniert, kletterst du von außen am Hotel hoch und lässt mich rein. Dann muss ich nur noch den Safe knacken und wir haben den Stein.«

Pia schluckt. »Von … von … außen«, stottert sie. »Weißt du eigentlich, in welchem Stockwerk die Präsidentensuite liegt? Im vierten! Außerdem sind die Safes im Hotel einbruchsicher.«

Puschkin lacht. »Kein Safe ist einbruchsicher, keiner, jawoll. Morgen fangen wir mit dem Training an.«

»In Ordnung«, sagt Pia tapfer. Opa ist wirklich verrückt, total Banane. Aber ohne ihn wäre das Leben stinklangweilig. Und ein bisschen trainieren kann nichts schaden. Das heißt ja noch lange nicht, dass sie den Stein wirklich klauen.

»Warum sind eigentlich deine Schuhe und dein Mantel so dreckig?«, fragt sie.

»Ich musste ein paar Sachen verstecken«, sagt er geheimnisvoll. Seine Zunge ist vom Wodka schon ein bisschen schwer geworden. »Aber jetzt bin ich müde. Gute Nacht, Pia.«

Doch die ist noch nicht fertig. »Als du bei uns eingezogen bist, hast du versprochen, dass du nie mehr ein krummes Ding drehen willst«, sagt sie.

Puschkin nickt. »Hab ich.«

»Und jetzt bist du hinter dem Smaragd der Königin her«, fährt Pia fort.

»Das ist Notwehr«, erklärt Puschkin. »Es kann mir doch keiner verbieten, mich gegen das Rheuma und den verdammten Schwindel zu wehren, oder?«

An diesem Abend braucht Pia lange, um einzuschlafen. Das liegt nicht nur an den Schularbeiten, mit denen sie erst kurz nach zehn fertig geworden ist. Nein, sobald Pia die Augen schließt, sieht sie sich in schwindelerregender Höhe an einer Dachrinne hängen. Und nirgendwo findet sich ein Mauervorsprung, auf den sie ihre Füße stellen kann.

Worauf hat sie sich bloß eingelassen? Der Plan kann einfach nicht funktionieren. Puschkin ist alt und klapprig. Diese Gloria von Dingsbums wird ihn niemals mit in ihre Suite nehmen. Und selbst wenn sie es tut – wieso ist er so sicher, dass er den Safe dann knacken kann? Puschkin ist schließlich schon lange aus der Übung!

Und sie selbst? Sie ist in ihrem Leben nie höher als auf den krummen Apfelbaum im Garten und auf die Garage geklettert. Ein Aufstieg zum vierten Stock vom Grandhotel ist einfach Wahnsinn, glatter Selbstmord. Gleich morgen wird sie mit Puschkin sprechen. Sie muss ihn davon überzeugen, dass er auch ohne den Smaragd hundert werden kann. Außerdem glauben nur Spinner an die Wunderkräfte eines Edelsteins. Und Puschkin ist kein Spinner – oder vielleicht doch?

# Pia lernt zielen

Am nächsten Morgen tun Puschkin alle Glieder weh – vom kleinen Finger bis zum dicken Zeh. Nicht mal nach einem verlorenen Boxkampf ist es ihm so schlecht gegangen. Eine Weile sucht er mit der Hand unter dem Bett. Endlich findet er die Schachtel mit dem Schmerzmittel, das ihm der Doktor für alle Fälle verschrieben hat. Bis die Wirkung der Tabletten einsetzt, muss er jetzt eine Viertelstunde warten – wenn er Glück hat.

Ein einziger Nachmittag mit Frau von Waldenfels, bei dem sie nur in der Hotellobby gesessen, eine Kleinigkeit getrunken und sich unterhalten haben, lässt ihn fast aus den Puschen kippen. Wie soll sein Plan unter diesen Voraussetzungen gelingen? Wird die schöne Gloria einen klapprigen Truthahn wie ihn mit in ihre Suite nehmen?

Aber etwas anderes macht ihm noch mehr zu schaffen: Wieso ist er eigentlich so sicher, dass der Stein wirklich Wunderkräfte besitzt? Vielleicht hat Pia ja recht und es ist alles bloß dummes Geschwätz. Andererseits hat ihm Doktor Höppner gesagt, dass er mit dem Rheuma und den Schwindelanfällen leben muss, dass die Beschwerden nie ganz verschwinden werden. Aber er will, dass die Schmerzen und der Schwindel aufhören. Und zwar so schnell wie möglich! Dafür wird er sogar den Smaragd der Königin stehlen – auch wenn er hundertmal versprochen hat, kein krummes Ding mehr zu drehen.

Und wenn man sie erwischt, wenn irgendjemand Wind von der Sache bekommt? Pia wird nichts passieren, die ist zu jung. Vielleicht wird es eine Ermahnung an die Eltern geben, mehr auf keinen Fall. Und was wird aus ihm? In den Knast geht er jedenfalls nicht, da bringen ihn keine zehn Pferde mehr hin!

Ächzend steht er auf, schlurft ins Bad und wäscht sich. Die Schmerzen haben inzwischen nachgelassen. Im Haus ist es still, er kann für ein paar Stunden tun und lassen, wozu er Lust hat.

In der großen Küche im Erdgeschoss setzt er Kaffee auf und schmiert sich ein Butterbrot mit einem Gemisch aus Leberwurst und Erdbeermarmelade. Außer ihm mag das niemand. Sogar Pia nicht. Dabei gibt es für einen Feinschmecker nichts Köstlicheres. Dann holt er das Telefon aus der Diele und wählt die Nummer seiner Bank. Er könnte auch von seiner Wohnung aus telefonieren. Aber so geht das Gespräch auf Holgers Rechnung. Puschkin gießt sich Kaffee ein und grinst. Eine kleine Gemeinheit am Morgen lässt den Tag gleich viel freundlicher aussehen.

»Ich wüsste gern meinen Kontostand«, sagt Puschkin, nachdem er die Geheimnummer für sein Festgeldkonto durchgegeben hat.

»Einen Augenblick, bitte«, kommt es aus dem Hörer. »Es sind einhundertdreiundachtzigtausendsiebenhundertsiebenundzwanzig Euro.«

»Und elf Cent«, fügt die Frau nach einer kurzen Pause hinzu.

Puschkin bedankt sich und beißt lächelnd in sein Brot. Wenn Holger, Viola und Marga wüssten, was er auf der hohen Kante hat – die würden Augen machen! Die drei glauben, dass er alles Geld aus seinen Einbrüchen durchgebracht hat. Pustekuchen! Na, er wird sie noch ein Weilchen in ihrem Glauben lassen …

Als Pia am Mittag vom Schiller-Gymnasium nach Hause kommt, trifft sie Puschkin im Hausflur. Er trägt einen viel zu großen blauen Trainingsanzug, der aus dem frühen Mittelalter stammen muss, und nagelneue Turnschuhe.

»Beeil dich mit dem Essen«, sagt er. »Und dann: Attacke!«

»Hast du viel Schularbeiten auf?«, fragt Pias Mutter während des Mittagessens. Kann sie nicht mal was anderes fragen?

Pia schüttelt den Kopf. »Ich mache sie, wenn ich zurück bin.«

»Zurück?«

»Opa und ich wollen ein bisschen trainieren. Ich hab es ihm versprochen«, fügt sie hinzu, als sie Mamas erstauntes Gesicht sieht.

»Trainieren?«, fragt Mama. »Der alte Mann will trainieren? Ach, deshalb läuft er im Trainingsanzug rum.«

»Ich passe schon auf ihn auf«, sagt Pia, rennt in ihr Zimmer, zieht sich ihre ältesten Sportsachen an und läuft hinaus auf die Straße, wo Puschkin auf sie wartet.

Nach ein paar Hundert Metern biegt er in einen Kiesweg ein, der auf das Gelände der stillgelegten Brauerei führt.

Hier durfte Pia nie spielen, ihre Eltern haben es ihr streng verboten. »Da treibt sich jede Menge Gesindel herum«, haben sie gesagt. Pia hat nicht genau verstanden, was »Gesindel« bedeutete. Aber das Wort klang schön gefährlich.

Nicht ein einziges Fenster in den Verwaltungsgebäuden ist mehr heil, von den schwarzgrauen Wänden bröckelt der Putz. Auf den Mauern sind Graffitis zu sehen. Irgendjemand hat offenbar erst vor Kurzem ein paar Dutzend Monster hingesprayt, die Farben sind noch nicht verblasst.

Vor einem Gebüsch bleibt Puschkin stehen. Umständlich geht er in die Knie, kriecht bis zum Bauch zwischen die Zweige, zieht einen alten braunen Rucksack heraus und öffnet ihn. Ein chromblitzender kleiner Anker kommt zum Vorschein. Ein dünnes Seil ist an ihm befestigt.

»Das ist ein Wurfanker«, erklärt Puschkin.

»Wo hast du den her?«

»Ich habe die Sachen gestern nach meinem Treffen mit Frau von Waldenfels in dem Sportgeschäft am Bahnhof gekauft. Der Spaß hat mich eine Stange Geld gekostet, eine Stange, jawoll. Außerdem habe ich mir beim Verstecken den Mantel und die Schuhe schmutzig gemacht. Und das, wo deine Mutter Lippenpickel kriegt, wenn sie Dreck sieht.«

»Was sollen wir mit einem Anker?«, fragt Pia. »Ich muss doch in den vierten Stock klettern – nicht segeln!«

Puschkin lacht. »Ohne Wurfanker läuft beim Fassadenklettern gar nichts. Und jetzt: Attacke!«

Er lässt den Anker einige Male in der Senkrechten kreisen und wirft ihn dann mit einer blitzschnellen Bewegung durch eine der dunklen Fensterhöhlen im zweiten Stock.

Ein leichter Zug am Seil – und der Wurfanker landet wieder zu seinen Füßen.

»Geht noch ganz gut, jawoll«, sagt Puschkin zufrieden und reicht Pia den Anker. »Jetzt du!«

»Wenn das alles ist«, sagt sie gelangweilt. Der Anker kreist drei-, viermal – und fliegt zu dem Fenster, das ihr Puschkin gezeigt hat. Mit einem hässlichen Geräusch knallt der Anker weit unterhalb gegen die Fassade und fällt in die Brennnesseln am Fuß des Gebäudes. Pia versucht es ein zweites und ein drittes Mal. Aber sie kommt nicht einmal in die Nähe des Fensters. Wütend zieht sie ihr Sweatshirt aus, dreht den Anker, dass es zischt – und trifft wieder nur die Mauer.

Puschkin grinst. »Wenn das alles ist«, äfft er Pia nach. Dann nimmt er ihr den Anker ab und sagt: »Du brichst die Bewegung ab, sobald der Anker fliegt. Es geht leichter, wenn du ihm mit der Hand in Richtung auf das Ziel folgst. Basketballspieler machen es genauso. Pass auf, ich nehme das Fenster im dritten Stock rechts.«

Und tatsächlich fliegt der Anker schon beim ersten Versuch ins Ziel. »Gelernt ist gelernt, jawoll«, sagt Puschkin.

So ein Angeber, denkt Pia.

Eine halbe Stunde später hat sie noch immer in keines der Fenster getroffen. Aber sie kommt mit jedem Wurf näher heran. Und als Puschkin zum ersten Mal auf seine Armbanduhr blickt, segelt der Anker in das größte Fenster genau in der Mitte der Fassade.

Puschkin klopft ihr anerkennend auf die Schulter. »Prima, mein Mädchen«, sagt er. »Jetzt zieh das Seil straff.«

Pia zieht vorsichtig – im nächsten Augenblick erscheint der Anker auf der Fensterbank und saust nach unten.

»Mist!«, schimpft sie. »Ich lerne es nie!«

»Und ob«, widerspricht Puschkin. »Der Anker kann sich dort oben nur verhaken, wenn du mit einem festen Ruck am Seil ziehst. Versuch's noch mal!«

Diesmal landet der Anker bereits beim zweiten Wurf im Fenster. Pia macht es so, wie ihr Großvater gesagt hat, und das Ding verhakt sich knirschend irgendwo unterhalb der Fensterbank. Das Seil liegt straff in Pias Hand.

»Jetzt könntest du eigentlich raufklettern«, sagt Puschkin, nachdem er die Spannung überprüft hat.

»Da rauf?«, murmelt Pia und muss mal wieder schlucken. »Mit dem dünnen Seil?«

»An das kannst du eine Herde Elefanten hängen«, sagt er. »Wir trainieren morgen weiter. Heute habe ich noch was vor.«

»Mit Gloria Dingsbums?«

Er nickt. »Ich habe ihr eine Hafenrundfahrt versprochen.«

»Darf ich mitkommen?«, fragt Pia. »Bitte, Puschkin!«

Er streicht ihr über die roten Haare. »Ein andermal«, sagt er. »Wenn Gloria und ich uns besser kennen.«

Puschkin stopft Anker und Seil zurück in den Rucksack und versteckt alles im Gebüsch. Dann machen sie sich auf den Heimweg.

Eigentlich hat Pia vor, Puschkin unauffällig zu folgen, wenn er zu seinem Rendezvous geht. Sie würde zu gern beobachten, was er anstellt, um diese Gloria zu küssen oder so was. Aber ihre Mutter macht ihr einen Strich durch die Rechnung.

»Komm sofort her, Pia!«, ruft sie, kaum dass die beiden im Hausflur stehen. Ihre Stimme klingt nach Sturm. Windstärke 8–9. Mindestens.

»Dicke Luft«, flüstert Puschkin und humpelt eilig die Treppe hinauf. »Halt die Ohren steif, mein Mädchen. Und nichts zugeben, hörst du? Alles abstreiten, alles, jawoll!«

»Erstens«, sagt Mama, als Pia zu ihr in die Küche kommt. So fängt sie immer an, wenn sie was zu schimpfen hat.

»Ich hab Hunger«, unterbricht sie Pia. »Darf ich ein Marmeladenbrot essen?«

»Später«, sagt ihre Mutter energisch und baut sich vor Pia auf. »Erstens sollst du deine Schularbeiten machen, bevor du rausgehst.«

»Aber …«, beginnt Pia.

Doch ihre Mutter lässt sie nicht zu Wort kommen. »Zweitens soll sich Opa nicht anstrengen. Das ist nicht gut für sein Herz. Dann wird ihm wieder schwindlig.«

»Und drittens?«, fragt Pia.

»Und drittens seid ihr beobachtet worden«, antwortet ihre Mutter mit finsterem Gesicht.

Au Backe! Das ist schlecht, sehr schlecht sogar. »Wer hat uns denn gesehen?«, fragt Pia vorsichtig.

»Tante Marga.«

Tante Marga! Das passt zu ihr. Seit ihre Tante bei ihnen wohnt, hat sie sie schon mehr als einmal bei ihren Eltern verpfiffen. Als sie auf das frisch geteerte Garagendach geklettert ist zum Beispiel. Oder als sie Max und Moritz, die Zwillinge von gegenüber, mit faulen Äpfeln beschmissen hat. Und jetzt spioniert sie ihr sogar an der alten Brauerei nach!

»Die blöde Kuh!«, knurrt Pia.

»Also wirklich!«

»Ist doch wahr, Mama.«

Die streicht sich die blonden Haare aus dem Gesicht. »Jedenfalls hat Tante Marga gesehen, wie du und dein Opa an der alten Brauerei Fenster eingeworfen habt. Seid ihr denn total verrückt geworden? Außerdem haben wir dir tausendmal verboten, dort hinzugehen.«

Pia lacht. »Was sollen wir gemacht haben?«, ruft sie.

»Ihr habt die Fenster eingeworfen, Kind. Oder willst du das etwa bestreiten?«

»Aber logo!«, ruft Pia. »In den Fenstern sind ja schon ewig keine Scheiben mehr drin!«

»Ach«, sagt ihre Mutter. »Was habt ihr beiden denn dann gemacht? An der alten Brauerei?«

Pia zögert. Was soll sie darauf antworten? Dass sie für einen Einbruch ins Grandhotel trainiert haben? »Wir haben zielen geübt«, antwortet sie schließlich. Irgendwie stimmt das ja auch. Außerdem fällt ihr im Moment nichts Besseres ein.

»Ihr habt was?«

»Zielen geübt. Puschkin hat mir gezeigt, wie man alles treffen kann, was man will. Auch leere Fenster. Er kann das total prima.«

Ihre Mutter denkt nach. »Und wofür soll das gut sein?«, fragt sie dann.

»Na ja«, sagt Pia. »Zielen kann man doch immer gebrauchen. Beim Basketball, beim Luftgewehrschießen, beim Fußballspielen, beim Boxen. Überall!«

Ihrer Mutter ist deutlich anzusehen, dass sie ihr nicht

glaubt. Pia würde sich an Mamas Stelle auch nicht glauben.

»Wenn Puschkin dir irgendwelche Dinge aus seiner Zeit als Verbrecher beibringt«, sagt Mama mit hochgezogenen Augenbrauen, »dann … dann …« Sie zögert. »Dann geht er ins Altersheim«, beendet sie ihren Satz.

»Puschkin ist in Ordnung«, sagt Pia. »Darf ich jetzt Schularbeiten machen?«

»Ich bitte darum.«

Bevor sie sich an den Schreibtisch setzt, schaut Pia noch bei ihrem Opa vorbei. Er steht in roten Boxershorts und blütenweißem Unterhemd im Bad und rasiert sich. Auf dem Bett liegen ausgebreitet seine besten Sachen. Den eleganten braunen Kaschmirmantel kennt Pia noch nicht, der scheint neu zu sein.

»Was war los?«, ruft Puschkin.

»Wir sind gesehen worden!«, ruft sie zurück.

»Autsch!«, macht Puschkin. »Jetzt habe ich mich geschnitten.« Er kommt aus dem Bad und hält sich einen Wattebausch ans Kinn. »Wer hat uns gesehen?«, fragt er.

»Tante Marga. Sie hat Mama erzählt, wir hätten die Fenster eingeschmissen«, antwortet Pia.

Puschkin kichert. »So ein Blödsinn!«

»Jedenfalls müssen wir besser aufpassen, wenn wir trainieren«, sagt Pia. Sie stellt sich auf die Zehenspitzen und gibt Puschkin einen Kuss auf die Backe. »Vergiss mich nicht, wenn du mit deiner Tussi unterwegs bist«, sagt sie.

»Dich? Niemals«, sagt er. Er streicht ihr mit der Hand übers Gesicht. »Deine Backe wird schon wieder. Und das Auge auch.«

»Hoffentlich«, sagt Pia unglücklich. Sie kann ihr Auge inzwischen zwar ein bisschen weiter öffnen, trotzdem sieht es immer noch schlimm aus. Der Lennart grinst bloß blöd, wenn sie ihn auf dem Schulhof anguckt. Dabei hat er sonst ganz lieb zurückgelächelt.

# Pia klettert

Am nächsten Mittag setzt sich Pia sofort an ihre Schularbeiten. Mama soll auf keinen Fall Verdacht schöpfen. Puschkin hat Trainingsanzüge und Turnschuhe schon am Morgen, als niemand zu Hause war, zur alten Brauerei gebracht. Nach dem Essen – Mama hat Zucchini-Auflauf mit Tofu-Gulasch gekocht, es hat gar nicht mal so schlecht geschmeckt – hat er sich schnell verabschiedet und dabei etwas von »schönem Wetter« und »unbedingt spazieren gehen« gemurmelt.

Nachdem Pia die Jahreszahlen für den Geschichtstest über Ägypten auswendig gelernt hat, geht sie in die Küche. Ihre Mutter ist nicht da. Dafür macht sich Tante Marga am Kühlschrank zu schaffen. Offenbar hat sie den Nachmittag in der Bank freigenommen. Na warte, denkt Pia. Jetzt bist du dran!

»Hast du schon gehört?«, fragt sie.

Tante Marga schlägt die Kühlschranktür zu und dreht sich um. In der Hand hält sie eine Gewürzgurke und ein angebissenes Stück Wurst. »Was soll ich gehört haben?«, fragt sie unfreundlich.

»Von der Explosion.«

»Von welcher Explosion?«

»An der alten Brauerei hat es heute Morgen gekracht«, antwortet Pia.

Tante Marga schluckt, von einem Augenblick zum anderen ist sie blass geworden.

Sofort setzt Pia nach. »Die Polizei sagt, zum Glück ist niemand auf dem Gelände gewesen. Den hätte es sonst in kleine Stücke zerlegt. Vielleicht hätte man auch gar nichts mehr von ihm gefunden.«

»In k… k… kleine Stücke«, murmelt Tante Marga, drückt sich die Hand auf den Bauch und lässt sich schwer auf einen der Stühle fallen. Ihr Gesicht ist jetzt weiß wie ein frisch gewaschenes Bettlaken.

»Ja, dann tschüss!«, ruft Pia ihr zu und verlässt zufrieden pfeifend die Küche.

Mama setzt im Garten Pflanzen ein. »Ich fahre ein bisschen Rad«, sagt Pia.

»Aber du setzt den Helm auf.«

»Mach ich«, sagt Pia.

Draußen ist es warm. Die Sonne scheint aus einem tiefblauen, wolkenlosen Himmel. Überall riecht es nach frisch gemähtem Gras. Pia ist froh, dass sie nur ihr T-Shirt angezogen hat.

Puschkin wartet schon. Ihm scheint es nicht gut zu gehen, zwischen seinen Augen sitzt eine tiefe Falte, er ist noch blasser als sonst.

Als sie ihm von Tante Marga erzählt, bringt er nur ein gequältes Lächeln zustande. »Geschieht ihr ganz recht«, sagt er.

»Was ist los mit dir?«, ruft Pia, während sie hinter dem Gebüsch ihre Trainingssachen anzieht.

»Mein Rheuma«, stöhnt Puschkin und macht den Rücken krumm. »Die Fahrt mit dem Schiff war Gift für mich.«

Pia zieht den Reißverschluss ihrer Trainingsjacke hoch. »Es gibt eben kein schlimmer Leid, als das der Mensch sich selbst andeit…« Den Spruch hat Puschkin ihr beigebracht.

»Halt bloß die Klappe!«, unterbricht er sie. »Hilf mir lieber.«

Er kriecht in das Gebüsch, sie folgt ihm. Drunter liegen ein paar alte Matratzen, aus zweien quillt die Füllung heraus. Sie schleppen eine nach der anderen zum Verwaltungsgebäude und legen sie unter die Fenster.

»Hast du die selber hergeschleppt?«, fragt Pia.

Er schüttelt den Kopf und schnappt nach Luft. »Das hat ein Kumpel gemacht, den ich von früher kenne.«

»Ein … ein Tresorknacker?«, fragt Pia neugierig.

»Ein Taschendieb«, antwortet Puschkin. »Der beste, den es je gegeben hat. Je, jawoll. Der hat dir den Gürtel aus der Hose geklaut, ohne dass du was gemerkt hast.«

Pia hat noch eine Frage. Den ganzen Morgen hat sie darüber nachgedacht: »Was ist eigentlich, wenn die Balkontür bei deiner Gloria verschlossen ist? Soll ich die Scheibe von ihrem Fenster einschlagen?«

Puschkin lächelt und holt etwas aus der Hosentasche, das wie ein Messer aussieht. »Der Glasschneider hier macht weniger Krach«, sagt er. »Den nimmst du mit, wenn es so weit ist.«

Dann beginnen die beiden zu trainieren. Mit dem Anker klappt es jetzt schon viel besser. Pia trifft in jedes Fenster, das Puschkin ihr zeigt. Schade, dass niemand aus ihrer Klasse sie sehen kann. Die würden Augen machen, die Blödmänner.

Schließlich bittet Puschkin sie, den Anker in einen der Räume im zweiten Stock zu werfen. Sie tut es. Der Anker scheint bombenfest zu sitzen.

»Kletter rauf!«, kommandiert Puschkin. »In das Fenster im Stockwerk drunter. Und behalte deinen Fahrradhelm auf. Attacke!«

In den ersten Stock? Das ist ja wohl zu schaffen. Pia klammert sich an das Seil und zieht sich mit beiden Händen abwechselnd hoch.

Doch nach dem sechsten Handwechsel ist Schluss. Ihre Hände brennen, ihre Schultern sind steif, der Kopf beginnt zu schmerzen. Und noch fehlt mindestens ein Meter bis zum Fensterbrett.

»Ich kann nicht mehr!«, ruft sie Puschkin zu.

»Dann lass los!«, ruft er. »Lass dich einfach auf die Matratzen fallen!«

»Du machst es dir unnötig schwer. Unnötig, jawoll«, sagt er, nachdem sie wohlbehalten gelandet ist. »Erstens brauchst du die hier.« Er zieht ein Paar alte, dicke Lederhandschuhe aus seiner Jackentasche. Warum hat er ihr die nicht schon vorher gegeben?

»Und zweitens?«

Er setzt sich neben sie auf den Matratzenberg. »Wenn du dich nur mit den Händen hochziehst, schaffst du es nie bis in den vierten Stock. Deine Beine und deine Füße müssen helfen. Lauf die Wand rauf. Wie ein Bergsteiger im Fels. Dann geht es viel leichter.«

Und es klappt tatsächlich. Beim zweiten Versuch stützt

Pia die Füße waagerecht an die Wand und arbeitet sich am Seil Stück für Stück zum ersten Stock hinauf.

»Prima!«, ruft Puschkin, als sie in Höhe des Fensters ist. »Und jetzt schwingen! Die Beine hoch und schwingen!«

Pia befolgt seine Anweisung – und saust im nächsten Augenblick durchs Fenster ins Innere des Gebäudes. Drinnen ist der Boden mit Glasscherben übersät, in einer Ecke des Zimmers steht ein verstaubter Aktenschrank. Neugierig öffnet sie ihn. Er ist leer, natürlich.

»Komm wieder runter!«, hört sie Puschkins Stimme.

Sie lehnt sich über die Fensterbrüstung. »Achtung, ich springe!«, ruft sie.

»Das wirst du nicht tun!«, ruft er zurück. »Aus dem vierten Stock kannst du auch nicht springen. Außerdem liegen dann unten keine Matratzen.«

Also schwingt sich Pia gehorsam am Seil aus dem Fenster und läuft rückwärts die Hauswand hinunter, bis sie wieder auf sicherem Boden steht.

»Jetzt klettere ich in den vierten Stock«, sagt sie mutig.

Er schüttelt den Kopf. »Jetzt verstecken wir unsere Sachen und gehen nach Hause«, sagt er. »Morgen ist auch noch ein Tag. Noch einer, jawoll.«

»Hast du … triffst du wieder deine Gloria?«, fragt Pia.

»Heute nicht«, antwortet er. »Nein, ich muss ins Bett.«

»Wie lange bleibt sie eigentlich im Hotel?«, fragt Pia, als sie nach Hause trotten.

»Zwei Wochen«, antwortet Puschkin. Er bleibt stehen und massiert seine Knie. »Dann fährt sie mit einem Kreuzfahrtschiff in die Karibik.«

»Und du hast den Stein.«

»Du sagst es.«

»Und wenn wir ihn nicht kriegen?«

Puschkin stützt die Hände in die Hüften und stöhnt. »Dann gehe ich mit auf Kreuzfahrt.«

»Wie bitte?«

Er grinst. »Gloria ist eine äußerst charmante Dame, äußerst charmant, jawoll!«

# Puschkin mag keine Rosen

In der Nacht wacht Pia auf. Das passiert so gut wie nie, normalerweise schläft sie wie ein Stein. Die Leuchtziffern des Weckers neben ihrem Bett zeigen halb vier, durch die Ritzen der Jalousien fällt das Licht der Straßenlaternen ins Zimmer. Pia will sich gerade wieder umdrehen, um weiterzuschlafen, als sie leise Stimmen aus Puschkins Wohnung hört. Unwillkürlich muss sie grinsen. Hat der alte Schlingel diese Gloria von Dingsbums mitgebracht? Ach, Unsinn. Eine Frau, die in der Präsidentensuite des Grandhotels übernachtet, wird sich bestimmt nicht in Opas Hütte locken lassen. Aber was ist dann da oben los?

Leise steht Pia auf, schlüpft in ihre Puschen und öffnet die Tür zum Flur. Alles ist hell erleuchtet. Außerdem scheint die Haustür offen zu stehen, ein kalter Luftzug lässt Pia frösteln.

In diesem Augenblick geht die Tür von Opas Wohnung auf. Papa kommt heraus. Sein karierter Schlafanzug ist schief zugeknöpft, seine sonst streng gescheitelten Haare stehen ihm wirr um den Kopf. Als er Pia an der Treppe stehen sieht, erschrickt er. »Du bist wach?«, ruft er.

»Was ist los?«, fragt Pia.

Ihr Vater läuft die letzten Stufen der Treppe hinunter, nimmt sie in den Arm und versucht, sie in ihr Zimmer zu schieben. »Leg dich wieder schlafen«, sagt er. »Das ist nichts für dich.«

Pia hat plötzlich das Gefühl, dass ihre Beine sie nicht mehr tragen. Mit beiden Händen klammert sie sich an Papas Arm fest. »Was ist nichts für mich?«, fragt sie mit einer Stimme, die mindestens eine Oktave höher klingt als sonst. »Ist Puschkin … ist Opa …?«

Beruhigend streicht ihr Vater ihr durch die Haare. »Deinem Opa geht's überhaupt nicht gut«, sagt er leise. »Das Herz, weißt du. Wir mussten den Notarzt rufen. Gleich bringen sie ihn ins Krankenhaus.«

Pia atmet tief durch. Für einen Augenblick hat sie befürchtet, Puschkin wäre … nein, sie mag das Wort nicht mal denken. »Ich will zu ihm«, sagt sie und löst sich aus Papas Armen.

Der schüttelt den Kopf. »Besser nicht. Puschkin hat sich sehr verändert.«

»Jetzt hast du Puschkin gesagt, Papa. Zum ersten Mal.«

Von oben ist Lärm zu hören, ein Stuhl fällt um. Im nächsten Moment tritt ein Mann in roter Jacke und roter Hose aus Puschkins Wohnungstür, dahinter erscheint eine Trage, auf der Puschkin liegt, dann ein zweiter Mann in roter Kleidung. Ihnen folgt jemand im Arztkittel mit einer durchsichtigen Flasche in der erhobenen Hand. Ein Schlauch führt von der Flasche zu Puschkins Hand. Vorsichtig tragen die beiden Sanitäter die Bahre die Treppe hinunter. Es scheint sie nicht besonders anzustrengen. Kein Wunder, schließlich ist Opa schon immer ein Fliegengewicht gewesen.

»Bitte, leg dich hin«, flüstert Papa Pia ins Ohr. »Das musst du wirklich nicht sehen.«

Doch Pia beachtet ihn nicht. Stattdessen geht sie auf die Sanitäter zu und sagt energisch: »Warten Sie!« Die beiden Männer gehorchen und stellen die Trage vor ihr ab.

Puschkin sieht aus, als sei er in ein paar Stunden um zwanzig Jahre gealtert. Seine schmalen Lippen sind von einem blassen Blau, der Mund wirkt eingefallen, offenbar haben sie ihm das Gebiss herausgenommen. Seine kalkweißen Hände liegen schlaff auf seinem Bauch. Der Schlafanzug ist über der Brust geöffnet, zwei kreisrunde rote Stellen sind auf der Haut zu sehen. Opa hat die Augen geschlossen, seine Lider sind wie aus Pergamentpapier. Es ist eindeutig Puschkin – und irgendwie ist er es auch nicht.

»Opa!«, sagt sie.

Er reagiert nicht.

»Puschkin!!«

»Er hört dich nicht«, sagt der Arzt. »Ich habe ihm eine Spritze gegeben.«

Pia kniet sich hin und streicht Puschkin über die Backe. Die Haut fühlt sich glatt an. Seit er diese Frau aus dem Grandhotel kennt, rasiert er sich öfter. Warum ist er bloß auf die Idee mit dem Smaragd gekommen? Die Treffen mit der Tussi und das Training an der alten Brauerei waren eindeutig zu viel für ihn. Sie ist schuld, dass sein Herz nicht mehr will, sie hätte ihn stoppen müssen!

»Wird er … wird er wieder gesund?«, fragt sie den Doktor.

»Du magst deinen Opa sehr, stimmt's?«, sagt der, während die Sanitäter die Trage hochnehmen.

Pia nickt, ein dicker Kloß sitzt ihr im Hals. Der Flur verschwimmt vor ihren Augen.

»Wir werden sehen, was wir für ihn tun können«, sagt der Arzt und folgt zusammen mit Papa den beiden Sanitätern die Treppe hinunter ins Erdgeschoss.

»Er war mal Boxer!«, ruft Pia hinter ihnen her.

Dann schließt sich die Haustür, draußen springt ein Motor an, und das Martinshorn beginnt zu tuten. Als Pia sich aus ihrer Erstarrung löst und aus dem Haus rennt, verschwindet der Krankenwagen gerade um die nächste Straßenecke.

In diesem Moment legen sich zwei Hände von hinten um Pias Schultern. Es ist Mama. »Du erkältest dich«, sagt sie. »Lass uns reingehen, Kind.«

Im Wohnzimmer wartet Tante Marga auf sie. Sie hat sich ihren viel zu engen, geblümten Bademantel übergeworfen und ist ungeschminkt. In der Hand hält sie ein Glas Milch. »Für dich, Pia«, sagt sie.

Die schüttelt den Kopf. »Ist Puschkin sehr krank?«, fragt sie ihre Mutter.

»Ja. Sein Herz hatte schon aufgehört zu schlagen.«

Pia setzt sich in einen der Sessel. Noch nie sind ihre Beine so wacklig gewesen.

»Sie haben ihn mit Elektroschocks zurückgeholt«, fährt ihre Mutter fort.

»Zum Glück«, sagt Tante Marga.

»Hat er deshalb die roten Flecken auf der Brust?«, fragt Pia.

Mama nickt.

»Er wird doch wieder gesund?«, fragt Pia weiter.

»Klar«, sagt Tante Marga.

»Natürlich«, sagt Mama.

Dass Erwachsene immer glauben, sie könnten Kindern was vormachen, geht es Pia durch den Kopf. Opa ist schwer krank. Um das zu wissen, muss man kein Arzt sein. Wie er vorhin auf der Trage lag, hat es ausgesehen, als ob er sich schon verabschiedet hätte. Vom Leben. Von ihr. Von allem. Wenn kein Wunder geschieht, wird er das auch tun. Sehr bald. Da ist sich Pia sicher.

Mama schließt sie in die Arme. »Versuch zu schlafen. Wenn du morgen früh zu müde bist, brauchst du nicht in die Schule. Einverstanden?«

»Wir müssen alle mal sterben«, sagt Tante Marga und stürzt die Milch in einem Zug hinunter. »Dein Opa hat ein ausgefülltes Leben gehabt, glaub mir. Manche Leute werden neunzig und haben nicht die Hälfte erlebt.«

Pia schweigt. Was soll sie zu diesem Unsinn sagen? Dass sie Puschkin braucht? Dass er noch lange nicht genug vom Leben hat? Dass es ihm gerade in den letzten Tagen so gut gegangen ist wie ewig nicht mehr? Dass er einfach nicht sterben darf? Tante Marga braucht das alles nicht zu wissen. Sie ist eine falsche Schlange und wartet unter Garantie nur darauf, aus dem Souterrain hinauf in seine Wohnung ziehen zu können.

Als Pia wieder in ihrem Bett liegt, beginnt es draußen, hell zu werden. Die ersten Vögel sind zu hören, ein Wagen der Stadtreinigung klappert durch die Straße. Pia geht zum Fenster, zieht die Jalousien hoch und schaut hinaus. Das niedrige Kapitänshaus gegenüber, in dem Max und Moritz wohnen, ist erleuchtet, wahrscheinlich sind sie dort vom

Lärm des Rettungswagens wach geworden. Die haben es gut, die müssen keine Angst um einen Opa haben, dessen Herz nicht weiß, ob es schlagen soll oder nicht.

Pia friert. Es kommt ihr vor, als stecke sie bis zum Hals in einem See, der sich nach und nach in Eis verwandelt. Um nicht zu erfrieren, zieht sie sich ihren dicksten Winterpullover an und die warmen Wollsocken und hockt sich aufs Fensterbrett.

Bevor Papa nicht nach Hause gekommen ist, wird sie sowieso nicht schlafen können.

Eine Stunde später, inzwischen hat sich der Mond in eine blasse Frisbeescheibe verwandelt, und am Himmel ist ein mattes Blau zu erkennen, hält ein Taxi vor dem Haus. Sofort springt Pia vom Fensterbrett und rennt zur Haustür.

»Du schläfst nicht?«, wird sie von ihrem Vater begrüßt.

»Was ist mit Puschkin?«, fragt Pia.

»Wir müssen Geduld haben, sagen die Ärzte. Heute Morgen werden sie ihn erst mal gründlich untersuchen.«

»Hast du mit ihm gesprochen?«, fragt Pia weiter.

Papa nickt. »Ich soll dich grüßen. Mehr hat er nicht gesagt. Bloß, dass ich dich grüßen soll.«

Zurück in ihrem Zimmer zieht Pia den Pullover und die Socken aus. Die Kälte, die ihr gerade noch die Luft abgeschnürt hat, ist mit einem Mal verschwunden.

Es geht schon auf Mittag zu, als Pia aufwacht. Offenbar hat Mama den Wecker abgestellt und sie ausschlafen lassen. Ist auch besser so, nach der schrecklichen Nacht hätte sie in der Schule bestimmt nichts mitgekriegt. Pia geht ins Bad und wäscht sich. Sonst ist es hier immer ziemlich ordentlich – wie im ganzen Haus. Jetzt liegt alles kreuz und quer durcheinander. Offenbar hat sich niemand die Mühe gemacht aufzuräumen.

In Puschkins Wohnung sieht es besser aus. Das Bett ist gemacht, der Tisch abgeräumt. Auf dem Nachtschränkchen liegt ein Prospekt. »Kreuzfahrten für Junggebliebene« steht drauf. Ob er den gerade gelesen hat, als sein Herz aussetzte? Pia holt eines der geheimnisvollen Schlösser aus der untersten Schublade der Kommode, hockt sich aufs Bett und versucht, den Schließmechanismus zu knacken. Was ihr sonst so leichtgefallen ist, funktioniert heute nicht. Komisch, wie leblos Puschkins Wohnung plötzlich wirkt. Außerdem riecht es anders – nach Krankenhaus und Putzmitteln.

Auf ihrer Wanderung durchs Haus findet Pia ihre Mutter in der Küche. Mama bereitet irgendwas mit Auberginen vor.

»Eigentlich hätte ich jetzt Mathe«, sagt Pia.

»Willst du noch frühstücken oder gleich zu Mittag essen?«, fragt Mama.

»Ich möchte Puschkin besuchen«, sagt Pia. »Sofort!«

Mama wischt ihre Hände ab. »Dein Großvater hatte den ganzen Morgen Untersuchungen«, sagt sie. »Es reicht, wenn wir am frühen Nachmittag zu ihm fahren. Einverstanden?«

Pia nickt. Es fällt ihr schwer, aber vielleicht ist es besser so. »Kann ich Müsli essen?«, fragt sie.

»Und die Auberginen?«

»Mag ich nicht.«

»Aber Pia! Sie sind …«

»… so gesund«, beendet sie Mamas Satz.

Zwei Stunden später betreten sie das Hafenkrankenhaus. Unterwegs haben sie Blumen gekauft, gelbe Rosen. Mama sagt an der Pforte ihren Namen und fragt nach der Intensivstation.

»Ihr Schwiegervater ist auf die Innere verlegt worden«, erklärt die Frau hinter der Scheibe. »Wir hatten gerade einen schweren Arbeitsunfall in der Werft und brauchen jedes Bett auf der Intensivstation. Fahren Sie bitte in den sechsten Stock. Und dann rechts den Gang entlang.«

Puschkin liegt mit einem anderen älteren Mann in einem Zweibettzimmer. Über ihm hängen Infusionsflaschen, auf einem Wagen steht ein Monitor. Opas Augen sind geöffnet, er hebt die Hand, als sie auf sein Bett zukommen.

»Hallo, Kleine«, sagt er leise.

»Hallo, Puschkin. Wir haben dir Blumen mitgebracht.«

»Danke«, flüstert er. »Viola, lass dir von der Schwester eine Vase geben, ja?«

Kaum ist ihre Mutter aus der Tür, winkt Puschkin Pia zu sich heran.

»Frau von Waldenfels braucht nicht zu wissen, dass ich hier liege«, sagt er.

»Und der Stein?«, fragt Pia.

Ihr Großvater winkt ab. »Der nützt mir nichts mehr, mein Mädchen. Ich bin alt und das Ding da« – er klopft auf seine Brust – »das Ding da hat genug. Letzte Nacht war es fast so weit. Fast, jawoll.« Er bricht ab. »Schade, mein Plan war gar nicht schlecht.«

Pia stützt die Hände in die Hüften. »Du kommst hier wieder raus«, sagt sie energisch. »Und dann holen wir uns den Smaragd. Und dann wirst du hundertfünfzig Jahre alt.«

Er schüttelt traurig den Kopf.

»Und dann hast du kein Rheuma mehr und keine Schwindelanfälle.«

Wieder schüttelt er den Kopf.

»Mensch, Puschkin, reiß dich zusammen! Du warst mal Boxer!«, ruft Pia.

In diesem Moment geht die Tür auf und Mama kommt mit einer Vase in der Hand zurück. Sie stellt die Rosen hinein und sagt: »Die Stationsschwester möchte, dass wir wieder gehen. Es wird sonst zu viel für dich, Vater.«

»Ja, ja«, sagt Puschkin und gibt Pia zum Abschied einen Kuss. »Ich mag keine Rosen«, flüstert er ihr ins Ohr. »Ich habe sie noch nie gemocht. Nie, jawoll. Und gelbe schon gar nicht.«

»Ich hab dich lieb«, sagt Pia leise.

»Was habt ihr die ganze Zeit zu flüstern gehabt?«, fragt Mama auf der Fahrt nach Hause.

»Puschkin mag keine Rosen«, antwortet Pia.

Ihre Mutter verzieht das Gesicht. »Der alte Mann ist nie zufrieden«, murmelt sie.

Bis sie im Kirchweg ankommen, schweigen sie. So hat Pia ausreichend Zeit nachzudenken. Als sie schließlich vor dem Haus Nr. 27 anhalten, steht ihr Entschluss fest: Wenn Puschkin nicht mehr mitmachen kann, muss sie den Stein eben allein holen. Und zwar schnell! Normalerweise glaubt sie ja nicht an geheimnisvolle Mächte und solchen Kram. Normalerweise können ihr Bücher über Hexen, Zauberer, mächtige Ringe und fliegende Besen gestohlen bleiben. Aber jetzt ist es was anderes. Jetzt ist sie die Einzige, die

Puschkin helfen kann. Doch sie wird es nicht allein schaffen, sie braucht jemanden, der ihr hilft. Und sie weiß auch schon, wer das ist.

Zu Hause hängt sie sich sofort ans Telefon und ruft Johannes an. Seit dem ersten Jahr in der Grundschule geht sie mit ihm in eine Klasse. Und seitdem ist er in sie verliebt. In seinem allerersten Briefchen hat gestanden: »Du hasst so schöhne Hahre!« Dem sind viele weitere – irgendwann fehlerfreie – Briefchen gefolgt. Inzwischen ist Johannes außer in Sport in allen Fächern der Beste in der Klasse und noch immer bekommt sie jeden zweiten Tag einen Liebesbrief von ihm.

Ihr geht das ziemlich auf den Wecker. Wenn Johannes wenigstens gut aussähe! Aber er ist lang und dünn, trägt die blonden Haare bis über die Ohren, hat eine unmögliche bunte Brille und einen schiefen Eckzahn.

Doch sonst ist Johannes in Ordnung, man kann sich total auf ihn verlassen. Er bildet sich auch nichts auf seine Noten ein, lässt bei Klassenarbeiten abschreiben und bringt an seinem Geburtstag immer einen riesigen Schokoladenkuchen mit in die Schule.

Nach dreimaligem Klingeln meldet sich Johannes. Er ist so überrascht, dass er stottert. Pia fragt ihn nach den Hausaufgaben und erklärt dann, dass sie ihn sehen müsse.

»So-so-sofort?«, stottert Johannes.

»Ja.«

»Gu-gu-gut«, stottert Johannes.

»An der alten Brauerei.«

»I-i-in Ordnung«, stottert Johannes.

Fast gleichzeitig treffen sie auf dem Gelände der stillgelegten Brauerei ein. Nachdem Pia von Puschkins Erkrankung und dem Edelstein erzählt hat, sagt Johannes: »Wenn ich dich richtig verstehe, soll ich dir helfen, den Smaragd zu klauen.«

Pia nickt. »Es ist Notwehr«, sagt sie.

»Es ist Diebstahl«, sagt Johannes. »Außerdem glaube ich nicht an Wundersteine.«

»Ich eigentlich auch nicht. Aber mein Opa braucht Hilfe, sonst kommt er nicht mehr aus dem Krankenhaus raus. Bitte, Johannes, ohne dich schaffe ich es nicht!«

Er zieht die Stirn in Falten und reibt sich die Nase. Als Pia schon nicht mehr damit rechnet, sagt er: »In Ordnung. Du hast mich überredet.«

Am liebsten würde sie ihm jetzt einen Kuss geben. Doch dann lässt sie es lieber bleiben. Kann sein, dass Johannes das falsch verstehen würde.

Im Laufe des Nachmittags stellt sich heraus, dass Johannes zum Klettern überhaupt nicht zu gebrauchen ist.

Bis zum ersten Stock geht alles gut, danach wird ihm schwindlig – ganz gleich, ob er nach oben oder nach unten guckt.

Dafür ist er ein äußerst geschickter Werfer. Im Gegensatz zu Pia lernt er in kürzester Zeit, mit dem Anker umzugehen, und plaziert ihn in jedes Fenster, das sie ihm zeigt. Bis hinauf in den sechsten Stock!

»Woher kannst du das?«, fragt sie verwundert.

Er zuckt die Schultern. »Keine Ahnung«, sagt er und lässt den Anker kreisen. »Vielleicht sollte ich Hammerwerfer werden.«

Hammerwerfer? Pia grinst. Johannes sieht eher wie ein Marathonläufer aus.

Bis zum Abend klettert Pia ein Dutzend Mal in den dritten Stock. Irgendwann rennt sie fast die Fassade hinauf, die Matratzen unter dem Fenster geben ihr Sicherheit. Am nächsten Tag wird sie sich am vierten Stock versuchen. Und wenn sie den im Griff hat, kann sie den Aufstieg zur Präsidentensuite wagen.

»Danke, Johannes«, sagt sie zum Abschied.

»Schon gut«, sagt er. »Du weißt doch, dass ich dich ...«

»Ja, ja!«, unterbricht ihn Pia und rast auf ihrem Fahrrad davon. Eine Liebeserklärung hat ihr gerade noch gefehlt!

Zu Hause warten sie schon mit dem Essen auf sie.

»Wo bist du gewesen?«, fragt Papa.

»Fahrrad fahren.«

»Tante Marga hat sich über dich beschwert«, fährt er fort. »Sie sagt, du bist frech und lügst.«

»Stimmt ja gar nicht!«

»Sie hat bei der Polizei nachgefragt. Es hat an der alten Brauerei überhaupt keine Explosion gegeben. Was hast du ihr da bloß für einen Unsinn erzählt? Deine Tante hat sich zu Tode erschreckt!«

Pia lacht. »War doch nur Spaß, Papa.«

Aber ihr Vater lacht nicht mit. »In Zukunft unterlässt du bitte solche Scherze, ja?«

»Ja, ja. Wie geht's Puschkin?«

Die Untersuchungen seien noch nicht abgeschlossen, erzählt Papa. Opa schlafe viel. Die Ärzte sagen, er habe Glück gehabt. Wenn der Notarzt nicht so schnell da gewesen wäre, wäre es mit ziemlicher Sicherheit zu spät gewesen.

»Wer hat ihn eigentlich gefunden?«, will Pia wissen.

»Tante Marga«, antwortet Papa. »Sie hat gehört, wie er aus dem Bett gefallen ist.«

»Aber sie wohnt doch im Keller«, sagt Pia verwundert.

»Im Souterrain«, korrigiert sie ihr Vater. »Marga hat schon immer einen leichten Schlaf gehabt.«

# Pia hat einen Verdacht

Pias erster Gedanke nach dem Aufwachen gilt natürlich Puschkin. Sie sieht ihn deutlich vor sich: den eingefallenen Mund, die fahle Haut, die Augen, deren Pupillen wie mit einem Film überzogen sind, die knochigen Hände auf der Bettdecke. Selbst wenn ihm der Stein am Ende nicht hilft – sie muss es einfach versuchen. Das ist sie ihrem Opa schuldig.

Während sie im Badezimmer steht und sich wäscht, rutscht ihr auf einmal das Herz in die Hose. Aber jetzt liegt es nicht an Puschkin; vor lauter Angst um ihren Großvater hat sie völlig vergessen, dass sie an diesem Morgen die letzte Mathearbeit vor den Ferien schreiben! Während der vergangenen Wochen haben sie Geometrie durchgenommen. In Geometrie ist Pia nicht schlecht, jedenfalls hat sie das meiste verstanden. Trotzdem hätte sie für die Arbeit üben müssen.

Als ihre Mathelehrerin, Frau Berghaus, die Hefte austeilt, blickt Pia sich Hilfe suchend zu Johannes um. Der macht eine beruhigende Handbewegung und tippt auf den kleinen Zettel vor sich auf dem Tisch. Einen Augenblick später wandert das zusammengefaltete Stück Papier auf dem üblichen Weg zu ihr. Julia und Friederike kichern blöd, aber das tun sie immer, wenn sie Post weitergeben müssen.

»Du schaffst das schon!«, steht in großen Buchstaben in dem Briefchen. Und: »Ich mag deine Haare!!«

Pia seufzt. Wenigstens einer, der ihre Pippi-Langstrumpf-Haare mag. Obwohl ihr das bei der Mathearbeit auch nicht weiterhilft.

Eine Stunde später gibt Pia ab. Es ist gut gelaufen, viel besser, als sie gedacht hat. Von vier Aufgaben hat sie mindestens drei richtig. Wenn sie Glück hat, schafft sie vielleicht sogar eine Zwei. Und dann bekommt sie doch noch ein Befriedigend ins Zeugnis.

Johannes hat eine Viertelstunde vor ihr abgegeben und wartet in einer Ecke des Schulhofs auf sie. Wie es gelaufen sei, will er wissen.

»Super. Und bei dir?«

»Keine Probleme«, antwortet Johannes.

»Du sollst mir keine Briefchen schreiben«, sagt Pia und guckt dabei woanders hin. »Briefchen sind blöd!«

Für einen Augenblick schweigt Johannes. Dann sagt er: »In Ordnung, ich höre damit auf.«

»Du?«, sagt Pia.

»Ja?«

»Findest du, mein Auge sieht noch sehr schlimm aus?«

Johannes schüttelt den Kopf.

»Und meine Haare?«, fragt sie weiter. »Magst du die wirklich?« Auch bei der Frage schaut sie ihn nicht an, sie kann einfach nicht.

»Niemand hat so tolle Haare wie du«, antwortet er und blickt dabei zwei weißen Wölkchen nach, die gerade über das Schuldach segeln. »Und wer das Gegenteil behauptet, kriegt von mir eins in die Fr...«

»Na, na«, unterbricht ihn Pia. »Lass das bloß nicht Alex hören. Der frisst dich zum Frühstück!«

An diesem Tag lässt sich Pia auf dem Nachhauseweg Zeit. In ihrem Kopf geht es wild durcheinander, sie muss das alles erst mal sortieren. Hat sie gerade mit Johannes geflirtet oder was ist das vorhin gewesen? Bisher hat sie immer davon geträumt, es mit Lennart zu tun – auf einem Schulball oder so. Und jetzt ist da was zwischen ihr und einem Jungen, der nun wirklich alles andere als ihr Typ ist. Fängt das immer so an, dass man sich beim Reden nicht ansehen kann? Komisch ... Sie befühlt ihren Bauch. Kein Kribbeln zu spüren. Sie legt die Hand auf ihr Herz – es schlägt völlig normal. Verliebt scheint sie also nicht zu sein. Na, Gott sei Dank. Schließlich gibt es im Augenblick Wichtigeres zu tun, als mit Jungs rumzuschnulzen.

Während Pia angestrengt nachdenkt, hat sie nicht darauf geachtet, wo sie hingelaufen ist. An den Ampeln ist sie automatisch stehen geblieben und genauso automatisch weitergegangen, wenn es Grün wurde. Jetzt blickt sie um sich – und bleibt überrascht stehen. Statt nach Hause ist sie genau in die entgegengesetzte Richtung gegangen und steht nun vor dem Grandhotel. Ausgerechnet! Der baumlange, freundliche Portier ist nicht zu sehen. An seiner Stelle geht ein kleiner, dicker Mann in Uniform gemessenen Schrittes auf und ab. Links vom Eingang parkt der Lieferwagen einer Weinhandlung, rechts ein großer silberner Mercedes, in dem zwei Männer sitzen und rauchen.

Pia schaut auf ihre Armbanduhr. Viertel vor eins. Wenn sie sich beeilt, kommt sie noch pünktlich zum Mittagessen. Aber etwas hält sie zurück, sie könnte nicht sagen, was. Vielleicht liegt es daran, dass die beiden Männer so unbeweglich in ihrem Auto sitzen, vielleicht daran, dass sie dunkle Brillen tragen, vielleicht ist es noch was anderes. Jedenfalls versteckt sich Pia hinter einer Plakatwand gegenüber dem Hoteleingang und wartet.

Es dauert nicht einmal fünf Minuten, da wird der Portier zu einem Taxi gerufen. Eine Frau im Nerzmantel steigt aus. Mit ihrer Hochfrisur und dem stark geschminkten Gesicht könnte sie glatt die jüngere Schwester dieser Gloria von Dingsbums sein. Der Taxifahrer, ein Mann mit gewaltigem Bauch und gewaltigem Bart, öffnet den Kofferraum und wuchtet ein halbes Dutzend Koffer und Taschen auf die gepflasterte Auffahrt. Der Portier belädt sich mit allem, was er greifen kann, und folgt der Dame im Nerz zur Rezeption.

Jetzt kommt auf einmal Leben in die beiden Männer im Mercedes. Sie werfen ihre brennenden Zigaretten aus dem Fenster und steigen aus. Dann öffnen sie die Fondtüren, fördern zwei große Rucksäcke zutage und gehen, sich immer wieder umblickend, mit schnellen Schritten durch einen Seiteneingang in den Hotelpark. Höchstens zwei Minuten später sind sie zurück. Sie steigen in ihren Wagen, zünden sich neue Zigaretten an und fahren davon.

Als Pia Johannes am Nachmittag an der alten Brauerei von dem Vorfall erzählt, kann der ihre Aufregung überhaupt nicht verstehen. »Das waren Hotelgäste«, sagt er. »Die haben einfach nur ihr Gepäck in ihr Zimmer gebracht.«

»Und warum sind sie dann nicht durch den Haupteingang rein?«

»Vielleicht war es hintenrum kürzer.«

»Und wieso haben sie gewartet, bis der Portier durch die Frau mit dem Pelz abgelenkt war?«

»Vielleicht haben sie gar nicht gewartet«, überlegt Johannes. »Vielleicht wollten sie bloß ihre Zigaretten zu Ende rauchen.«

Aber Pia gibt sich noch nicht geschlagen. Immerhin hat sie den ganzen Mittag über an kaum was anderes denken können. Sogar Puschkin hat sie dabei fast vergessen. »Sie trugen dunkle Brillen«, sagt sie.

Johannes lacht. »Na und? Wenn die Sonne scheint, tragen manche Leute Sonnenbrillen.«

»Die Sonne hat nicht geschienen«, sagt Pia.

»Dann fanden sie es eben cool, mit den Dingern rumzulaufen«, sagt Johannes. »Das soll es geben. Wie geht's deinem Opa?«

»Nicht besonders«, antwortet Pia, der es gar nicht passt, dass Johannes von den beiden Männern ablenkt. »Es wird Zeit, dass wir ihm den Smaragd beschaffen.« Sie fasst Johannes am Ärmel. »Und wenn die beiden genau wie wir hinter dem Stein her sind?«, flüstert sie, obwohl weit und breit kein Mensch zu sehen ist.

Wieder lacht Johannes. »Du siehst Gespenster, Pia.«

»Tue ich nicht!«, ruft sie wütend. »Mit den beiden stimmt was nicht!«

Johannes schiebt die Brille hoch, die ihm auf die Nase gerutscht ist. »Was schlägst du vor?«, fragt er.

»Wir müssen den Park hinterm Hotel absuchen«, antwortet sie. »Noch heute! Vielleicht finden wir die Rucksäcke. Dann wissen wir, ob uns die beiden in die Quere kommen können. Bis wann darfst du draußen bleiben?«

»Solange ich will«, antwortet Johannes. Pia fällt vor Überraschung die Kinnlade herunter. »Solange du willst?«, fragt sie erstaunt.

Er nickt. »Meine Mutter hilft diese Woche meiner Oma beim Umzug ins Altersheim und mein Vater hat Nachtdienst im Krankenhaus. Was ist mit dir?«

Pia fährt sich durch die Haare. »Ich muss spätestens um sieben drinnen sein«, murmelt sie. Mann, ist ihr das peinlich! Im Vergleich zu Johannes behandeln ihre Eltern sie wie ein Kleinkind. Es wird Zeit, dass sie mal ein ernstes Wörtchen mit ihnen redet.

»Um sieben ist es noch nicht dunkel«, sagt Johannes. Er denkt einen Moment nach. »In Ordnung, ich mache es. Sobald es anfängt zu dämmern, gehe ich in den Park. Wenn ich was finde, rufe ich dich an.«

Als Pia drei Stunden später mit schmerzenden Muskeln und Blasen an den Händen nach Hause kommt, herrscht dort eine gedrückte Stimmung. Puschkin gehe es schlechter, erfährt sie von Papa, der mit einem Glas Whisky vor dem Fernseher hockt. Er trinkt sonst nie Whisky und schaut, wenn überhaupt, nur Fußball. Sie kann sich nicht erinnern, ihn jemals vor »Verbotene Liebe« oder »Marienhof« sitzen gesehen zu haben. Opa habe wieder einen schweren Herzanfall gehabt, erzählt er, ohne seinen Blick vom Fernseher zu wenden. Die Ärzte hätten ihn zurück auf die Intensivstation verlegt und in ein künstliches Koma versetzt.

Was das denn sei, fragt Pia.

Es sei wie ein langer Schlaf, antwortet ihr Vater. Opa kriege nicht mit, was um ihn herum vorgehe. Damit wollten die Ärzte verhindern, dass er sich aufregt. Jede Aufregung sei Gift für ihn.

Er will noch etwas sagen, da rennt Pia schon die Treppe hinauf in ihr Zimmer. Dort wirft sie sich aufs Bett und presst ihr Gesicht ins Kissen. Das kann alles nicht wahr sein, das ist wie ein böser Traum. Puschkin ist es doch schon wieder besser gegangen! Er hat doch sogar schon wieder Witze gemacht! Wenn er nun aus diesem künstlichen Dings nicht mehr aufwacht? Dann wird ihr keiner mehr Geschichten erzählen, Boxtricks beibringen und sie schwierige Schlösser knacken lassen. Dann wird ihr niemand mehr gegen Einstein und Tante Marga helfen. Dann wird es verdammt trostlos werden.

Komisch, wie sich plötzlich alle Sorgen um Opa machen. Ob sie ihn doch mögen? Irgendwie? Obwohl er früher ein Gangster war? Obwohl er sie mit seinen Launen so oft terrorisiert hat? Am liebsten würde sie auf der Stelle zu Gloria von Waldenfels fahren, ihr von Puschkins Herzproblemen erzählen und sie bitten, ihr den Stein zu geben. Aber das kann sie vergessen. Niemand verschenkt einen solch kostbaren Edelstein. Selbst wenn diese Gloria in Puschkin verliebt ist, wird sie es nicht tun. Die Frau will ja selbst gesund bleiben und lange leben. Also gibt es keine andere Wahl, als den Smaragd zu stehlen. Das ist zwar kriminell, doch das ist ihr jetzt egal. Hoffentlich kommen ihr die beiden Männer nicht zuvor!

Beim Abendessen sagt niemand was, nur das Klappern

der Bestecke und Papas Schlürfen sind zu hören. Pia hat ihm schon oft gesagt, wie eklig sie das findet. Aber offenbar kann er es sich einfach nicht abgewöhnen.

Endlich bricht Tante Marga das Schweigen. »Haben wir eigentlich eine Grabstelle für Vater?«, will sie wissen.

Papa fällt vor Schreck eine Kartoffel aus dem Mund, Pia zuckt zusammen, als habe sie ein Stromschlag getroffen.

»Marga!«, ruft Papa entrüstet. »Das müssen wir doch wohl nicht vor dem Kind diskutieren!«

»Warum denn nicht?«, fragt Tante Marga unschuldig. »Der Tod gehört nun mal zum Leben, damit sollen sich Kinder ruhig schon früh vertraut machen. Das habe ich neulich beim Zahnarzt in einer Illustrierten gelesen. Was ist nun: Haben wir eine Grabstelle oder nicht?«

Papa wischt sich die Reste des Auflaufs aus den Mundwinkeln und zuckt die Achseln. »Wir haben uns nie darum gekümmert«, beginnt er. »Es ist zu dumm. Gleich morgen werde ich ...«

Jetzt platzt Pia der Kragen. »Gleich morgen wirst du gar nichts!«, schreit sie und springt auf, dass ihr Stuhl mit voller Wucht gegen den Küchenschrank kracht. »Puschkin stirbt nicht! Dafür werde ich sorgen!«

Tante Marga verzieht ihr Gesicht. »Was du alles kannst, Kind!«, sagt sie.

Einstein grinst ebenfalls. »Und wann läufst du übers Wasser, Schwesterchen?«

»Lasst sie in Ruhe«, sagt Mama. »Bitte!«

Aber Mama braucht Pia nicht zu verteidigen, das kann sie ganz gut allein. Wütend blitzt sie Einstein und Tante Marga an. »Ihr seid ja so blöd. Böse und blöd!«

Damit rennt sie aus der Küche. Wenn Puschkin stirbt, wird sie abhauen. Lieber in einem Müllcontainer wohnen als in dieser schrecklichen Familie bleiben.

Sie ist kaum in ihrem Zimmer, da klingelt das Telefon. Sofort läuft sie hinunter in die Diele, reißt den Hörer an sich, ehe Einstein ihr zuvorkommen kann, und flitzt zurück in den ersten Stock.

Es ist Johannes. Aber er ist so aufgeregt, dass er wieder mal stottert.

»Du-du-du-du hast recht gehabt, Pi-pi-pia«, sagt er.

»Pi-pi-pia« hört sich ziemlich dämlich an, aber Pia beschließt, es in diesem Fall durchgehen zu lassen.

»Da-da-da-das sind wi-wi-wirklich zwei Fass-ass-assa...« »Fassadenkletterer«, sagt Pia. »Langsam, langsam. Nur die Ruhe, Johannes.«

Eine Weile ist nichts außer seinen lauten Atemzügen zu hören. Dann erzählt er, ohne ein einziges Mal zu stottern, dass er die beiden Rucksäcke in einem Rhododendronbusch gefunden hat. In dem einen habe ein Wurfanker gesteckt. »Der sah schon ziemlich abgewetzt aus, Pia. Als ob er schon tausendmal benutzt worden wäre.« In dem anderen habe er zwei Paar Freeclimber-Schuhe, ein neues Seil wie das von Puschkin und zwei schwarze Trainingsanzüge gefunden.

»Ich hab's gewusst«, sagt Pia triumphierend. »Bist du beobachtet worden?«

»Ich glaube nicht«, antwortet Johannes.

»Und die beiden Männer?«

»Keine Spur von ihnen. Wie geht's deinem Opa?«

»Schlecht. Er hat einen neuen Herzanfall gehabt.«

Eine Weile sagt keiner was. In Pias Kopf arbeitet es fieberhaft. Die Entdeckung, dass sie nicht allein hinter dem Stein her sind, lässt ihr keine Zeit zum gründlichen Nachdenken.

»Was ist, wenn die beiden heute Nacht ins Hotel einsteigen?«, fragt Johannes.

»Du musst Wache halten«, sagt Pia. Etwas Besseres fällt ihr im Moment nicht ein. »Zur Not bis morgen früh.«

»Na, dann Prost Mahlzeit«, sagt Johannes. »Und was ist, wenn sie in den Park kommen?«

»Dann machst du Lärm, damit sie wieder verschwinden«, antwortet Pia.

»Puh«, seufzt Johannes.

»Bist du nun dabei oder nicht?«, fragt Pia.

»Natürlich bin ich dabei. Ich lasse dich doch nicht im Stich!«

# Pia geht aufs Ganze

In der nächsten Nacht schläft Pia so fest, dass sie am Morgen erst unter der eiskalten Dusche richtig wach wird. Dabei hat sie zuerst nicht einschlafen können, weil sie immer an Puschkin hat denken müssen.

Als sie hinunter in die Küche kommt, sitzen nur noch Einstein und Mama beim Frühstück. Wie es Puschkin gehe, will Pia wissen, nachdem sie Schokopops und Milch in ihre Müslischale geschüttet hat.

Er habe die Nacht überstanden, antwortet ihre Mutter, während Einstein seine Butterbrote einpackt und wortlos verschwindet. Aber sein Zustand sei nach wie vor kritisch, fährt Mama fort. »Wann kann ich ihn besuchen?«, fragt Pia. »Wenn du magst, fahren wir heute Nachmittag hin.« An den Blättern der Japanischen Kirsche vor dem Haus hängen dicke Tropfen, der Bürgersteig ist übersät mit Pfützen und kleinen Ästen, die Straße glänzt vor Nässe. Offenbar hat es in der Nacht nicht nur geregnet, sondern auch noch kräftig gestürmt. Und der arme Johannes hat bei dem Unwetter Wache schieben müssen, während sie in ihrem warmen Bett gelegen hat.

Sie trifft ihn an den Fahrradständern vor der Schule. Johannes sieht gar nicht gut aus. Sein Gesicht ist grau, unter den Augen hat er dunkle Ringe, die Haare kleben ihm an den Schläfen. Als Pia ihn begrüßt, niest er, dass die Schutzbleche an den Rädern ringsum klappern.

»So was mache ich nie wieder«, schnieft er. »Nie im Leben!«

»War's sehr schlimm?«, fragt Pia teilnahmsvoll. Sie hat auch schon mal intelligentere Fragen gestellt.

»Schlimm?« Johannes versucht, gleichzeitig zu lachen und zu gähnen. Was dabei herauskommt, klingt wie eine kaputte Luftpumpe. »Die ganze Nacht hat es geregnet. Wie aus Eimern. Und gestürmt hat es, dass ich dachte, die Bäume fallen auf mich drauf! Und ich konnte mich nirgendwo unterstellen, weil die Leute vom Hotel die Markise über der Gartenterrasse eingerollt hatten!«

»Tut mir leid«, sagt Pia. »Ehrlich! Was ist mit den beiden Männern?«

Johannes bückt sich, um sein Fahrrad abzuschließen. »Das ist ja das Schlimme«, sagt er. »Die sind nicht gekommen.«

»Na, Gott sei Dank«, sagt Pia.

»Ich weiß nicht«, sagt Johannes und niest ein zweites Mal. »Wenn ich sie verscheucht hätte, hätte sich die Aktion wenigstens gelohnt!«

Vor dem Schulportal wimmelt es jetzt von Schülern. Es wird so laut, dass Pia schreien muss. »Johannes?«, ruft sie.

»Ja?«

»Das vergesse ich dir nie!«

Johannes legt seine Hand hinters Ohr. »Wie bitte?«, brüllt er zurück.

»Schon gut!«, schreit Pia. Vielleicht ist es gut, dass er sie nicht verstanden hat.

An diesem Morgen schläft Johannes mitten im Unterricht ein. Er legt seinen Kopf auf die Arme und beginnt kurz darauf, leise zu schnarchen. Herr Winkel, der Englischlehrer, bekommt das am Anfang gar nicht mit. Erst als das Gelächter um ihn herum immer lauter wird, unterbricht er seinen Redefluss.

»Johannes!«, ruft er.

Der reagiert nicht.

»Johannes Faber!«

Der rührt sich immer noch nicht.

Energisch geht Herr Winkel zu ihm und rüttelt ihn an der Schulter. »He, Junge, wach auf!«

Johannes schnarcht weiter.

»Das gibt's doch nicht«, murmelt Herr Winkel und gibt ihm einen kräftigen Klaps auf die Backe.

Nun endlich hebt Johannes den Kopf und öffnet mühsam die Augen. »Au …«, nuschelt er in das allgemeine Gekichere hinein. »Ich …«

»Du hast geschnarcht«, unterbricht ihn Herr Winkel. »In meinen siebenundzwanzig Jahren als Lehrer bist du der erste Schüler, der in meinem Unterricht geschnarcht hat.«

»E-e-entschuldigung«, stottert Johannes. »I-i-ich habe die ganze Nacht nicht geschlafen.«

»Bist du krank?«

»Irgendwie schon.«

»Dann gehst du am besten nach Hause«, sagt Herr Winkel.

Als Johannes an Pia vorbei zur Tür stolpert, hält er Finger und Daumen der linken Hand wie einen Telefonhörer ans Ohr. Pia nickt. Sie hat verstanden.

Johannes ruft irgendwann nach dem Mittagessen an. Pias Mutter sucht gerade die Sachen zusammen, die sie ins Krankenhaus mitnehmen wollen. So kann Pia ungestört telefonieren. Natürlich will sie mit Johannes als Erstes über seinen Tiefschlaf vom Vormittag reden. Doch ihr Komplize scheint den Morgen schon vergessen zu haben. »Wann treffen wir uns zum Training?«, fragt er stattdessen.

Sie fahre mit ihrer Mutter ins Krankenhaus, antwortet Pia. Puschkin gehe es immer noch sehr schlecht. Aber gegen fünf könnten sie sich an der alten Brauerei treffen. »Heute muss was passieren«, sagt sie, »sonst ist es zu spät. Sonst sind die beiden Männer vor uns in der Suite.«

»Noch eine Nacht am Hotel überlebe ich nicht«, sagt Johannes und niest zum Abschied.

Im Krankenhaus wollen sie Pia zuerst nicht auf die Intensivstation lassen. Das sei für Kinder verboten, es gebe nun mal Vorschriften. Aber Pia bettelt so lange, bis die Krankenschwestern eine Ausnahme machen.

Bevor sie auf die Station darf, muss sie allerdings genau wie ihre Mutter Kittel, Haarhaube und Überschuhe aus Plastik anziehen. Hinterher sehen sie beide wie grüne Würste aus.

Puschkin liegt zwischen zwei zusammenklappbaren Wänden, verkabelt wie Papas Computer zu Hause und umgeben von blinkenden Monitoren.

»Kann er uns hören?«, fragt Pia eine Schwester, die gerade das Bett nebenan frisch bezieht.

Die zuckt die Schultern. »Man weiß nicht so genau, was Patienten im Koma mitbekommen.«

Pia geht zum Kopfende des Bettes und beugt sich zu Puschkin hinunter. »Hörst du mich?«, flüstert sie. Puschkins Lider bewegen sich ein bisschen. Doch das kann auch Zufall sein.

»Wenn du mich hörst, gib mir ein Zeichen, ja?«, fährt Pia fort.

Tatsächlich bewegt sich der Zeigefinger von Puschkins rechter Hand.

»Prima«, flüstert sie. »Heute besorge ich dir den Stein. Ich weiß nicht, wie, aber ich schaffe es. Du musst nur noch ein paar Stunden durchhalten, Puschkin. Versprich mir das!«

Wieder bewegt sich der Zeigefinger. »Ich hab dich lieb«, sagt Pia.

»Ich dich auch«, hört sie Puschkin flüstern. Vielleicht hat sie es aber auch nur hören wollen. Denn als sie sich aufrichtet, liegt ihr Opa genauso unbeweglich da wie zuvor.

»Was hast du ihm gesagt?«, fragt Mama auf dem Weg nach Hause.

»Dass ich ihn lieb hab«, antwortet Pia und fängt an zu weinen. Sie kommt einfach nicht dagegen an.

Ihre Mutter fährt an den Fahrbahnrand und nimmt sie in die Arme. »Irgendwie wird es dein Opa schon schaffen«, sagt sie tröstend.

Pia wischt sich die Tränen ab. »Aber Einstein und Tante Marga wollen, dass er stirbt«, sagt sie.

»Unsinn«, widerspricht Mama. »Die beiden mögen ihn genauso gern wie wir alle.«

»Bla, bla«, sagt Pia, macht sich aus der Umarmung frei

und lässt sich wieder in ihren Sitz sinken. »Ich werde ihm helfen.«

»Du?«

»Ich. Mehr verrate ich nicht.«

Ihre Mutter lässt den Motor wieder an. »Dann willst du später bestimmt Ärztin werden«, sagt sie lächelnd.

»Nein.«

»Krankenschwester?«

»Auch nicht.«

»Was denn?«

»Bankräuberin.«

Mama rammt fast einen Omnibus, der gerade von einer Haltestelle losfährt. »Kind!«, ruft sie. »Also wirklich!«

Als Pia zur alten Brauerei kommt, wartet Johannes schon. Obwohl die Sonne scheint, trägt er einen Rollkragenpullover und hat einen Schal um den Hals geschlungen. Die Nase, auf der seine großen Brillengläser sitzen, leuchtet rot.

»Heute werden wir zuschlagen«, sagt Pia. »Ich hab's Puschkin versprochen.«

»Und wie?«, fragt Johannes.

»Ich muss in die Suite von dieser Gloria Dingsbums«, antwortet Pia.

Er verzieht das Gesicht. »Und dann bittest du sie, dass sie dir den Stein gibt. Tolle Idee!«

»Blödmann«, sagt Pia. »Irgendwie muss ich es schaffen, dass sie mich in ihrer Suite vergisst.«

»Und wenn sie dich eingeschlossen hat, knackst du den Safe, springst aus dem vierten Stock in den Park und bringst deinem Opa den Smaragd. Alles klar, Pia.«

»Deine Witze waren auch mal besser«, knurrt sie. »Nein, du stehst unten und fängst den Stein. Danach wirfst du mir das Seil zu und ich klettere runter.«

Während sie reden, hocken sie auf einem Rasenstück und schauen an der Fassade des Verwaltungsgebäudes hoch. Nässe kriecht in Pias Hose. Außerdem kriegt sie ein flaues Gefühl im Magen. Bis zum vierten Stock ist es verdammt hoch.

»Nicht schlecht, dein Plan«, sagt Johannes. »Wann hast du dir den überlegt?«

»Gerade eben«, antwortet Pia.

»Wahnsinn.« Johannes klopft ihr anerkennend auf die Schulter. »Wieso bist du eigentlich so schlecht in der Schule? Du bist doch total schlau!« »Schule ist langweilig.« »Du sagst es. – Was ist, wenn das mit dem Einschließen nicht klappt?«, überlegt er laut. »Oder wenn dich diese Gloria erst gar nicht in ihre Suite lässt?«

Pia zuckt die Schultern. »Mir wird schon was einfallen.«

»Wann treffen wir uns?«

Pia schaut auf ihre Uhr. »In drei Stunden.«

»Darfst du denn dann noch raus?«, fragt er erstaunt.

»Lass das mal meine Sorge sein.«

Pia atmet tief durch. Stark fühlt sie sich und mindestens drei Meter groß. Jetzt hält sie keiner mehr auf. Mama nicht und Papa nicht und Tante Marga nicht. Und Einstein schon gar nicht.

Es hält sie tatsächlich niemand auf. Nach dem Abendessen, es beginnt gerade zu dämmern, geht sie zur Garage, holt ihr Fahrrad heraus und fährt los. Niemand stellt sich ihr in den Weg, niemand ruft ihr nach. Der Weg zum

Grandhotel ist frei. Wie sie das alles ihren Eltern erklären soll, kann sie sich später überlegen, in ein paar Stunden, wenn alles vorbei ist.

In einer Seitenstraße, hundert Schritte vom Hotel entfernt, wartet Johannes auf sie. Er hat eine dunkle Hose und einen dunklen Pullover angezogen, trägt eine schwarze Pudelmütze auf dem Kopf und sieht wie ein echter Fassadenkletterer aus.

»Perfekt«, sagt Pia anerkennend. Sie schaut auf die Uhr: »Wenn ich nicht in spätestens einer Stunde mit dem Stein auf dem Balkon bin, hat's nicht geklappt. Dann haust du ab. Warte nicht auf mich.«

Johannes legt ihr die Hand auf die Schulter. »Es wird funktionieren«, sagt er. »Wenn es eine schafft, dann du.«

# Puschkin hält Händchen

Pia hat Glück. Vor dem Eingang des Grandhotels steht der freundliche Portier, den sie bei ihrem ersten Besuch kennengelernt hat. Frau von Waldenfels habe das Haus in den letzten Stunden nicht verlassen, sagt er, als sie ihn danach fragt. An der Rezeption wüssten sie aber Genaueres, die Damen dort könnten Pia bestimmt weiterhelfen.

Im Eingangsbereich des Hotels stehen Koffer und Reisetaschen kreuz und quer durcheinander, die Anmeldung ist umlagert von Leuten, die in allen möglichen Sprachen auf die beiden Frauen hinter der Marmortheke einreden. Pia schaut auf ihre Uhr – fünf Minuten sind schon herum. »Ich möchte zu Frau von Waldenfels«, sagt Pia, als sie sich endlich zur Rezeption durchgekämpft hat.

Die blond gelockte Frau in der grünen Uniform wischt sich mit dem Zeigefinger den Schweiß von der Stirn, greift zum Telefonhörer und fragt: »Wen darf ich melden?«

»Kann ich … darf ich … ich möchte gern selbst mit ihr sprechen«, stottert Pia. Verflixt, jetzt fängt sie schon wie Johannes an!

Die Frau zuckt die Schultern, tippt eine Nummer ein, reicht Pia den Hörer und wendet sich an den nächsten Gast.

Das Freizeichen ertönt, einmal, fünfmal, zehnmal. Diese Gloria von Dingsbums ist nicht in ihrer Suite, es kann gar nicht schlechter anfangen. Was soll Pia tun? Muss sie jetzt doch vom Park aus vier Stockwerke hoch in die Präsidentensuite klettern? Und wenn die Balkontür verschlossen ist? Den Glasschneider hat immer noch Puschkin. Und der liegt im Krankenhaus. Sie wird also eine Scheibe einschlagen müssen. Das hat sie unter allen Umständen vermeiden wollen.

In diesem Augenblick meldet sich eine verschlafene Frauenstimme: »Von Waldenfels.«

Pia nimmt allen Mut zusammen und legt los: »Guten Tag, hier ist Pia. Sie kennen mich nicht, aber meinen Großvater. Ich meine, ich bin die Tochter von seinem Sohn, also eigentlich seine Enkelin. Und jetzt ist er krank geworden …«

»Wer? Dein Vater?«, unterbricht sie Frau von Waldenfels.

»Nein, nicht mein Vater! Puschkin!«

»Wer ist Puschkin?«

Pia beginnt zu schwitzen. »Na, mein Großvater!«

Aus dem Hörer tönt Lachen, es klingt sehr sympathisch. »Weißt du was, mein Kind? Komm doch einfach zu mir rauf. So wird das nichts mit uns beiden.«

Pia gibt den Hörer zurück und fragt, wie sie zur Präsidentensuite kommt.

Die Frau von der Rezeption mustert sie kritisch. Was sie sieht, scheint ihr nicht zu gefallen: Turnschuhe, alte Jeans, ein noch älteres Sweatshirt mit Grasflecken, ein verkratzter Fahrradhelm mit Ferrari-Emblem – ganz offensichtlich macht Pia keinen besonders vertrauenerweckenden Eindruck auf sie.

»Hat Frau von Waldenfels dich denn zu sich eingeladen?«, fragt sie ungläubig.

»Hat sie«, sagt Pia. »Sie können sich ja bei ihr erkundigen«, fügt sie hinzu, weil die Frau noch immer nicht überzeugt zu sein scheint.

Wenig später steht sie allein in einem rundum verspiegelten Aufzug, der fast geräuschlos nach oben gleitet. Pia hat hier eigentlich einen Fahrstuhlführer in Uniform erwartet. Aber so ist es natürlich besser. Je weniger Leute sie sehen, desto weniger wird man sich an sie erinnern. Bei dem Trubel an der Rezeption hat die Frau dort bestimmt schon wieder vergessen, dass sie gerade eine Pippi Frankenstein zu Gloria von Dingsbums geschickt hat.

Pia wischt sich die Hände an der Hose ab und setzt ihr schönstes Lächeln auf – soweit das mit einer dicken Backe und einem blauen Auge möglich ist. Mit diesem Lächeln verlässt sie den Aufzug im vierten Stock, geht zu der Tür mit der Nummer 4444 und klopft.

Gloria von Waldenfels lässt sie nicht lange warten. Die wasserstoffblonden Haare hängen in langen Wellen auf ihren Kimono, ihr Gesicht sieht aus wie ein verschrumpelter Apfel. Offenbar hat sie keine Zeit gehabt, sich zu schminken. Das Einzige, was an ihr wirklich beeindruckend ist, ist der enorme Busen. Der kann einem echt Angst machen. Dass Männer so was mögen, wird Pia nie begreifen.

Sie folgt Frau von Waldenfels in einen riesigen Wohnraum mit schweren Möbeln und versinkt in dem ihr angebotenen Sessel. Plötzlich kommt sie sich sehr winzig vor.

Ob sie was trinken möchte, fragt Frau von Waldenfels.

Pia schüttelt den Kopf und schaut sich unauffällig um.

Die Tür zum Schlafzimmer steht offen. Das große Bett ist nicht gemacht, Kleider und Unterwäsche liegen auf dem Boden. Es sieht ganz so aus, als sei Frau von Waldenfels von Pias Anruf geweckt worden. An den Wänden des Salons hängen ein paar Bilder mit bunten Dreiecken und Quadraten. Die meisten Tresore seien hinter Bildern versteckt, hat Puschkin ihr mal erzählt, da habe er immer als Erstes nachgeguckt.

Frau von Waldenfels setzt sich Pia gegenüber ins Sofa und nippt an einem Glas, das eine dunkelrote Flüssigkeit enthält. »So, und jetzt erzählst du mir, wer dieser Puschkin ist und was ich damit zu tun habe. Und setz den Helm ab, ja?«

Pia legt den Fahrradhelm neben sich auf die Sessellehne und beginnt: »Puschkin ist mein Großvater. Sie haben sich ein paarmal mit ihm getroffen«, sagt sie. »In den letzten Tagen, meine ich.«

»Ach, Herrmann ist dein Großvater?« Frau von Waldenfels klatscht in die Hände. »Ein wunderbarer Mensch! Du sagst, er ist krank?«

Pia erzählt ihr kurz, was geschehen ist. Während sie berichtet, geht mit Frau von Waldenfels eine sichtbare Veränderung vor. Sie wird blass, das Lächeln verschwindet, die Falten um ihren Mund treten noch stärker hervor. Hastig nimmt sie eine Zigarette aus einem goldenen Etui und zündet sie an. Als sie ihr Glas in einem Zug austrinkt, tropft etwas von der roten Flüssigkeit auf ihren Kimono. Sie beachtet es nicht.

»Das ist ja schrecklich!«, ruft sie, als Pia schweigt. »Der arme Mann! In welchem Krankenhaus liegt er denn?«

»Im Hafenkrankenhaus«, antwortet Pia. Mit dem Taxi brauche man vielleicht zehn Minuten, aber genau wisse sie das natürlich nicht, sagt sie. Ihr Großvater würde sich bestimmt freuen, wenn Frau von Waldenfels ihn besuchen käme.

Die springt jetzt auf und läuft ins Schlafzimmer. In den nächsten Minuten hört Pia von drinnen nichts als das Schlagen von Schranktüren, das Klappern von Kleiderbügeln und das Tappen nackter Füße auf dem Parkett.

Als Frau von Waldenfels das Schlafzimmer wieder verlässt, hat sie die Haare zu einem Pferdeschwanz zusammengebunden, trägt ein schlichtes dunkles Kostüm und hochhackige Schuhe. Während sie ins Bad geht, bittet sie Pia, ihr bei der Rezeption ein Taxi zu bestellen. Pia tut es. Das Taxi sei in fünf Minuten da, sagt die Frau von der Rezeption. Bis hierhin hat alles nach Plan geklappt, Gloria Dingsbums reagiert genau so, wie Pia es erhofft hat. Doch wie um alles in der Welt schafft sie es, in der Suite zu bleiben, wenn die Frau zum Krankenhaus fährt?

In dem Augenblick, in dem Pia den Telefonhörer auflegt, ist Frau von Waldenfels mit ihrer Toilette fertig. Sie hat ihre Lippen dunkelrot geschminkt, die Augenlider sind in einem schwachen Blau getönt. Zehn Jahre jünger sieht sie aus – wenn man nicht genau hinschaut, sogar fünfzehn. Energisch öffnet sie die Tür zum Flur.

»Ich muss mal«, sagt Pia. Es ist die einzige Chance, die ihr bleibt. Und das Verrückteste ist: Es ist nicht mal gelogen, Pia muss wirklich.

Frau von Waldenfels zögert nur eine Sekunde. »Geh bei mir auf die Toilette. Und zieh danach einfach die Tür hinter dir zu, ja?«, ruft sie und läuft trotz ihrer hochhackigen Schuhe erstaunlich schnell zum Aufzug.

Aufatmend lässt Pia sich im Bad auf die Klobrille fallen. Sie hat es geschafft, ihre Blase hat ihr im richtigen Moment geholfen. Wenn diese Gloria von Dingsbums nicht irgendwas vergessen hat und noch mal zurückkommt, hat Pia jede Menge Zeit, den Tresor zu finden und zu knacken.

Wieso hat die Frau eigentlich so komisch reagiert, als sie ihr von Puschkins Herzanfall erzählt hat? Sie kennt Opa doch erst seit ein paar Tagen! Ist sie etwa in ihn verliebt? Oder steckt etwas anderes dahinter? Pia wird später darüber nachdenken, es ist wichtig, dass sie das tut. Aber jetzt gibt es Wichtigeres zu tun.

Inzwischen sind weitere fünf Minuten um. Pia verlässt das Bad, geht zum Fenster des großen Salons und zieht den Vorhang zurück. Draußen ist es dunkel geworden, doch die schmale Figur, die zwischen den Bäumen steht und ihr kurz zuwinkt, ist deutlich zu erkennen. Pia hebt den Daumen zum Zeichen, dass alles in Ordnung ist, und tritt in die Suite zurück.

Den Tresor findet sie gleich hinter dem ersten Bild, nie im Leben hätte sie sich vorstellen können, dass es so leicht sein würde. Sie hängt das Bild ab, lehnt es vorsichtig an die Wand und löscht alle Lichter. Dann steckt sie sich die kleine Taschenlampe in den Mund, knipst sie an und beginnt konzentriert mit der Arbeit.

Eine halbe Stunde später hat sie Hunderte von Zahlenkombinationen ausprobiert, ist genauso vorgegangen, wie Puschkin es ihr von seiner Zeit als Tresorknacker erzählt hat. Aber der Safe hat immer nur dasselbe leise Klicken von sich gegeben, die Tür ist verschlossen geblieben. Obwohl Pia ihre Ohren angestrengt hat wie noch nie, hat sie nicht den kleinsten Unterschied zwischen den Geräuschen erkennen können.

Sie wischt sich den Schweiß von der Stirn und nimmt die Taschenlampe aus dem Mund. Morgen wird sie nicht mehr sprechen können, so sehr tun ihr schon jetzt die Backenmuskeln weh. Vielleicht hat der nette Portier ja recht gehabt und die Safes im Hotel sind tatsächlich einbruchsicher. Sie jedenfalls wird das Ding da niemals knacken können. Es ist eine Schnapsidee gewesen, es zu versuchen. Aber sie muss weitermachen, das ist sie Puschkin schuldig.

Der wacht zur selben Zeit auf. Er fühlt sich besser, sein Herz, das in den letzten Tagen so oft geschmerzt hat und aus dem Takt gekommen ist, schlägt jetzt fest und gleichmäßig. Puschkin will sich aufrichten – und fällt gleich wieder auf das schmale Kissen zurück. Kein Wunder. Um sich aus den Kabeln zu befreien, die seinen Körper mit irgendwelchen geheimnisvollen Maschinen verbinden, müsste er ein Entfesselungskünstler sein.

»Hallo, Sie!«, ruft er der Krankenschwester zu, die sich an einem der Monitore zu schaffen macht. Das heißt, er versucht zu rufen. Aber er bringt bloß ein heiseres Krächzen zustande.

»Oh, Sie sind aufgewacht«, sagt die Schwester. Sie scheint sich zu freuen, jedenfalls strahlt sie über das ganze Gesicht. Für seinen Geschmack ist sie ein bisschen zu dünn. Doch sie hat einen schönen Mund, Donnerwetter, der Mund gefällt ihm.

»Wie geht es Ihnen?«, fragt sie.

»Weiß nicht«, krächzt er. »Ich habe Durst. Jawoll.«

Sie reicht ihm einen Plastikbecher. Er muss ihn mit beiden Händen festhalten. Trotzdem verschüttet er die Hälfte. Das ist ihm peinlich, sehr peinlich sogar.

»Macht nichts«, sagt die Krankenschwester. »Wir können alles frisch beziehen.«

In diesem Moment betritt ein grünes Ungetüm den Raum, allein an den hochhackigen Schuhen ist zu erkennen, dass es eine Frau sein muss.

»Herrmann!«, ruft das Ungetüm und kommt mit ausgebreiteten Armen auf das Bett zugeschwebt.

»Wer … wer sind Sie?«, fragt Puschkin erschrocken.

»Gloria!«

Puschkin lächelt. Zu dumm, dass sie ihm sein Gebiss weggenommen haben. Als zahnloser Greis ist er mit Sicherheit ein scheußlicher Anblick.

»Ach, Gloria«, sagt er und bemüht sich, dabei den Mund so wenig wie möglich zu öffnen. »Schön, dass Sie mich besuchen.«

»Ihre Enkelin war bei mir im Hotel und hat erzählt, was passiert ist. Da bin ich gleich hergekommen. Erst wollten sie mich nicht zu Ihnen lassen, weil wir nicht verwandt sind. Sogar die Blumen haben sie mir abgenommen, wunderschöne gelbe Rosen! Herrmann! Stellen Sie sich das mal vor!«, ruft sie empört.

Als Puschkin schweigt, fährt Frau von Waldenfels etwas leiser fort: »Werden Sie gut betreut?«

Er nickt. In seinem Kopf arbeitet es – soweit sein Kopf nach einer langen Bewusstlosigkeit schon wieder arbeiten kann. Wieso ist Pia zu Gloria gegangen? Sie mag die Dame doch nicht! Versucht sie etwa, den Safe in der Präsidentensuite zu knacken? Genau in diesem Augenblick? Wie ist sie in die Suite gekommen? Ist sie tatsächlich in den vierten Stock vom Grandhotel geklettert? Und wenn sie nun bei dem Versuch abgestürzt ist, wenn sich der Wurfanker nicht fest genug verhakt hat? Sein Herz beginnt wieder, unrhythmisch zu schlagen, ein feiner Stich fährt ihm durch die Brust. »Haben Sie Schmerzen?«, hört er Gloria fragen. »Alles in Ordnung«, krächzt er.

»Was sagen die Ärzte?«

»Was sollen sie schon sagen?«, antwortet Puschkin. »Ich bin alt. Irgendwann müssen wir alle sterben. Alle, jawoll.«

»So etwas dürfen Sie nicht mal denken!«, ruft Gloria. »Sie werden noch hundert Jahre alt!«

Mit Ihrem Smaragd vielleicht, würde Puschkin jetzt gern sagen. Aber er schweigt – natürlich. Wenn Pia wirklich den Safe zu knacken versucht, muss er ihr Zeit verschaffen, so viel Zeit wie möglich.

»Sie könnten mir einen Gefallen tun«, sagt er.

»Jeden«, sagt sie und beugt sich über ihn. Mhm, die Dame duftet umwerfend!

»Ich bin müde«, murmelt er – und das ist nicht mal geschwindelt. Dann schließt er die Augen. »Es wäre schön, wenn Sie noch ein bisschen bei mir blieben und mir die Hand hielten. Die Hand, jawoll.«

»Aber gern!«, ruft sie.

»Pscht!«, macht die Krankenschwester.

»Ich bleibe natürlich, solange Sie wollen. – Lieber«, fügt Gloria hinzu.

›Lieber‹ hat sie gesagt. Das tut Puschkin gut – auch wenn

er von ihr außer dem Stein nichts will. Während sich Glorias Hand um seine schließt, versucht er, sich auf Pia zu konzentrieren, versucht in Gedanken, in ihren Kopf und in ihre Hände zu schlüpfen. Bleib locker, mein Mädchen, denkt er. Wenn du verkrampfst, hörst du nichts.

Pia lässt ihre Finger knacken. Die Leuchtziffern auf der Armbanduhr zeigen ihr, dass ihr noch höchstens zehn Minuten bleiben. Wenn sie Pech hat, kommt Gloria sogar schon früher zurück. Und dann hat Pia ein Problem.

Bleib locker, ermahnt sie sich, sonst hörst du nichts. Vorsichtig nimmt sie das massive silberne Stellrad in die Hand und dreht es ein winziges Stück weiter. Es klickt. Anders als vorher. Oder hat sie sich getäuscht? Sind ihre Ohren inzwischen so überempfindlich, dass sie ihr etwas vorspielen, das es in Wirklichkeit gar nicht gibt? Sie verstellt das Rad um ein weiteres Stück. Wieder klickt es, doch dieses Geräusch kennt sie, das hat sie schon oft gehört. Also zurück zum ersten Klick. Kein Zweifel, diese Zahl rastet leiser ein.

Pia zwingt sich, ruhiger zu atmen, lässt die erste Zahl – es ist eine 9 – stehen und konzentriert sich auf die zweite. Jetzt ist ihr das neue Geräusch vertraut. Und es dauert tatsächlich höchstens ein paar Sekunden, dann hat sie die 5. Die dritte Zahl ist erneut die 9, die vierte die 1. Jetzt fehlt nur noch eine. Doch so vorsichtig Pia auch das Rad verstellt, das Klicken klingt bei allen Zahlen gleich.

Der Schweiß bricht ihr aus, er läuft ihr aus allen Poren. Bleib locker, befiehlt sie sich, sonst geht gar nichts. Noch einmal geht sie alle Zahlen durch – mit demselben Ergebnis.

Was würde Puschkin an ihrer Stelle tun? Was würde er

als Profi ihr in einem solchen Augenblick raten? ›Die meisten Konstrukteure von Tresoren denken ganz einfach‹, hat er mal gesagt. ›Wenn du nicht weiterkommst, versuche das Einfache.‹

Also das Einfache, na schön, versuchen kann sie es ja. Pia dreht das Rad auf die 1 und zieht. Ohne Erfolg, der Safe bleibt verschlossen. Dasselbe geschieht bei der 2, der 3, der 4, der 5 und der 6. Aber bei der 7 ist ein Geräusch zu hören, das eindeutig anders klingt als die anderen. Sie zieht – und die Safetür öffnet sich. Sie hat es geschafft, sie hat tatsächlich den ersten Tresor ihres Lebens geknackt. Und dazu noch einen, der angeblich einbruchsicher ist!

Hastig nimmt sie die Taschenlampe aus dem Mund und leuchtet ins Innere des Safes. Bis auf ein Kästchen aus glattem dunklem Holz ist er leer. Sie nimmt es heraus und öffnet es. Auf rotem Samt liegt ein Smaragd, groß wie ein Wachtelei. Im Schein der Taschenlampe funkelt er so, dass Pia für einen Moment geblendet die Augen schließen muss.

Der Stein ist wunderschön, es kommt ihr vor, als könne sie die geheime Kraft spüren, die von ihm ausgehen soll. Dieser Smaragd wird Puschkin helfen, er wird ihn schnell gesund machen, da ist sie sich ganz sicher. Hastig stellt sie das leere Holzkästchen zurück in den Safe. Dann schließt sie ihn, merkt sich für alle Fälle die Nummer, mit der man ihn öffnen kann – es ist die 95917 –, und tritt mit dem Stein in der Hand auf den Balkon hinaus. Zweimal lässt sie die Taschenlampe aufblitzen, von unten, vier Stockwerke tiefer, kommt dasselbe Zeichen zurück.

Johannes steht im Nachtschatten eines Baums, genau unterhalb ihres Balkons. In seinen dunklen Sachen ist er nur schemenhaft zu erkennen, hoffentlich wirft sie den Stein so, dass er ihn sehen und fangen oder wenigstens im Gras finden kann. Sie wechselt den Smaragd von der linken in die rechte Hand, atmet ein paarmal tief durch und lässt ihn fallen. Einen Augenblick später blinkt unten eine Taschenlampe dreimal auf – es hat geklappt, Johannes hat den Stein. Wenn sie jetzt beim Runtersteigen erwischt wird oder abstürzt, wird Johannes Puschkin den Smaragd ins Krankenhaus bringen.

Wieder leuchtet die Taschenlampe auf, Pia tritt zwei Schritte zurück. Dann zischt es, ein silbriges Etwas kommt am Balkon vorbeigeflogen und hakt sich ein Stockwerk höher unterhalb der Brüstung fest. Johannes ist wirklich ein Genie! Pia zieht sich die dicken Lederhandschuhe an, setzt den Fahrradhelm auf, steckt die Taschenlampe in ihren Gürtel, prüft sorgfältig, ob der Anker fest hängt, und klettert über die Brüstung.

Beim Abstieg kommt sie an einem Zimmer vorbei, in dem sich ein Mann und eine Frau lautstark streiten. Wenn sie das in den wenigen Sekunden richtig mitbekommt, geht es um Geld. Das kennt sie von Mama und Papa ... Ein Stockwerk tiefer föhnt sich ein dicker Mann die drei oder vier Haare, die er noch auf dem Kopf hat. In der ersten Etage liegen zwei auf einem riesigen Bett, halten sich an der Hand und schauen Fernsehen. Niemand der Hotelgäste scheint auf den Schatten, der draußen an den Balkonen vorübergleitet, zu achten. Und das lässt Pia für einen Moment unvorsichtig werden. Sie bleibt mit dem linken Fuß an dem Balkongitter im ersten Stock hängen, verliert in ihrer Überraschung das Seil und stürzt kopfüber in den Garten. Zum

Glück hat sie den Helm auf und der Sturz ist nicht besonders tief. Trotzdem fährt ihr ein stechender Schmerz durch den rechten Arm und ihr wird speiübel.

Da ist auch schon Johannes bei ihr. Er hat Wurfanker und Seil bereits wieder in seinem Rucksack verstaut. »Hast du dich verletzt?«, flüstert er.

Pia stöhnt leise und rappelt sich auf. »Weiß nicht. Wir müssen weg. Gib mir den Stein!« Sie hat Mühe beim Sprechen, das Arbeiten mit der Taschenlampe im Mund hatte ihre Backenmuskeln total verkrampft.

Johannes drückt ihr den Smaragd in die Hand. Der Stein fühlt sich wunderbar an, warm und kalt zugleich. Sie steckt ihn in die Hosentasche und zieht den Reißverschluss zu. Dann rennen sie gebückt aus dem Park und schleichen sich, immer tief im Schatten der Häuser, zu ihren Rädern.

»Du bist die Größte, Pia«, sagt Johannes bewundernd, während er sein Fahrrad aufschließt.

»Ohne dich hätte es nie geklappt«, sagt sie. Ihr Arm schmerzt immer stärker.

»War es schwierig mit dem Safe?«, fragt Johannes neugierig.

Pia steigt auf ihr Fahrrad. Mit einer Hand ist das gar nicht so einfach. »Bitte, Johannes«, stöhnt sie. »Ich erzähle es dir später, ja?«

»In Ordnung«, sagt er. »Und was machen wir jetzt?«

Pia tritt in die Pedale. »Jetzt fahren wir zum Krankenhaus.«

»Wir?«, fragt er erstaunt.

Pia nickt. »Komm bitte mit. Ich weiß nicht, ob ich es mit dem Arm noch lange schaffe.«

Während Johannes und Pia durch die Stadt zum Hafenkrankenhaus fahren, wacht Puschkin auf und reibt sich die Augen. Der Stuhl neben seinem Bett ist leer, Frau von Waldenfels verschwunden. Nur ihr starkes Parfüm hängt noch in der Luft.

»Wann ist sie gegangen?«, fragt er die Krankenschwester.

»Gerade eben«, antwortet die. »Eine nette Person. Vielleicht ein bisschen laut, aber nett. Über eine Stunde hat sie bei Ihnen gesessen.«

Über eine Stunde? Dann müsste Pia jetzt eigentlich mit der Arbeit fertig sein. Ob sie es geschafft hat? Sie ist talentiert, die Übungsschlösser hat sie alle aufgekriegt. Doch ein moderner Safe ist etwas anderes, dafür braucht man viel Erfahrung und eine gute technische Ausrüstung. Wahrscheinlich hat Pia es irgendwann aufgegeben und ist abgehauen. Hoffentlich durch die Tür und nicht die Fassade hinunter. Wenn sie abgestürzt ist – nein, er zwingt sich, nicht daran zu denken.

Vom Flur her sind nun laute Stimmen zu hören. »Das geht aber nicht!«, hört er jemanden rufen und »Nicht ohne deine Eltern!« und »Nicht um diese Zeit!«. Dann fliegt die Tür auf, und Pia stürmt herein, hinter sich zwei Schwestern. Pias Gesicht glüht, den rechten Arm hält sie an die Brust gedrückt. Puschkin fällt ein Stein vom Herzen, wenigstens scheint ihr nichts Schlimmeres passiert zu sein.

»Was tust du denn hier?«, fragt er.

Pia tritt an sein Bett und gibt ihm einen Kuss. »Ich wollte dir nur schnell Gute Nacht sagen. Aber die da« – sie zeigt auf die Schwestern – »wollten mich nicht zu dir lassen.«

»Das dürfen wir auch nicht«, sagt die ältere der beiden Krankenschwestern. »Die Ansteckungsgefahr für die Patienten und die Besucher …«

»Schon gut«, unterbricht sie Puschkin. »Pia geht sofort wieder, sofort, jawoll.«

Sie nickt. Dann gibt sie ihm die linke Hand, in der sich etwas Großes, Kühles befindet. Es wandert zu ihm herüber. Geschickt lässt er es unter die Bettdecke gleiten.

»Schlaf gut, Opa«, sagt sie.

»Du auch, mein Kind.«

»Und werd gesund.«

Puschkin wendet sich an die Schwestern. »Bestellen Sie meiner Enkelin bitte ein Taxi? Es geht auf meine Rechnung, auf meine, jawoll.«

Das Letzte, was er von Pia sieht, sind ihre roten Haare. Dann schließt sich die Tür.

Die Kleine ist eine Wucht, sie hat es also tatsächlich geschafft. Wenigstens eine in der Familie, die sein Erbe in sich trägt. Er kann stolz auf sie sein, stolz, jawoll.

Puschkin zieht den Stein unter der Bettdecke hervor. Kein Zweifel, das ist er: der Smaragd der Königin. Vielleicht der schönste Smaragd, den es auf der Welt gibt. Und jetzt gehört er ihm!

Zufrieden schließt Puschkin die Augen. Einen Wimpernschlag später ist er eingeschlafen.

# Pia bekommt einen Gips

Als Pia das Krankenhaus verlässt, wartet Johannes an der Pforte auf sie.

Ob alles geklappt habe, fragt er.

Sie nickt.

Wie es ihrem Opa gehe.

Ganz gut, antwortet sie. Die Schwestern hätten sie allerdings nur ein paar Minuten mit ihm sprechen lassen.

»Was ist mit deinem Arm?«

»Tut verdammt weh.«

»Wo wir schon mal hier sind, könntest du ihn eigentlich in der Ambulanz untersuchen lassen«, sagt Johannes.

Pia schaut auf ihre Uhr. Schon halb elf. »Ich muss nach Hause«, sagt sie. »Unbedingt. Puschkin hat mir ein Taxi bestellt.«

»Ich nehme dein Fahrrad mit«, sagt Johannes. »Ich hab's ja nicht weit.«

Keine Viertelstunde später steigt Pia im Kirchweg aus dem Taxi. Gerade will sie klingeln, da wird die Haustür aufgerissen, und Mama,Papa, Einstein und Tante Marga versuchen, sich mehr oder weniger gleichzeitig durch den Türrahmen zu quetschen. Sieht irgendwie komisch aus.

»Hallo«, sagt Pia leise. »Ich ...«

Zu mehr kommt sie nicht. Mit einem Aufschrei packt Mama sie am Arm – zum Glück ist es der gesunde –und zieht sie in den Hausflur. Im nächsten Moment prasseln von allen Seiten Fragen und Vorwürfe auf sie ein. Irgendwann steckt Pia die Finger in die Ohren und schließt die Augen. Als sie sie wieder öffnet, herrscht Stille. »Darf ich auch mal was sagen?«, fragt Pia.

»Wir bitten darum«, sagt Papa.

Pia holt tief Luft. »Ich verstehe ja, dass ihr euch Sorgen gemacht habt«, sagt sie.

»Na, immerhin«, sagt Mama.

»Wer hätte das für möglich gehalten – die Kleine hat was verstanden«, lästert Einstein.

»Aber ich war bei Puschkin«, fährt Pia fort.

»Du warst wo?«, fragt Papa überrascht.

»Bei Puschkin«, antwortet Pia, die sich zusammennehmen muss, um nicht aufzustöhnen, so weh tut ihr der Arm. Die Schmerzen wandern in Wellen durch ihre Schulter bis in den Kopf hinein. »Ich hab ihm was gebracht. Es war wichtig.«

»Wieso bist du einfach weggefahren, ohne uns Bescheid zu sagen?«, will jetzt Tante Marga wissen. »Wir haben uns solche Sorgen gemacht!«

Das ist ein guter Witz, ein sehr guter sogar. Als ob sich ausgerechnet Tante Marga Sorgen gemacht hätte!

»Und was hast du Opa gebracht?«, fragt Einstein.

Pia beachtet ihn nicht. »Puschkin hat sich sehr über meinen Besuch gefreut«, sagt sie stattdessen.

»Du hast Thomas' Frage noch nicht beantwortet«, sagt Papa.

»Es ist ein Geheimnis«, erwidert Pia. »Es geht nur Puschkin und mich was an. Tut mir leid, ich kann es euch nicht sagen. Und ich werde es auch nicht tun«, fügt sie tapfer hinzu.

»So ein freches ...«, beginnt Tante Marga. Doch Papa schneidet ihr das Wort ab. »Geh bitte in dein Zimmer, Pia. Wir reden morgen weiter.«

In diesem Augenblick fährt ein solcher Schmerz durch Pias Arm, dass sie das Gesicht zu einer Grimasse verzieht.

»Was ist, Kind?«, fragt ihre Mutter erschrocken.

»Der Arm«, ächzt Pia.

»Bist du gestürzt?«, fragt Papa.

»Mhm.«

»Mit dem Fahrrad?«

»So ungefähr.«

Papa schaut sich den verletzten Arm aufmerksam an. »Sieht nicht gut aus«, sagt er dann. »Ich bin zwar kein Arzt, aber ich würde mich nicht wundern, wenn er gebrochen ist. Packt ein paar Sachen ein, wir fahren sofort ins Krankenhaus.«

Auf diese Weise landet Pia an diesem Abend ein zweites Mal im Hafenkrankenhaus. Der Arzt in der Ambulanz vermutet wie Papa einen Armbruch und das Röntgenbild bestätigt seine Diagnose: Es handelt sich um eine Fraktur, die so schnell wie möglich operiert werden muss.

»Jetzt sofort?«, fragt Pia.

Der Arzt nickt.

»Jungejunge«, murmelt Pia.

Vor der Operation setzt sich der Narkosearzt zu ihr ans Bett und versucht, sie zu beruhigen. Dabei ist das gar nicht nötig. Wer wie sie aus dem vierten Stock des Grandhotels hinunter in den Park geklettert ist, hat keine Angst vor solchen Kleinigkeiten.

Einige Stunden später wacht Pia auf. Ihre Mutter sitzt mit geschlossenen Augen neben ihr am Bett. Durch das große Fenster fällt helles Tageslicht herein.

»Du, Mama«, sagt Pia. Ihr Mund ist ausgetrocknet, sie hat Mühe zu sprechen. Und diesmal nicht wegen des Muskelkaters in ihren Backenmuskeln.

Ihre Mutter schreckt hoch. Offenbar hat sie geschlafen. »Da bist du ja wieder«, sagt sie und streichelt ihr über die Haare. »Wie geht's dir? Tut dir der Arm weh?«

Pia betrachtet interessiert den weißen Gips, den sie ihr nach der Operation verpasst haben. Wahrscheinlich werden alle aus ihrer Klasse was draufschreiben wollen. »Auch ein Hippie muss mal Pipi« und anderen Blödsinn. »Nee, überhaupt nicht«, sagt sie. »Aber ich hab Durst.«

Nachdem sie getrunken hat, fragt sie, ob ihre Mutter was von Puschkin gehört hat.

Der habe sich seit der letzten Nacht ganz erstaunlich erholt, antwortet Mama. Die Ärzte stünden vor einem Rätsel, sie hätten so etwas noch nicht erlebt.

Pia lächelt und schließt zufrieden die Augen. Es hat sich also doch gelohnt: das Training an der alten Brauerei, die Angst vor dem Klettern, die Verzweiflung, als sie den Safe nicht aufbekam, der Absturz und das Donnerwetter zu Hause. Puschkin geht es besser, mehr hat sie nicht gewollt.

Sie wird wach, als zwei Pfleger das Bett hinausschieben, das abgedeckt an der gegenüberliegenden Wand gestanden hat. Dann bringen sie ein anderes herein. Erst auf den zweiten Blick erkennt sie, wer darin liegt.

Es ist Puschkin! Er ist immer noch blass. Aber er lacht und seine Augen blicken klarer als am Tag zuvor.

»Ich schnarche«, sagt er zur Begrüßung.

»Hallo, Puschkin.«

»Ich schnarche«, wiederholt er, nachdem die beiden Pfleger den Raum verlassen haben. »Wenn du mich nicht hierhaben willst, lasse ich mich wieder abholen. Die finden auch noch ein anderes Zimmer für mich, ein anderes, jawoll.«

»Du bleibst«, sagt Pia, steht auf, schlurft auf wackligen Beinen zu ihrem Opa hinüber und drückt ihm einen dicken Schmatzer auf die kratzige Backe. »Geht es dir wirklich besser?«

Er zieht die Hand unter der Bettdecke hervor und zeigt ihr den Smaragd. »Das Ding hilft tatsächlich. Seit du ihn mir gebracht hast, fühle ich mich fast wie neugeboren. Den Smaragd gebe ich nie mehr her. Und wenn ich mal tot bin, kriegst du ihn, du, jawoll. Und jetzt erzähle! Attacke!«

Alles will Puschkin wissen. Von der Fahrstuhlfahrt bis zum Abseilen in den Park. Besonders den Safe muss sie ihm bis zum letzten Schräubchen beschreiben. »Ein ST 750 von Secure«, murmelt er. »Komisch, dass sie in einem Luxushotel noch solche alten Dinger haben. Trotzdem ist es ein erstklassiger Tresor, erstklassig, jawoll. Dass du den aufgekriegt hast – Donnerwetter! Du solltest wirklich meine Nachfolgerin werden.«

Pia klopft auf ihren Gips. »Vielen Dank, ich kann darauf

verzichten. Außerdem hat mir Johannes geholfen. Ohne ihn wäre ich nie unbeobachtet aus der Präsidentensuite rausgekommen.«

»Johannes?«

»Er ist in meiner Klasse«, antwortet sie und erzählt, wie fantastisch er mit dem Wurfanker umgehen kann.

»Und er wird uns nicht verpfeifen?«, fragt Puschkin misstrauisch.

»Verpfeifen? Johannes?« Pia lacht. »Niemals. Er ist in mich verliebt.«

»Und du auch in ihn?«

Pia spürt, wie ihre Ohren heiß werden. »Quatsch!«, murmelt sie. Dass Opa immer so blöde Fragen stellen muss!

»Ihr könntet euch zusammentun«, sagt er. »Als Safeknacker, meine ich.«

»Vergiss es. Johannes wird mal Professor.«

»Schade«, sagt Puschkin. »Und Frau von Waldenfels hat sich tatsächlich Sorgen um mich altes Gerippe gemacht?«

»Sah so aus«, antwortet Pia. »Aber ich fand ihre Reaktion ein bisschen übertrieben. Es war, als wäre sie mit dir verheiratet oder so.«

Puschkin denkt nach, ziemlich lange. Dann sagt er: »Tu mir den Gefallen und besorge mir eine Zeitung, ja?«

»Darf ich denn schon aufstehen?«

»Hat es dir irgendjemand verboten? Nein? Dann mach schon! Attacke!«

Pia wirft sich ihren Bademantel über, zieht ihre Hausschuhe an und verlässt das Zimmer. Sie fühlt sich noch ein bisschen unsicher, doch mit jedem Schritt geht es besser. Den Arm mit dem Gips allerdings muss sie fest an die Brust gedrückt halten, sonst tut er scheußlich weh. Zwei Krankenschwestern sitzen im Stationszimmer und trinken Kaffee. Sie schauen nicht hoch, als Pia vorbeischleicht.

Auch auf dem Rückweg vom Kiosk wird sie nicht aufgehalten. Im Zimmer hilft sie Puschkin, sich aufzusetzen, findet seine alte, mit Leukoplast geflickte Lesebrille im Nachtschränkchen, setzt sie ihm auf die Nase und schlüpft wieder ins Bett.

»Ha!«, ruft Puschkin. »Jawoll!« Dabei haut er mit der Hand, die den Smaragd hält, auf die Zeitung. »Hör mal, was hier steht, Kind! Das glaubst du nicht!«

Dann liest er vor: »Zwei maskierte Einbrecher sind gestern am späten Abend in die Präsidentensuite des Grandhotels eingedrungen. Dort residiert seit einigen Tagen die Milliardärswitwe Gloria von Waldenfels (Bild). Offenbar waren die Einbrecher darauf aus, einen der wertvollsten Edelsteine der Welt zu stehlen. Frau von Waldenfels trägt, wie in einer früheren Ausgabe berichtet, den Smaragd der Königin auf allen Reisen bei sich. Bei dem Versuch der Gangster, den Safe in der Suite mit Sprengstoff zu öffnen, entstand ein Sachschaden von mindestens 50 000 Euro.«

Puschkin zeigt Pia das Bild neben dem Artikel. Vor einem großen Loch in der Wand steht Gloria von Waldenfels in dem, was von ihrer Suite übrig geblieben ist, und lächelt in die Kamera. Da wird ihre Suite und wer weiß was sonst noch in die Luft gesprengt und die Dame lächelt!

Beim Abseilen in den Hotelpark seien die Einbrecher von der Polizei in Empfang genommen worden, fährt Puschkin fort. Ein aufmerksamer Gast habe die Beamten alarmiert. Es handele sich bei den Einbrechern um zwei mit internationalem Haftbefehl gesuchte Tresorknacker. Von dem berühmten Stein fehle im Übrigen jede Spur. Möglicherweise hätten die beiden Einbrecher einen Komplizen gehabt, der mit dem wertvollen Stück verschwunden sei. Auf einen dritten Mann konzentrierten sich jetzt auch die Ermittlungen der Polizei.

»Von wegen Komplize.« Puschkin grinst und fährt zärtlich mit den Fingern über den Stein. »Besser konnte es für uns gar nicht laufen.«

»Wieso nicht?«

»Irgendwann hätte dich die Polizei bestimmt im Verdacht gehabt«, antwortet Puschkin. »Schließlich warst du als Letzte bei Gloria, bevor sie zu mir gekommen ist. Und Frau von Waldenfels hätte sich garantiert daran erinnert, dass du an dem Abend noch mal bei ihr aufs Klo gegangen bist.«

»Vielleicht tut sie das auch so«, gibt Pia zu bedenken. »Ich meine, sich an mich erinnern.«

Puschkin schüttelt den Kopf. »Jetzt haben sich alle auf die beiden Einbrecher eingeschossen, auf die Einbrecher, jawoll. – Was macht eigentlich dein Arm?« »Geht so.«

»Du musst dich beim Klettern konzentrieren, Kind. Du hast verdammt viel Glück gehabt, verdammt viel, jawoll! – Und ich auch«, fügt er leise hinzu.

Der restliche Tag vergeht wie im Flug. Bei der Visite wird Pia strengstens verboten aufzustehen. Der Arm brauche Ruhe, sonst heile er nicht, sagt der Doktor. Danach wird Puschkin zu Untersuchungen aus dem Zimmer gefahren und kehrt sehr zufrieden mit den Ergebnissen zurück. Am Nachmittag kommen Mama und Papa zu Besuch. Sie scheinen nicht begeistert zu sein, dass Pia und Puschkin in einem Zimmer liegen, sagen aber nichts. Dafür redet Tante Marga, die nach dem Abendessen auftaucht, umso mehr. Es sei ein Wunder, sagt sie. Puschkin könne dankbar sein, dass er in solch einem wunderbaren Krankenhaus liege, wo sich solch prachtvolle Ärzte und Schwestern um ihn kümmerten. Und froh sei sie, dass es ihm besser gehe, so froh. Jetzt müsse er sich aber schonen, das müsse er ihr versprechen. »Puh!«, machen Pia und Puschkin wie aus einem Mund, nachdem Tante Marga aus dem Zimmer gerauscht ist.

»Sie ist eine falsche Schlange«, sagt Pia.

»Ich weiß nicht«, widerspricht Puschkin. »Wenn es mir schlecht ging, konnte ich mich immer auf sie verlassen. Genau wie auf deinen Vater.«

»Mit euch Erwachsenen ist es ziemlich schwierig«, sagt Pia. »Bei euch weiß man nie. Bist du eigentlich in die Gloria von Dingsbums verliebt?«

Puschkin lacht. »Nein, überhaupt nicht. Aber es war schön, als sie gestern Abend meine Hand gehalten hat. Das hat sich ein bisschen angefühlt wie bei Oma. Die hat das auch immer gemacht – wenn ich mal zu Hause war.«

»Hast du sie sehr lieb gehabt?«

Er nickt. »Ich hab's ihr nur zu selten gezeigt. Leider. Es war nicht leicht für sie, mit einem Bankräuber und Tresorknacker zusammenzuleben. Die Jahre, die ich im Gefängnis gesessen habe, müssen schrecklich für sie gewesen sein. Es wäre besser gewesen, wenn ich mir einen anderen Beruf gesucht hätte. Besser für sie. Und für deinen Vater und Tante Marga. Und für mich wahrscheinlich auch.«

Er macht eine Pause und wischt sich über die Augen. Tränen hat Pia noch nie bei Puschkin gesehen, doch vielleicht hat sie bloß nie darauf geachtet. Nachdem er sich die Nase geschnäuzt hat, sagt er: »Du bist ein vernünftiges Mädchen, Pia. Und ich bin ein unvernünftiger alter Knacker, unvernünftig und ein bisschen verrückt, jawoll. Vergiss alles, was ich dir gesagt habe, versprichst du mir das? Und werde bloß nicht meine Nachfolgerin!«

»Keine Angst, Puschkin. Dieses eine Mal hat mir gereicht. Aber zur Bank gehe ich auch nicht.«

# Puschkin hat Durst

Am nächsten Tag wird Pia aus dem Krankenhaus entlassen, Mama holt sie mit dem Auto ab. Es gebe keinen vernünftigen Grund, Pia länger in der Klinik zu behalten, sagt der Stationsarzt bei der Morgenvisite. Der gebrochene Arm mache sich gut, sie müsse sich allerdings noch ein bisschen schonen.

Pia ist hundemüde, Puschkin hat die ganze Nacht über erbärmlich geschnarcht. Ein paarmal ist sie aufgestanden und hat ihn mit ihrem gesunden Arm in die Seite gepufft. Dann hat er für ein paar Atemzüge aufgehört, um danach mit noch größerer Lautstärke weiterzusägen. Erst als es draußen schon hell geworden ist, ist sie endlich eingeschlafen.

Mama hat ein gigantisches Frühstück vorbereitet, hat beim Lieblingsbäcker am Fischmarkt frische Schokobrötchen und Berliner Ballen gekauft. Pia isst, bis sie fast platzt. Im Vergleich zu dem, was sie im Krankenhaus zu essen bekommen hat, fühlt sie sich zu Hause wie im Schlaraffenland. Sie nimmt sich fest vor, nicht mehr so oft über Mamas Auberginenaufläufe, Tofuschnitzel, Grünkernfrikadellen und Vollwertpizzas zu meckern.

Der Gips, in dem ihr rechter Arm steckt, behindert sie nur beim An- und Ausziehen, aber selbst dabei muss ihr niemand helfen. Es dauert einfach nur länger. Eigentlich ganz praktisch, so ein Gips. Und schön hart – falls einer Lust bekommen sollte, sich mit ihr anzulegen. Solange sie ihn hat, wird Alex jedenfalls keine große Lippe mehr riskieren. Und die anderen aus ihrer Klasse auch nicht.

Während sie frühstücken, erzählt Pia ein bisschen vom Krankenhaus, Mama von ihren Plänen für die großen Ferien. Ibiza und die italienische Adria stehen zur Wahl. Aber ihr liegt was anderes auf der Seele, das merkt Pia deutlich.

Und tatsächlich. »Was hast du mit Opa gemacht?«, fragt Mama irgendwann.

»Mit Opa? Ich? Nichts!«

»Die Ärzte hatten ihn schon fast aufgegeben. Und dann besuchst du ihn, bleibst zwei Minuten bei ihm und es geht ihm gleich besser.«

Aha, offenbar hat Mama sich im Krankenhaus genauer über Pias abendlichen Besuch informiert. Pia nimmt einen Filzstift vom Küchenschrank und schreibt das Datum des vorigen Tages in großen Ziffern mitten auf den schneeweißen Gips. »Damit ich den Unfall nie vergesse«, sagt sie.

»Du lenkst ab«, sagt Mama.

»Tut mir leid«, sagt Pia. »Ehrlich. Es ist ein Geheimnis. Vielleicht erzähle ich es dir später mal.« Sie lehnt sich zu ihrer Mutter hinüber und gibt ihr einen Kuss. »Ich leg mich hin, ja? Puschkin hat die ganze Nacht geschnarcht.«

Ohne sich auszuziehen, rollt sie sich auf ihrem Bett zusammen und schläft sofort ein.

Sie wird wach, als ihre Mutter ins Zimmer kommt und

die Jalousien hochzieht. Pia schaut auf ihren Wecker, er zeigt neun Uhr. Aber es ist überhaupt nicht dunkel. Im Gegenteil, Sonnenlicht flutet durchs Fenster herein, wie sie es sonst nur vom Morgen kennt.

Mama löst das Rätsel. Pia habe zweiundzwanzig Stunden geschlafen, sagt sie trocken.

Vor Überraschung bekommt Pia einen Schluckauf. Zweiundzwanzig Stunden! Mein lieber Mann, sie muss ganz schön müde gewesen sein. Zweiundzwanzig Stunden sind Rekord, sie hält es sonst nie so lange im Bett aus.

Ob Mama was von Puschkin gehört habe, will sie wissen, während sie in ihre Puschen schlüpft, um ins Bad zu gehen.

Er werde heute entlassen.

Er wird schon entlassen? Mensch, das ist die zweite Überraschung an diesem Morgen.

Mama lächelt. Es gehe ihm so gut, dass er nicht mehr im Krankenhaus bleiben wolle, erzählt sie. Zu Hause könne er sich viel besser erholen, habe er gesagt. Die Ärzte seien nicht begeistert von seiner Idee gewesen, aber am Ende habe er sich durchgesetzt.

»Er hat sich durchgesetzt?« Pia kichert. »Dann ist Puschkin wieder der Alte.«

»Sieht so aus. Und du willst mir wirklich nicht sagen, was du mit ihm angestellt hast?«

Pia schüttelt energisch den Kopf. »Keine Chance, Mama.«

Gegen Mittag bringt Papa Puschkin nach Hause. Pia hat den Familienopel am Motorengeräusch erkannt und ist gleich auf die Straße gerannt. Opa stützt sich schwer auf einen Stock. Aber er strahlt.

»Hallo, Kleine«, sagt er. »Da bin ich wieder.«

Am liebsten würde sie ihm jetzt um den Hals springen. Doch Puschkin sieht so klapprig aus, dass sie es lieber bleiben lässt.

»Hallo, alter Schnarchsack«, begrüßt sie ihn.

»Also, Pia!«

»Lass sie, Viola«, sagt Puschkin, während er den Stock an die Garderobe lehnt. »Das Mädchen hat ja recht. Sie hat im Krankenhaus kein Auge zugetan, kein Auge, jawoll. Dafür habe ich geschlafen wie ein …« Er zögert und grinst Pia an. »… wie ein Stein«, vollendet er schließlich seinen Satz.

Nachdem das Gepäck in die Wohnung unterm Dach gebracht, Puschkin ins Bett verfrachtet worden ist und Pias Eltern wieder nach unten gegangen sind, bleibt Pia als Einzige zurück. Sie setzt sich zu ihrem Großvater ans Bett und fragt: »Wo ist der Smaragd?«

Puschkin greift unters Kopfkissen und zieht ihn hervor. »Ich behalte ihn immer in meiner Nähe«, erklärt er. »Wahrscheinlich haben die sich hier schon gefragt, was ich ständig unter der Bettdecke zu suchen hatte.«

»Mensch, Pia, wenn ich dich nicht hätte«, fährt er nach einer Pause fort. »Du kannst alles von mir haben, alles, was du willst. Du musst es mir nur sagen.«

»Dann möchte ich eine Eins in Mathe.«

»Glaube ich dir gern«, sagt er und lacht. Wenn er lacht, sieht Puschkin fast schon wieder wie vor seinen Herzanfällen aus. »Hast du eigentlich was von der schönen Frau von Waldenfels gehört?«

»Nee, hab ich nicht. Und schön ist sie auch nicht, das will ich dir mal sagen. Als ich bei ihr im Hotel war, hab ich sie ohne Schminke gesehen. Mensch, deine Gloria sah aus wie Lady Frankenstein.«

»Jetzt übertreibst du aber«, sagt Puschkin. »Ob die Dame noch im Grandhotel ist?«, überlegt er laut.

»In der Präsidentensuite wohnt sie bestimmt nicht mehr«, sagt Pia. »Die müssen sie erst renovieren.«

»Rufst du mal an? Bitte, tu mir den Gefallen!«

»Im Hotel? Bist du etwa doch in die Tussi verknallt?«

Puschkin winkt ab. »Unsinn, das ist reine Neugier. Ich wüsste einfach gern, wie die Geschichte weitergegangen ist.«

Am Telefon erfährt Pia, dass Gloria von Waldenfels gleich am Tag nach dem Einbruch verschwunden sei.

»Verschwunden?«, fragt Pia erstaunt.

Auf der anderen Seite der Leitung ist ein verlegenes Räuspern zu hören. Dann sagt die Frau von der Rezeption mindestens ein Dutzend Mal, dass Frau von Waldenfels abgereist sei. Es sei ein Versprecher gewesen, die Dame sei natürlich abgereist, abgereist, abgereist.

Als Pia Puschkin von dem Telefongespräch berichtet, verfällt er in langes Grübeln. Irgendwann öffnet er das Nachtschränkchen. »Wo ist meine Flasche?«, fragt er. »Sie muss noch fast voll gewesen sein, fast voll, jawoll.« Dann richtet er sich ächzend im Bett auf und sagt: »Wenn Frau von Waldenfels verschwunden ist, hat sie die Hotelrechnung nicht bezahlt.«

»Nicht bezahlt? Wie meinst du das? Sie hat doch Geld wie Heu!«

Puschkin wiegt seinen kahlen Schädel hin und her. »Hat sie das wirklich?«, murmelt er. Und dann lauter: »Entweder steckt sie mit den Einbrechern unter einer Decke …«

»Oder?«

»Ich darf gar nicht daran denken, was die andere Möglichkeit ist«, sagt Puschkin und kratzt sich ausgiebig am Hinterkopf. »Oder sie ist eine Hochstaplerin und wollte mich ausnehmen.«

Pia versteht nur Bahnhof.

»Wahrscheinlich hätte sie mich irgendwann um Geld gebeten, damit sie die Hotelrechnung bezahlen kann«, erklärt er. »Oder sie hätte sogar versucht, mich rumzukriegen, dass ich sie heirate.«

Jetzt endlich fällt bei Pia der Groschen. »Sie hat gedacht, du bist ein reicher älterer Herr. Deshalb hat sie sich so aufgeregt, als ich ihr gesagt hab, dass du im Krankenhaus liegst. Wenn du gestorben wärst, wäre sie nicht an dein Geld rangekommen.«

»Kann sein«, sagt Puschkin. »Woher sollte sie auch wissen, dass ich nur hinter dem Smaragd der Königin her war!«

»Wenn es so ist, wie du sagst«, überlegt Pia, »dann habt ihr euch beide was vorgemacht. Dann hat sie die reiche Dame gespielt und du den reichen Herrn.«

Puschkin sagt nichts dazu. Wahrscheinlich hat sie haargenau ins Schwarze getroffen.

»Und was ist mit dem Stein?«, fragt sie.

»Du meinst, wenn der genauso falsch ist wie die reiche Frau von Waldenfels? Wenn der Smaragd nur der Köder war?«, fragt Puschkin zurück. »Wenn sie die Geschichte mit dem Stein bloß in die Zeitung gebracht hat, um einen alten Trottel wie mich in die Finger zu kriegen?« Er greift unters Kopfkissen, holt den Smaragd oder was immer es ist, hervor und hält ihn gegen das Licht. »Er ist wunderschön«, murmelt er. »Ein richtiges Prachtstück. Ich könnte ihn von einem Juwelier untersuchen lassen, von einem Juwelier, jawoll.«

»Tu das, Puschkin!«

»Ich weiß nicht, ob ich das will«, sagt er.

Pia gibt ihm einen Kuss und steht auf. »Schlaf ein bisschen«, sagt sie.

Er grinst. »Du redest schon wie deine Mutter. Wenn du der Flasche begegnest, bring sie rauf, ja?«

# Puschkin fällt aus allen Wolken

Die Sommerferien kommen – und mit ihnen die Zeugnisse. Einstein bringt bis auf eine Zwei in Sport nur Einsen mit nach Hause, niemand aus der Familie hat etwas anderes erwartet. Pia ist versetzt worden, es hat im ersten Halbjahr gar nicht danach ausgesehen. In Mathe hat sie sogar noch eine Drei geschafft, für die Arbeit, die sie während Puschkins Erkrankung geschrieben hat, hat sie eine gute Zwei bekommen. Die letzten Tests in Biologie, Physik und Geschichte hat sie wegen ihres gebrochenen Arms nicht mitzuschreiben brauchen. So hat die mündliche Mitarbeit gezählt – und da hat sie sich mächtig ins Zeug gelegt.

In einem Fach ist sie sogar zum allerersten Mal besser als Einstein: In Sport hat ihr Herr Hanselmann eine Eins gegeben.

Das ärgert Thomas so sehr, dass er sich gar nicht mehr über seine anderen Noten freuen kann. Stattdessen schimpft er beim Mittagessen über den Sportlehrer, der keinen Schimmer habe, der ihn noch nie habe leiden können und der sowieso immer nur die Mädchen bevorzuge.

»Alles Ausreden«, sagt Pia. »In Sport bist du eben ein Versager. Da wird nie was aus dir.« Mensch, tut das gut, ihrem

Bruder endlich ein paar von seinen Gemeinheiten heimzahlen zu können!

»Ich könnte dich trainieren«, fährt Pia fort und grinst. »Im Boxen zum Beispiel.«

Einstein springt auf. »Blöde Tussi!«, ruft er wütend und verschwindet in seinem Zimmer.

»Jetzt geht's mir besser«, sagt Pia und zwinkert Puschkin zu. Der zwinkert zurück.

Während Pia mit ihrem zugegeben nicht besonders eindrucksvollen Zeugnis bei ihren Eltern und Tante Marga leer ausgeht, gibt ihr Puschkin zwanzig Euro. Ihre Noten seien doch gar nicht schlecht, sagt er. Sie habe keine Fünf gekriegt, mehr könne man von einem so viel beschäftigten Mädchen wie Pia nicht erwarten. Mama und Papa sind da völlig anderer Meinung.

Seit seiner Entlassung aus dem Krankenhaus geht es Puschkin mit jeder Woche besser – genau wie Pia, die schon lange den Gips abhat und den Arm nur noch ganz selten spürt. Ab und zu zwickt Opa sein Rheuma, doch sein Herz erholt sich immer mehr. Inzwischen kommt er auch zum Essen wieder nach unten in die Küche.

Am vierten Tag der Sommerferien, es ist ein Donnerstag, klopft es morgens gegen neun an Pias Tür. Es dauert eine Weile, bis sie zu sich kommt. Am Abend zuvor ist sie bis um zehn mit Johannes zusammen gewesen. In den großen Ferien darf sie jetzt länger draußen bleiben. Das hat sie in einem stundenlangen Gespräch mit ihren Eltern durchsetzen können. Die beiden sind so was von schwierig gewesen!

»Herein!«, ruft Pia.

Es ist Puschkin. Er trägt ein kariertes Oberhemd unter

einer hellgrünen Sommerjacke, scheußliche braune Knickerbocker, rote Wollstrümpfe und uralte Wanderschuhe. Auf seinem kahlen Schädel sitzt ein Tirolerhut mit einem mottenzerfressenen Gamsbart.

Pia lacht. »Karneval ist im Februar, Puschkin.«

»Steh auf, Kind«, sagt er, ohne auf ihren Spott einzugehen. »Heute ist es so weit, heute, jawoll.«

Sie setzt sich auf die Bettkante, reibt sich die Augen und gähnt. Was er vorhabe, fragt sie.

»Auf den Montblanc komme ich nicht mehr rauf«, sagt er. »Aber den Kuhberg müsste ich eigentlich schaffen. Attacke!«

Der Kuhberg ist die höchste Erhebung im Umkreis von dreißig Kilometern. Pia hat in Heimatkunde gelernt, dass er genau 89 Meter hoch ist. Auf der Spitze des Hügels gibt es sogar ein Fernrohr, in das man eine Münze einwerfen muss, wenn man durchgucken will. In der Grundschule ist Pia mit ihrer Klasse mal hinaufgewandert, es war noch langweiliger als der Besuch im Klärwerk.

Sie schaut aus dem Fenster. Der Himmel ist wolkenlos blau, es wird ein heißer Tag. »Warum willst du auf den Kuhberg?«, will sie von Puschkin wissen.

»Erstens war ich noch nie oben«, antwortet er. »Und zweitens …« Dann erzählt er ihr von dem Zeitungsartikel über den alten Bergführer, der gemeinsam mit seinem Urenkel auf den Montblanc gestiegen ist. Das habe in demselben Blatt gestanden wie der Bericht über den Smaragd der Königin, sagt er.

»Ach, deshalb sollten wir den Stein klauen«, sagt Pia. »Weil du auf den Montblanc klettern wolltest.«

»So ungefähr.«

»Meinst du, wir beide kriegen auch eine Schlagzeile in der Zeitung?«, fragt sie und springt aus dem Bett.

»Eine Schlagzeile?«

»70-jähriger Tresorknacker mit Enkelin auf dem Kuhberg«, sagt Pia. »Klingt doch toll, oder?«

»Das fehlt noch«, sagt Puschkin.

Ob Johannes mitkommen dürfe, fragt Pia auf dem Weg zum Badezimmer.

»Ich würde den Knaben gern mal kennenlernen, sehr gern, jawoll«, sagt Puschkin.

Eine Viertelstunde später hocken Pia, Puschkin und Johannes im Taxi. Puschkin sitzt auf dem Beifahrersitz, Pia und Johannes sitzen hinten.

Wo es denn hingehen solle, fragt die Taxifahrerin.

Zum Kuhberg, antwortet Puschkin.

»Zum Kuhberg?« Die Taxifahrerin runzelt die Stirn. »Das kostet Sie aber eine Stange Geld!«

»Geld ist nicht alles«, erklärt Puschkin.

In der nächsten halben Stunde fährt das Taxi durch die flache Marschlandschaft, am Wefelstädter Moor vorbei und über den Kanal, auf dem ein paar kleine Motorboote und Kanus unterwegs sind. Pia hat ganz vergessen, wie schön es hier ist. Außer ihnen scheint niemand an diesem Tag unterwegs zu sein, sie begegnen nur Kühen, Schafen und Möwen, Tausenden von Möwen.

Als sie am Kuhberg aussteigen, steht die Sonne fast senkrecht am Himmel. Im Taxi war die Klimaanlage eingeschaltet, deshalb trifft die Hitze die drei wie ein Fausthieb.

»War wohl doch keine gute Idee«, murmelt Puschkin, nachdem er die Taxifahrerin gebeten hat zu warten. Sie könne sie in ein paar Minuten wieder mit zurück in die Stadt nehmen, hat er gesagt. Die Frau hat bloß mit den Schultern gezuckt, die Uhr am Armaturenbrett weiterlaufen lassen und es sich im Schatten ihres Autos gemütlich gemacht.

»Wir müssen da nicht hoch«, sagt Pia. »Wenn es dir heute zu heiß ist, lassen wir es lieber.«

Puschkin schüttelt den Kopf. »Ich schaffe das schon.« Er steckt die Hand in die Hosentasche und zieht den Smaragd heraus. »Der hier wird mir helfen«, sagt er. »Und jetzt, Freunde: Attacke!«

Der Kuhberg ist eigentlich gar kein richtiger Berg, sondern nur ein kleiner, mit niedrigen Büschen bewachsener Hügel. Ein Schotterweg führt an seiner Flanke entlang. Pia läuft hinauf und ist wenig später wieder zurück. Die paar Meter wird sogar Puschkin locker schaffen.

»Alles klar zum Aufstieg«, sagt sie. »Keine Lawinengefahr, kein Steinschlag, keine Gletscherspalten. Hast du das Kletterseil dabei, Puschkin?«

Der droht ihr lachend mit der Faust. »Wenn du mich auf den Arm nehmen willst, musst du früher aufstehen, früher, jawoll«, schimpft er. »Wahrscheinlich kommst du mit siebzig nicht mal mehr allein aus dem Bett.«

»Komme ich wohl«, widerspricht Pia. »Ich kriege doch den Smaragd. Oder etwa nicht?«

Statt ihr zu antworten, schiebt Puschkin los. Schwer auf seinen Stock gestützt, macht er die ersten Schritte auf dem Weg zum Gipfel. Johannes und Pia gehen neben ihm, um ihn aufzufangen, falls er stolpert.

Obwohl sie im Schneckentempo steigen, ist Puschkin schon bald außer Atem. Bei jedem Schritt gibt der Schotter nach, ein paarmal müssen Pia und Johannes Puschkin stützen. Sein Gesicht ist rot angelaufen, dicke Schweißperlen stehen auf seiner Stirn. Aber er gibt nicht auf, ächzend und keuchend setzt er einen Fuß vor den anderen.

»Lasst uns wieder runtergehen«, sagt Pia, die sich um Puschkins Gesundheit Sorgen zu machen beginnt.

»Finde ich auch«, pflichtet Johannes ihr bei.

Puschkin bleibt stehen, nimmt den Tirolerhut ab und wischt sich mit einem großen, karierten Taschentuch den Schweiß von der Stirn. Ein paarmal atmet er tief durch und fragt dann: »Weißt du, was ich früher war, mein Junge?«

Johannes nickt.

»Sag es!«

»Na ja« – Johannes zögert. »Sie waren … sie haben …«

»… Tresore geknackt, Tresore!«, vollendet Puschkin den Satz. »Da brauchst du gar nicht so rumzudrucksen. Schließlich habe ich dafür im Gefängnis gesessen. Und wisst ihr, was meine oberste Regel war?«

»Kein Dynamit«, sagt Pia.

Puschkin lächelt. »Das auch, mein Kind. Nein, meine oberste Regel lautete: Immer Attacke, immer, jawoll! Wenn du erst vor dem Tresor stehst, musst du ihn knacken, egal, wie schwierig es ist. Und jetzt werde ich diesen verdammten Berg knacken!«

»Hügel«, sagt Pia.

»Berg«, widerspricht Puschkin.

»Berg«, stimmt ihm Johannes zu.

»Typisch«, sagt Pia. »Männer halten immer zusammen.«

Puschkin setzt sich wieder in Bewegung, die beiden Kinder passen auf, dass nichts passiert. Auf dem letzten etwas steileren Stück macht er nach jedem Schritt eine Pause, doch er lässt sich von Pia und Johannes nicht helfen.

Endlich haben sie es geschafft. Puschkin fällt schwer auf die Bank, die neben dem Fernrohr steht. »Dies war ein kleiner Schritt für euch«, sagt er feierlich, als er wieder Luft bekommt. »Aber ein großer für mich, ein verdammt großer, jawoll.«

»Warum?«, fragt Pia.

Puschkin schaut eine Weile vor sich auf den Boden. Dann blickt er Pia an. Sein Gesicht hat sich verändert. »Weil ich die letzten Wochen Angst hatte«, antwortet er ernst. »Weil ich mir nichts mehr zugetraut habe. Weil ich immer drauf gewartet habe, dass ich wieder einen Anfall bekomme.«

Pia gibt ihm einen Kuss auf die Backe. »Wer den Kuhberg bezwingt, wird hundert Jahre alt.«

»Mindestens«, sagt Johannes.

Jetzt zieht Puschkin aus seiner linken Jackentasche eine dicke Fleischwurst und aus der rechten ein ziegelsteingroßes Stück Käse. Aus seiner linken Hosentasche zaubert er drei Trinkpäckchen und aus der rechten drei Schokoriegel. Und schließlich öffnet er die Knickerbocker an den Knien, und heraus fallen zwei Tüten mit den Zitronenbonbons, die Pia so gern mag.

»Kein Wunder, dass Sie aus der Puste gekommen sind«, sagt Johannes. »Bei dem Gewicht, das Sie schleppen mussten. Wir hätten Ihnen helfen können.«

»Ich hab's auch so geschafft«, sagt Puschkin stolz. Dann essen sie und trinken, und am Ende rufen sie auch die Taxifahrerin herauf, die sich mit großem Appetit über die Reste hermacht.

Hinterher liegen alle vier faul im Gras und lassen sich von der Sonne bescheinen. Plötzlich fährt Puschkin hoch. »Verdammt, die Taxiuhr!«, ruft er.

Die Taxifahrerin legt ihm beruhigend die Hand auf den Arm. »Keine Angst, die habe ich abgestellt.«

»Donnerwetter, das nenne ich nobel«, sagt Puschkin und mustert die Frau von oben bis unten. Sie ist nicht mehr jung, das nun wirklich nicht. Aber sie hat einen schönen Busen und lange schwarze Haare mit ein paar grauen Strähnen drin.

»Haben Sie heute Abend was vor?«, fragt er.

»Puschkin!«, ruft Pia. Geht das mit Opa etwa schon wieder los?

»Darf ich Sie zum Essen einladen?«, fragt er.

»Puschkin!«, ruft Pia. Das darf doch nicht wahr sein! Wird Opa denn nie vernünftig?!

»Wie wär's, wenn Sie mich gegen acht abholen?«, fragt er. »Wir suchen uns ein schönes Lokal, ja? Was halten Sie von italienisch?«

»Puschkin«, zischt Pia. »Du weißt, was der Arzt gesagt hat.«

»Ärzte!« Puschkin macht eine wegwerfende Handbewegung. »Wer den Kuhberg besteigt, braucht keinen Arzt. Und jetzt fahren wir nach Hause! Attacke!«

Auf der Rückfahrt sagt zuerst keiner was. Puschkin hat den Arm um die Rückenlehne des Fahrersitzes gelegt und schaut die Frau lächelnd von der Seite an. Ein paarmal lächelt die Taxifahrerin zurück. Sie ist höchstens fünfzig. Was will sie mit so einem alten Mann? Wahrscheinlich ist sie hinter Puschkins Geld her, genau wie diese Gloria, geht es Pia durch den Kopf. Wer hundert Euro für eine Taxifahrt ausgeben kann, muss reich sein, denkt die. Dabei ist Puschkin arm wie eine Kirchenmaus – jedenfalls behauptet das Tante Marga. Pia ist sich da nicht so sicher. Der elegante Kaschmirmantel, den er sich extra für die Treffen mit Gloria von Dingsbums zugelegt hat, hat bestimmt ein Vermögen gekostet.

»Mein Großvater hatte einen schweren Herzanfall«, sagt sie zu der Taxifahrerin.

Puschkin dreht sich entgeistert um. »Pia!«, ruft er.

»Er ist fast daran gestorben«, fährt sie ungerührt fort.

»Pia!!«

»Sie haben ihn mit Elektroschocks ins Leben zurückgeholt. Es war ganz schön knapp.«

»Pia!!!«

»Oh«, sagt die Taxifahrerin.

»Aber ich bin doch auf den Kuhberg …«, beginnt Puschkin.

»Sie müssen sich schonen«, sagt die Frau und biegt in den Kirchweg ein. »Ich kenne das sehr gut. Mein Vater hatte auch mal einen Herzanfall.«

»Mistbiene!«, zischt Puschkin Pia zu, als sie aussteigen. »Meine Rache wird schrecklich sein!« Er bezahlt und humpelt aufs Haus zu. Umständlich holt er den Schlüsselbund aus der Hosentasche und sperrt auf.

»Ich wollte dir doch nur helfen«, sagt Pia, während er sich die Zeitung, die neben dem Telefon liegt, unter den Arm klemmt und dann langsam die Treppen zu seiner Wohnung hinaufsteigt.

Er bleibt stehen.»Du hast mir mein Rendezvous kaputtgemacht, kaputt, jawoll! Vielleicht wäre es das letzte meines Lebens gewesen!«

»Die Frau wollte dich ausnehmen! Hast du das nicht gemerkt?«, ruft Pia. »Genau wie deine Gloria von Wald und Wiesen!«

»Von Waldenfels«, korrigiert sie ihr Großvater. »Außerdem – woher willst du das wissen? Die Taxifahrerin war doch sehr nett. Und sie hatte eine stattliche …«

»… Figur, ich weiß«, unterbricht ihn Pia und seufzt. »Du bist unmöglich, Puschkin!«

Er wischt sich den Schweiß aus dem Gesicht. »Vielleicht hast du recht«, sagt er und lächelt. Ein bisschen wenigstens. »Na schön, ich werde dich nicht enterben. Vorläufig nicht. Aber wenn du mir bei irgendeiner Dame noch einmal die Tour vermasselst, kann ich für nichts mehr garantieren. Verstanden?«

Später sitzt Pia mit Johannes in ihrem Zimmer. Er hockt auf dem Schreibtischstuhl, sie hat es sich auf ihrem Bett gemütlich gemacht. Ihre Mutter kommt heute später aus der Bank, sie haben dort eine Betriebsversammlung oder wie das heißt.

»Du hast einen irren Opa«, sagt Johannes. »So einen hat keiner.«

Pia schweigt.

»Aber er ist in Ordnung«, fährt er fort. »Auch wenn er total verrückt ist.«

Dann sagt er nichts mehr und sie auch nicht. Sobald Pia Johannes anguckt, dreht er seinen Kopf zum Fenster. Wenn er es nicht länger aushält und zurückschaut, guckt sie weg. In ihrem Bauch kribbelt es komisch, wahrscheinlich hat sie Hunger. Andererseits hat sie auf dem Kuhberg ausgiebig gegessen: Käse, Wurst und jede Menge Bonbons. Und das ist gerade mal eine knappe Stunde her. Vielleicht ist sie doch … ein bisschen … ein ganz klein wenig … in Johannes …?

»Du hast tolle Haare«, sagt er jetzt in Richtung Fenster. »Keine hat so tolle Haare wie …«

»Ich, ich weiß. Das hast du mir schon tausendmal gesagt.«

»Weil es stimmt«, sagt Johannes und schaut noch immer krampfhaft aus dem Fenster.

»Wie findest du eigentlich meinen Namen?«, fragt sie.

Jetzt guckt er sie an.

»Also blöd«, sagt sie.

Johannes schüttelt den Kopf. »Das nicht. Aber vielleicht würde Laura besser zu dir passen.«

»Laura?« Pia springt auf. »Du spinnst ja! Ich hab den Safe in der Präsidentensuite geknackt und du willst mich Laura nennen! Laura heißen Mädchen, die ein Pony haben und nach Pferdestall stinken.«

»Entschuldigung«, flüstert Johannes und wird knallrot. Süß sieht das aus, richtig süß. Pia kann nicht anders. Sie steht auf, geht zu ihm, legt ihm ihre Arme um den Hals und …

Da klopft es. Es ist Puschkin. Ausgerechnet in diesem entscheidenden Moment muss er auftauchen. Ohne zu fragen, lässt er sich auf Pias Bett fallen und schwenkt die Zeitung. »Lest das!«, ruft er und tippt auf die letzte Seite.

Unter der dicken Überschrift »Falsche Milliardärswitwe gefasst« steht dort zu lesen: »Eine der meistgesuchten Heiratsschwindlerinnen wurde jetzt in einem Luxushotel an der Côte d'Azur gefasst. Die 69-jährige Frau stand seit Jahren auf internationalen Fahndungslisten. Immer wieder war es ihr gelungen, wohlhabende ältere Männer um Millionenbeträge zu erleichtern. Zuletzt gab sie sich als Milliardärswitwe und Besitzerin des ›Smaragds der Königin‹ aus. Duplikate des berühmten Steins ermöglichten ihr den Zugang zu allen großen Hotels der Welt, so auch zum Grandhotel in unserer Stadt (wir berichteten). Das Original des Smaragds befindet sich im Besitz eines südafrikanischen Diamantenhändlers. Inzwischen wurde die Auslieferung der Heiratsschwindlerin nach Deutschland beantragt.«

Puschkin fährt sich mit der Hand über den Schädel. »Sie war neunundsechzig«, murmelt er. »Neun-und-sechzig!«

»Sonst hast du keine Sorgen?«, ruft Pia verwundert. »Du, der Stein ist eine Fälschung!«

»Sie war neunundsechzig«, wiederholt Puschkin. »Und ich dachte, sie ist mindestens fünfzehn Jahre jünger als ich. Schließlich war sie eine stattliche Frau, stattlich, jawoll.«

»Vergiss die Tussi!«, schimpft Pia. »Für so einen billigen Plastiksmaragd hätte ich mir fast das Genick gebrochen! Jetzt kannst du den Stein wegschmeißen!«

»Wegschmeißen?« Puschkin greift in die Hosentasche und holt den falschen Edelstein heraus. Komisch, jetzt wo sie weiß, dass er nicht echt ist, findet Pia ihn überhaupt nicht mehr schön. Im Gegenteil. Eigentlich ist sein Grün sogar ein bisschen stumpf, jeder Mensch mit zwei gesunden Augen könnte sofort sehen, dass es ein Duplikat ist.

»Den Teufel werde ich tun, den Teufel, jawoll«, sagt Puschkin und streicht zärtlich über den Stein. »Ohne das Ding hier wäre ich nicht mehr am Leben. Ist mir egal, ob er echt ist oder nicht, ob er wirklich hilft oder ob alles nur Einbildung ist. Ich behalte ihn, mir bringt er Glück.«

Damit steht er auf. »Jetzt könnt ihr weitermachen. Attacke!«, sagt er, boxt Johannes gegen die Schulter, gibt Pia einen Kuss und humpelt schmunzelnd hinaus.

»Du, Puschkin?«, ruft Pia wütend hinter ihm her. Jetzt ist auch sie knallrot geworden. »Weißt du, was du bist?«

»Ja, klar!«, kommt es aus dem Treppenhaus zurück. »Der älteste Tresorknacker, der je auf dem Gipfel des Kuhbergs gestanden hat! Der älteste, jawoll!«

Jürgen Banscherus

# Das Gold des Skorpions

# Inhalt

# Pia bekommt Post

Irgendwann zwischen der ersten und zweiten großen Pause ist es Herbst geworden. Beim Aufstehen hatte es noch nach einem warmen Spätsommertag ausgesehen. Doch dann zog sich plötzlich eine dicke schwarze Wolkenwand über dem Meer zusammen. Und jetzt ist es Mittag, und es stürmt und regnet, dass Pia aufpassen muss, nicht von einer der Windböen gepackt und hoch oben auf den Rathausturm gesetzt zu werden.

Als sie zu Hause im Kirchweg klingelt, ist sie bis auf die Haut durchnässt. Ihre roten Haare hängen ihr in feuchten Strähnen ins Gesicht.

»Wie siehst du denn aus?«, wird sie von ihrer Mutter begrüßt.

Pia wirft ihre Schultasche neben die Garderobe. Wie soll man schon aussehen, wenn man ungefähr tausend Badewannen Wasser abgekriegt hat?!

»Ich gehe duschen«, sagt sie.

»Aber das Mittagessen wird kalt!«

»Ich gehe duschen«, wiederholt Pia ungerührt und verschwindet für die nächste halbe Stunde im Badezimmer.

Nachdem sie sich frische Sachen angezogen hat, geht

sie in die Küche. Mama und Opa Puschkin haben bereits angefangen zu essen. Pias Großvater trägt diesen Spitznamen, weil er so gern Wodka trinkt – am liebsten der Marke Puschkin. Opa war früher Tresorknacker und hat Banken auf der ganzen Welt ausgeräumt. Vor ein paar Jahren hat er sich bei Pia und ihren Eltern zur Ruhe gesetzt.

»Wie war's in der Schule?«, fragt Mama. »Habt ihr die Klassenarbeiten zurückbekommen?«

»Englisch Zwei, Mathe Drei«, antwortet Pia, als ob es das Normalste von der Welt wäre. In Wirklichkeit ist sie mächtig stolz. So gute Noten hat sie schon lange nicht mehr gekriegt.

Ihre Mutter beugt sich über den Tisch und gibt ihr einen Kuss. »Da wird sich Papa aber freuen!« Dann stellt sie einen Teller mit Tofuwürstchen, Nudeln und einer merkwürdigen rot-grün-schwarzen Pampe vor Pia hin.

»Was ist denn das?«, fragt Pia. »Pfui Spinne!«

»Das ist Ratatouille«, erklärt Mama. »Ein ganz leckeres Gemüsegericht. Das Rezept kommt aus Frankreich.«

Hätte es da nicht bleiben können?, denkt Pia, isst die Nudeln und ein halbes Pappwürstchen und lässt das komische Ratadingsbums liegen.

»Schade«, sagt ihre Mutter. »Opa hat's auch nicht geschmeckt.«

Während Mama den Tisch abräumt, fragt Pia Puschkin: »Wie geht's dir?«

Puschkin verzieht das Gesicht, sogar auf seiner Glatze erscheinen Kummerfalten. »Das verflixte Rheuma. Wenn das Wetter wechselt, ist es besonders schlimm.«

Bevor er weiterreden kann, sagt Mama zu Pia: »Pablo hat geschrieben. Der Brief liegt in deinem Zimmer.«

Vor zwei Jahren hat Pia genau wie ein paar andere Mädchen aus ihrer Klasse eine Brieffreundin gesucht. Aber dann ist sie in einer Zeitschrift auf die Anzeige von Pablo aus Argentinien gestoßen. Weil das Land so weit weg ist und sie neugierig war, was der Junge ihr zu erzählen hatte, hat sie ihm geschrieben. Und seitdem wandern mindestens zweimal im Monat Briefe hin und her.

Pablos Eltern sind aus Deutschland ausgewandert. Nachdem sie sich zuerst als Rinderzüchter versucht haben, arbeiten sie inzwischen wieder in ihrem alten Beruf als Bankangestellte. Genau wie Pias Eltern. Und wie Tante Marga, die mit ihnen zusammen in dem roten Backsteinhaus im Kirchweg wohnt.

Pablo ist genauso alt wie Pia. Mit seinen hellblonden Haaren und den blauen Augen sieht er eher wie ein Schwede aus. Vielleicht auch wie ein Däne. Jedenfalls irgendwie wikingerisch. Auf dem Foto, das er ihr geschickt hat, trägt er eine scheußliche Schuluniform mit grünem Jackett und kurzen quietschgelben Hosen. Zuerst hat Pia geglaubt, er sei einer von diesen Typen, die schon mit zehn die Aktienkurse von VW kennen. Doch dann hat er geschrieben, dass er Torschützenkönig in einer Fußballmannschaft ist und deshalb sogar schon ein Artikel über ihn in der Zeitung gestanden hat. Da ist er in Pias Achtung gleich um tausend Meter gestiegen.

Als Pia die Zimmertür öffnet, leuchtet ihr Pablos Brief vom Schreibtisch aus entgegen. Sofort reißt sie ihn auf und beginnt zu lesen:

»Hola, Pia!

Ich komme für eine Woche nach Deutschland! Fantastico, stimmt's? Meine Eltern haben irgendwas Dringendes zu erledigen, ich habe nicht genau verstanden, was es ist. Sie haben mich gefragt, ob ich nicht mitfliegen möchte. Natürlich wollte ich. In der Schule gab es zuerst ein paar Schwierigkeiten, meine letzten Klassenarbeiten waren nicht so toll, comprendes? Aber schließlich hat mich Señora Manfredini, unsere Direktorin, doch beurlaubt. Mein Opa ist schon vor zwei Wochen nach Frankfurt geflogen. Er ist sehr krank und will in Alemania einen Arzt suchen, der ihm hilft.

Wie du dir bestimmt denken kannst, habe ich überhaupt keine Lust, tagelang in irgendwelchen Büros rumzuhocken. Darf ich vielleicht bei dir wohnen? Meine Eltern sagen, es gehört sich nicht, dass ich dich so was frage. Aber ich finde, wenn man befreundet ist, darf man das. Also: Ich fände es magnífico, wenn es klappen würde. Du auch? Deine Eltern können ja mal bei uns in Buenos Aires anrufen. Die Telefonnummer steht unten auf dem Briefbogen.«

Pia unterbricht die Lektüre und schaut aus dem Fenster. Der Regen hat immer noch nicht nachgelassen, der Sturm reißt wütend an den Bäumen. In Argentinien beginnt jetzt der Sommer – Pablo wird sich wundern, wie kalt es hier ist!

Nachdem sie sich dicke Wollsocken angezogen hat, liest sie weiter. Im zweiten Teil seines Briefs berichtet Pablo ausführlich von seiner Schule und von der Fußballmannschaft, für die er in fünf Spielen nicht weniger als siebzehn

Tore geschossen hat. Wenn es bis zum Ende der Saison so weitergehe, könnten sie vielleicht um die argentinische Jugendmeisterschaft spielen.

»Bitte, meldet euch schnell«, schreibt er zum Schluss. »Wir fliegen in ein paar Tagen los. Pablo«

Mit dem Brief in der Hand rennt Pia zurück in die Küche.

»Pablo kommt!«, ruft sie begeistert. »Pablo kommt!«

»Aber zuerst machst du deine Hausaufgaben«, sagt Mama.

»Und? Was sagst du?«, fragt Pia aufgeregt, nachdem ihre Mutter den Brief gelesen hat.

»Natürlich wird er bei uns bleiben.«

Pia fliegt ihrer Mutter um den Hals. »Danke!«

»Er kann oben bei Opa auf der Couch schlafen«, fährt Mama fort, als sie wieder Luft bekommt.

Puschkin lässt die Zeitung sinken. »Ein Argentinier?«, murmelt er. Obwohl es nicht so ausgesehen hat, hat er offenbar doch zugehört. »Bei mir?«

»Was hast du gegen Argentinien?«

»Da war ich mal, Pia«, antwortet er. »Lange her. Sehr lange, jawoll.«

Pia schaut zu ihrer Mutter. Die ist damit beschäftigt, die Spülmaschine einzuräumen.

»Hast du dort im Gefängnis gesessen?«, flüstert Pia Puschkin zu.

Der schüttelt den Kopf.

»Aber du hast in Argentinien gearbeitet«, sagt Pia.

Er nickt.

»Hast du eine Bank ausgeräumt?«, flüstert sie.

»Und was für eine«, flüstert er zurück. »Die Nationalbank in Buenos Aires.«

»Verstehe«, sagt sie und fragt etwas lauter: »Darf Pablo bei dir schlafen? Bitte, Opa!«

»Wie lange?«

»Nur eine Woche.«

Puschkin schiebt die mit Leukoplast geflickte Lesebrille auf seiner Nase hin und her und legt die Stirn in malerische Falten. Dann sagt er: »Na gut. Aber nur weil du es bist, Pia.«

»Danke!«, ruft Pia und fällt nach ihrer Mutter jetzt auch ihrem Großvater um den Hals.

»Du brauchst ihn nicht gleich umzubringen«, sagt Mama und schaut auf die Uhr. »Heute Abend rufe ich Pablos Eltern an. Noch etwas: Du musst mir versprechen, dass die Schule nicht unter Pablos Besuch leidet.«

»Versprochen, Mama!«, ruft Pia und läuft hinauf in ihr Zimmer.

Zuerst macht Pia Schulaufgaben. Dann guckt sie Fernsehen. Danach liest sie in dem Krimi, den sie sich in der Stadtbücherei ausgeliehen hat. Obwohl er wirklich spannend ist, ist sie nicht richtig bei der Sache. Pablo kommt zu Besuch! Der Mittelstürmer! Der Junge vom anderen Ende der Welt! Wenn sie nicht so schlechte Zähne hätte, würde sie vor Freude glatt in den Schreibtisch beißen.

Gegen acht hält Papas Wagen vor dem Haus. Seit er Abteilungsleiter in der Bank geworden ist, arbeitet er noch mehr als früher. Pia findet das schade. Wann immer sie ihn fragt, ob er Zeit für sie hat, heißt es: »Du, ich bin müde.«

»Pablo kommt!«, überfällt sie ihn noch in der Haustür. »Er wohnt eine Woche bei uns! Mama hat es schon erlaubt!«

Papa gibt ihr einen Kuss. »Hallo, Süße. Lass uns erst mal essen«, sagt er, als hätte er gar nicht zugehört.

Beim Abendessen ist die komplette Kirchweg-Sippe versammelt: Mama, Papa, Pia, Pias großer Bruder Thomas, Puschkin und Tante Marga, die in der Wohnung im Souterrain wohnt.

»Pablo kommt«, sagt Pia, während alle ihre Tomatensuppe schlürfen.

»Wer ist Pablo?«, fragt Tante Marga.

»Pias argentinischer Brieffreund«, sagt Einstein. Pia nennt ihren Bruder so, weil er schon eine Klasse übersprungen hat und mit achtzehn Abitur machen wird. Sie wüsste zu gern, warum er ständig gute Noten schreibt. Eigentlich findet sie ihn ziemlich dumm.

Papa wischt sich über die Augen. Er scheint mal wieder sehr müde zu sein. »Schön«, sagt er nur.

»Der Junge wohnt bei mir«, sagt Puschkin.

»Aber bringe ihm bitte nicht bei, wie man Schlösser knackt«, sagt Tante Marga.

Puschkin grinst. »Warum nicht? Du weißt doch: Nicht für die Schule, für das Leben lernen wir. Für das Leben, jawoll!«

»Du bist unmöglich, Vater«, schimpft Tante Marga.

Am nächsten Morgen kommt Pias Mutter sie wie üblich gegen sieben wecken.

»Aufstehen«, sagt sie und zieht die Rollos hoch. Komisch, sonst setzt sich Mama immer auf Pias Bett, strubbelt ihr durch die Haare und gibt ihr einen Kuss. Pia fällt das Aufstehen dann leichter.

»Hast du mit Pablos Eltern telefoniert?«, fragt sie, während sie sich gähnend aus dem Bett rollt.

»Komm erst mal frühstücken«, sagt ihre Mutter und verlässt das Zimmer.

Als Pia ihr in den Flur hinaus folgt, sieht sie, dass die Tür zu Puschkins Wohnung im zweiten Stock offen steht. Außerdem sind Fußabdrücke auf dem Teppichboden zu sehen. War Opa etwa schon draußen? Um diese Zeit? Sonst schläft er doch immer bis Mittag! Oder – bei dem Gedanken hat sie das Gefühl, dass sich eine eiskalte Hand um ihr Herz schließt – war letzte Nacht mal wieder der Notarzt da? Haben sie Puschkin vielleicht ins Krankenhaus gebracht? Wie vor ein paar Monaten?

In der Küche hocken alle stumm am Tisch. Mama streicht Brote für die Schule, Tante Marga und Einstein rühren im Gleichtakt in ihren Kaffeetassen, Papa hat die Augen geschlossen und die Arme hinter dem Kopf verschränkt. Puschkins Stuhl ist leer.

»Was ist los?«, fragt Pia in die Stille hinein. »Ist was …« Sie schluckt. »Ist was mit Opa?«

»Sie haben ihn verhaftet«, antwortet ihr Vater.

Mit allem hat Pia gerechnet, nur damit nicht. Sie will etwas fragen, will wissen, wann und wieso. Doch außer einem heiseren Krächzen bringt sie nichts heraus. Da freut sie sich auf Pablo, hat vor Aufregung kaum einschlafen können, hat Pläne gemacht, was sie mit ihm unternehmen will – und jetzt das!

»Die Polizei ist um halb sechs angerückt«, erklärt Papa. »Vier Beamte haben sie geschickt, stell dir das mal vor! So ein Aufwand für einen alten, kranken Mann! Sie haben fast die Tür aufgebrochen, weil wir nicht schnell genug geöffnet haben!«

»Und was hat Puschkin angestellt?«, will Pia wissen, deren Stimmbänder zum Glück wieder funktionieren.

»Was soll er schon angestellt haben?«, sagt Einstein. »Geklaut hat er! Was anderes kann er doch nicht!«

»Hat er nicht, du Blödmann!«, widerspricht Pia. »Puschkin hat versprochen, dass er das nie mehr tun wird!«

»Und warum hatte die Polizei einen Haftbefehl dabei? Na, Schwesterchen?«, fragt Einstein. »Kein Richter stellt einen Haftbefehl aus, wenn es keine Beweise gibt.«

»Du musst es ja wissen«, schnauzt Pia ihn an.

»Weiß ich auch!«, schnauzt Einstein zurück.

»Hört auf zu streiten«, versucht Papa, die beiden zu beruhigen. »Davon wird es nicht besser.«

»Wo haben sie Puschkin hingebracht?«, fragt Pia, nachdem sie Einstein genüsslich die Zunge rausgestreckt hat. Sie reicht ihr fast bis zum Kinn. Wenn es mit der Schule nicht klappen sollte, könnte sie ihr Geld immer noch im Zirkus verdienen, hat Puschkin mal gesagt.

»Das wissen wir nicht«, antwortet Tante Marga. In ihrem neuen roten Kostüm sieht sie wie eine Knackwurst aus. Eine Knackwurst mit Schuhen.

»Können wir ihn besuchen?«, fragt Pia weiter.

»Keine Ahnung«, antwortet ihr Vater.

»Opa wird verhaftet und ihr habt keine Ahnung?«

»Es ist ja gerade erst passiert, Kind«, sagt Papa.

In Pia beginnt es zu kochen. »Und warum habt ihr mich nicht geweckt?«, ruft sie.

»Es ging alles so schnell«, erzählt ihre Mutter. »Opa musste sich anziehen und ein paar Sachen einpacken. Danach haben sie das ganze Haus auf den Kopf gestellt. Wie Kriminelle haben sie uns behandelt. Es war einfach schrecklich!«

»Die Nachbarn haben alles mitbekommen«, sagt Tante Marga.

»Na und?«, sagt Pia und fragt weiter: »Hat die Polizei was bei uns gefunden? Ich meine – Puschkins Beute?«

»Nicht dass ich wüsste«, antwortet Papa.

Pia schlägt mit der Hand auf den Tisch. »Seht ihr? Puschkin ist unschuldig!«

»Ich bin mir da nicht so sicher«, sagt Papa.

»Ich auch nicht«, sagt Mama.

»Opa ist über siebzig!«, ruft Pia. »Vor den Sommerferien ist er fast gestorben! Sein Herz, habt ihr das vergessen?«

Sie trinkt ihren Kakao aus. In ihrem Kopf fahren die Gedanken Karussell. Was wissen Mama, Papa und Tante Marga schon von Puschkin?! Sie ist jeden Tag mit ihm zusammen, sie kennt ihn besser als jeder andere aus der Familie. Deshalb ist sie sich hunderttausendprozentig sicher, dass er nichts Schlimmes mehr angestellt hat.

»Wie wollt ihr ihn aus dem Gefängnis rausholen?«, fragt sie.

»Rausholen?« Ihr Vater runzelt die Stirn. »Wir wissen ja noch nicht mal, was er verbrochen hat.«

»Was hat eigentlich Puschkin gesagt?« Pia lässt nicht locker. »Ich meine, bevor sie ihn weggebracht haben.«

Papa seufzt. »Was soll er schon gesagt haben?! Dass er unschuldig ist und dass das alles ein großes Missverständnis sein muss.«

In diesem Moment fällt Pia Pablo ein. Über Puschkins Verhaftung hat sie ihn fast vergessen. »Hast du in Buenos Aires angerufen?«, fragt sie ihre Mutter.

Die nickt. »Pablos Eltern bringen ihn morgen vorbei.«

»Morgen schon?«, ruft Pia. »Irre!«

»Das geht nicht«, widerspricht Papa. »Was soll der Junge von uns denken, wenn er erfährt, was passiert ist?«

»Ich habe es Pablos Eltern versprochen«, sagt Mama.

»Und mir auch«, fügt Pia hinzu.

»Dieser Pablo braucht ja erst mal nichts von Vaters Verhaftung zu wissen«, mischt Tante Marga sich ein. »Wir erzählen ihm einfach, dass Opa in Urlaub gefahren ist.«

Während sich Pia auf den Weg zur Schule macht, hockt Puschkin im Zimmer des »Unaussprechlichen« und wartet auf die Fortsetzung der Vernehmung. Hauptkommissar Wilhelm Czyszczon telefoniert mit dem Haftrichter, er hat dabei die Füße mit den ausgetretenen Wildlederschuhen auf die abgewetzte Schreibtischplatte gelegt. Puschkin kennt den Kommissar seit über zwanzig Jahren. Schon damals nannte man ihn überall nur »den Unaussprechlichen«.

Jetzt beendet der Kommissar sein Telefonat, nimmt die Füße vom Tisch und setzt die Brille auf. Seine früher pechschwarzen Haare sind grau geworden, die Falten in seinem Gesicht tiefer. Aber seinen Job beherrscht er immer noch, das hat Puschkin in den ersten beiden Stunden der Vernehmung gemerkt.

»Ich verstehe dich ja«, sagt der Unaussprechliche. »Aber so kommen wir nicht weiter.«

»Ich habe mit den Einbrüchen nichts zu tun, Wilhelm«, beteuert Puschkin. »Ich schwör's! Jawoll!«

Hauptkommissar Czyszczon schlägt seufzend den dicken Aktenordner auf, der vor ihm auf dem Tisch liegt. »In deiner besten Zeit warst du auf die Tresore von Security spezialisiert, stimmt's?«

Puschkin nickt. Das steht alles in den Akten. Warum muss das wieder und wieder durchgekaut werden?

»Bei den Einbrüchen in die vier Banken sind jedes Mal ältere Tresormodelle der Marke Security aufgebrochen worden«, sagt der Kommissar.

»Zufall«, sagt Puschkin und gähnt.

»Aber du bist der einzige lebende Tresorknacker, der die Dinger ohne Dynamit aufmachen kann.«

Puschkin winkt ab. »Es gibt garantiert noch ein paar andere Jungs, die es nur mit den Fingern schaffen.«

»Wenn du meinst.« Der Unaussprechliche beginnt wieder in den Akten zu blättern. Auch beim letzten Mal hat Kommissar Czyszczon Puschkin festgenommen. Sechs Jahre hat das Puschkin eingebracht. Als Wiederholungstäter hat er seine Strafe bis zum letzten Tag abgesessen. Danach ist er zu seinem Sohn Holger und dem Rest der Familie gezogen. Vorher hat er allerdings versprechen müssen, nie mehr kriminell zu werden. Daran hat er sich gehalten, wenigstens so ziemlich.

Vier Tresore in zwei Wochen – wie hätte ein alter Mann wie er die schaffen sollen? Ein guter Tresorknacker muss sich vorbereiten. Er muss sich die Baupläne der Gebäude beschaffen. Er muss an baugleichen Schlössern trainieren. Puschkin ist doch keiner von den jungen Leuten, die mit viel zu viel Sprengstoff arbeiten und rauchende Trümmer hinterlassen! Er war zu seiner Zeit ein Künstler, die Leute haben manchmal erst nach Tagen gemerkt, dass er da gewesen war.

»Du bist normalerweise durchs Fenster eingestiegen. Richtig?«, fragt der Unaussprechliche weiter.

Puschkin nickt gelangweilt. Wann hört diese Fragerei endlich auf?

»Und dabei hast du für gewöhnlich einen Glasschneider benutzt.« Der Unaussprechliche greift in die Schreibtischschublade und holt etwas heraus. »So einen wie den hier.«

Puschkin zuckt mit den Schultern. »Die Dinger sehen doch alle gleich aus.«

»Der ist was Besonderes. Den haben wir heute Nacht am Tatort gefunden. Da sind deine Fingerabdrücke drauf, mein Lieber.«

Mit einem Mal ist Puschkin hellwach. Damit hat er nicht rechnen können, verdammt, jetzt wird es ernst. Wenn der Kommissar nicht blufft, hat Puschkin ein Problem. Und zwar ein ziemlich großes.

»Den muss mir einer geklaut haben!«, ruft er.

Der Unaussprechliche lacht. »Du wirst alt. Früher wärst du mir nicht mit solchen Ausreden gekommen!«

»Aber es stimmt!«, ruft Puschkin.

Czyszczon schneidet ihm mit einer Handbewegung das Wort ab. »Und was ist mit deinen Alibis? Du hast keins! Immer wenn in der Stadt ein Tresor geknackt wurde, bist du an Orten spazieren gegangen, wo dich garantiert niemand sehen konnte. Und letzte Nacht willst du stundenlang am Kanal rumgelaufen sein. Ausgerechnet du mit deinem Rheuma und deinen Schwindelanfällen! Wie kommst du eigentlich dazu, mir solche Geschichten aufzutischen?« Der Kommissar drückt sich von seinem Stuhl hoch, geht um den Schreibtisch herum und legt Puschkin die Hand auf die Schulter. »Seit wann kennen wir uns?«, fragt er, nun wieder etwas freundlicher.

»Seit zwanzig Jahren. Mindestens.«

»Ich war immer fair zu dir, Puschkin. Stimmt's?«

»Stimmt.«

»Wollen wir unser Spiel wirklich weiterspielen?«, fragt der Kommissar. Als Puschkin nicht antwortet, fährt er fort: »Du weißt doch, dass du keine Chance hast. Pass auf, mein Alter: Du gestehst die vier Einbrüche und wir haben die Sache hinter uns. Dann kannst du dich in deiner Zelle endlich aufs Ohr hauen. Ist das ein Angebot?«

Puschkin steht auf. Er spürt das Rheuma in seinen Gelenken und es wird ihm ein bisschen schwindlig. Aber er schaut dem Unaussprechlichen fest in die Augen. »Ich werde nichts gestehen, Wilhelm«, sagt er. »Ich denke gar nicht dran. Außer ein paar uninteressanten Wertpapieren ist nichts gestohlen worden, das hast du mir selbst erzählt. Glaubst du, ich mache mir einen Spaß daraus, alte Security-Tresore zu knacken? Einfach so, um in der Übung zu bleiben? Glaubst du im Ernst, dass ich es in meinem Alter riskiere, mir für nichts und wieder nichts den Hals zu brechen? Und jetzt will ich in meine Zelle. In meine Zelle, jawoll!«

# Puschkin sitzt

Das Polizeipräsidium ist ein riesiges Gebäude, die Fassade ist mit dunklen Granitplatten verkleidet. Zwei Löwen aus Stein bewachen den Eingang. Dem einen Löwen fehlt ein Ohr, dem anderen ist ein Stück vom Schwanz abgebrochen. Pia holt tief Luft und zählt bis zehn. Dann läuft sie die breiten Treppen zur Drehtür hinauf.

In dem Gebäude ist es dunkel, die Lampen an den Wänden geben nur wenig Licht. Als Pia sich suchend umblickt, sieht sie hinter einer Informationstheke eine Frau sitzen.

Pia versucht, sich – wie üblich erfolglos – ihre widerspenstigen roten Haare glatt zu streichen, und sagt: »Ich suche meinen Opa.«

Die Frau lächelt sie freundlich an. »Möchtest du eine Vermisstenmeldung aufgeben?«, fragt sie.

Pia schüttelt den Kopf. Dann flüstert sie: »Puschkin … äh … Mein Opa ist verhaftet worden. Heute Morgen.«

Die Frau legt die Hand ans Ohr. »Du musst lauter sprechen, Kind«, sagt sie.

»Ich möchte meinen Opa besuchen. Sie haben ihn heute Morgen verhaftet«, sagt Pia.

»Ich?«

Pia wird ein bisschen rot. »Nein, nicht Sie. Polizisten!«

Die Frau hinter der Theke lächelt. »Ich glaube, da kann ich dir gar nicht helfen«, flötet sie. »Entweder sitzt dein Opa in Untersuchungshaft oder er wird gerade vernommen.«

»Von wem?«, will Pia wissen.

»Das weiß ich nicht«, antwortet die Frau. »Was hat dein Opa denn Schlimmes angestellt?«

»Gar nichts!«, ruft Pia. Und sagt dann etwas weniger laut: »Er hat Rheuma und sein Herz ist auch nicht mehr in Ordnung!«

»Aha«, sagt die Frau in einem Ton, der Pia schlagartig auf die Palme bringt.

»Mein Opa ist unschuldig!«, ruft sie wütend. »Ist mir doch egal, ob Sie mir das glauben oder ...«

»Du gehst jetzt am besten«, wird sie von der Frau unterbrochen. Ihre Stimme klingt nun gar nicht mehr freundlich. »Auf Wiedersehen!«

Zu Hause gibt es erst einmal Ärger, Pia hat nichts anderes erwartet. Das Seelachsfilet, das vor ihr auf dem Teller liegt, schmeckt inzwischen wie ein panierter Waschlappen. Bestimmt hat Mama es schon dreimal aufgewärmt.

»Seit einer Stunde warte ich auf dich!«, sagt Pias Mutter.

»Ich war bei der Polizei«, antwortet Pia.

»Wo warst du?«

Pia legt Fischmesser und Gabel beiseite. »Ich wollte Puschkin besuchen. – Von euch tut das ja keiner«, fügt sie hinzu.

Mama ist ein bisschen blass geworden. »Und? Hast du ihn gesehen?«, will sie wissen.

»Nein.«

Mama drückt sie an sich. Ihr neues Parfüm riecht umwerfend gut. »Nicht traurig sein, Pia. Papa hat einen guten Anwalt besorgt.«

»Aber Puschkin ist unschuldig. Er braucht keinen Verteidiger!«

»Und ob er einen braucht, Kind. Der Anwalt wird deinen Opa schnell aus dem Gefängnis herausholen, dem wird schon was einfallen. Und dann suchen wir ein gutes Heim …«

»Was tut ihr?«, unterbricht Pia ihre Mutter.

Mama geht zum Spiegel neben dem Küchenschrank und zieht sich die Lippen nach. »Wir haben Großvater damals unter der Bedingung bei uns aufgenommen, dass er mit seinen kriminellen Geschichten aufhört. Ich habe nicht die geringste Lust, mit einem Verbrecher unter einem Dach zu leben – und dein Vater und Tante Marga auch nicht.«

»Puschkin ist kein Verbrecher!«, ruft Pia. »Ihr habt selbst gesagt, dass die Polizei nichts bei uns gefunden hat!«

Ihre Mutter schneidet ihr das Wort ab. »Das bedeutet gar nichts, er kann die Beute auch anderswo versteckt haben. Der Kommissar sagt jedenfalls, dass alle Beweise gegen Opa sprechen. Hörst du? Alle! Und nenne ihn nicht immer Puschkin«, fügt sie hinzu. »Er trinkt sowieso schon viel zu viel von dem Zeug.«

Pia holt tief Luft. »Das habt ihr euch fein ausgedacht, Papa, Tante Marga und du!«, schimpft sie. »Jetzt könnt ihr Puschkin endlich ins Altersheim stecken.«

»Er hat es so gewollt.«

»Er hat es so gewollt?«, ruft Pia. Sie muss sich beherrschen, nicht ihren Teller als Frisbee durch die Küche fliegen zu lassen. »Ihr wollt es so! Dabei wisst ihr ja noch nicht mal, ob Puschkin wirklich was verbrochen hat!«

Als Pia aus der Küche rennt, sieht sie auf der Kommode im Flur eine Visitenkarte liegen. »Wilhelm Czyszczon, Kriminalhauptkommissar« steht drauf. Darunter ist eine Telefonnummer gedruckt. Pia steckt das Kärtchen in die Hosentasche und verschwindet in ihrem Zimmer. Dort wirft sie sich aufs Bett und verpasst erst mal dem Kissen eine linke Gerade und ihrem Teddybären einen rechten Aufwärtshaken.

Platzen könnte sie vor Wut! Mama und die anderen scheinen gar nicht traurig über Puschkins Festnahme zu sein! Und der Anwalt? Der soll nicht Puschkins Unschuld beweisen, oh nein. Der soll helfen, Opa ins Altersheim zu stecken! Aber das wird nicht funktionieren, nicht mit Puschkin. Eher bringe er sich um, hat er mal zu Pia gesagt.

Sie spürt, wie ihr Mund trocken wird. Was ist, wenn Puschkin sich nun schon … Mit seinem Gürtel zum Beispiel? Oder mit einem Bettlaken? Oder mit der Nagelschere, die er immer mit sich rumträgt? So schnell sie kann, rast Pia die Treppen hinunter, schnappt sich das Telefon und flitzt zurück in ihr Zimmer. Dann wählt sie die Nummer des Kommissars. Puschkin hat ihr mal von einem Polizisten mit einem unaussprechlichen Namen erzählt. Der Kerl habe ihn zweimal ins Gefängnis gebracht. Trotzdem seien sie fast Freunde geworden.

»Müller«, meldet sich eine Frauenstimme.

»Könnte ich Herrn C-z-y-s-z-c-zon sprechen?«

»Du meinst bestimmt den Kommissar«, sagt die Frau. »Worum geht es denn?«

»Um meinen Opa«, antwortet Pia.

»Ach, du bist die Enkelin vom alten Puschkin«, sagt die Frau. »Moment, ich verbinde.«

»Schüschon«, meldet sich ein Mann, und sein Name klingt plötzlich ganz einfach.

»Es geht um meinen Opa.«

»Hallo, Pia. Puschkin hat mir viel von dir erzählt. Was möchtest du wissen?«, fragt der Mann.

»Wie geht es ihm?«

»Er ist in seiner Zelle«, antwortet der Kommissar. »Wahrscheinlich schläft er. Die Vernehmungen waren ziemlich anstrengend für ihn.«

»Sind Sie sicher, dass er ... dass er noch lebt?«

Der Kommissar lacht. »Puschkin? Bestimmt. Unkraut vergeht nicht!«

»Kann vielleicht jemand nachgucken, ob alles mit ihm in Ordnung ist? Bitte!«

»Das tun sie in der Untersuchungshaft sowieso«, beruhigt sie der Kommissar. »Du brauchst keine Angst zu haben, wir passen gut auf ihn auf.«

»Warum haben Sie ihn eigentlich verhaftet?«, fragt Pia.

»Das darf ich dir nicht sagen«, antwortet der Kommissar.

»Ich möchte ihn gern besuchen.«

»Besuchen?« Für einige Augenblicke ist es still in der Leitung. »Du magst deinen Opa sehr. Stimmt's?«, hört sie den Unaussprechlichen schließlich fragen.

»Ja. Sehr.« Pia muss schlucken. Reiß dich zusammen,

befiehlt sie sich. Das fehlt noch, dass du jetzt zu heulen anfängst.

»Heute wird das wohl nichts mehr«, sagt der Kommissar. »Aber morgen kannst du ihn besuchen. Ich gebe in der Haftanstalt Bescheid, dass sie dich reinlassen.«

»Danke.«

»Tu mir einen Gefallen, Pia. Sag Puschkin, dass er gestehen soll. Vielleicht können wir ihn dann bis zum Prozess nach Hause entlassen.«

»Puschkin ist unschuldig!«, ruft Pia und legt auf. Sie weiß zwar nicht, wie sie das beweisen soll, doch ihr wird schon was einfallen. Und morgen kommt Pablo. Er wird ihr bestimmt helfen, wenn er erfährt, dass ihr Opa im Gefängnis sitzt, obwohl er nichts getan hat.

Außerdem gibt es da noch Johannes aus ihrer Klasse. Der ist zwar nicht besonders mutig. Aber er ist schlau, viel schlauer als der doofe Einstein. Seit der Grundschule ist er in sie verliebt. Er würde alles für sie tun. Pablo, Johannes und sie: Zu dritt werden sie ein unschlagbares Team sein!

Sie wählt Johannes' Telefonnummer und hat Glück. Er meldet sich nach dem ersten Klingeln.

»Hast du heute Zeit?«, fragt sie.

»Wo-wo-worum geht's?«, fragt er zurück. Sobald sie mit ihm spricht, stottert er – wenigstens am Anfang. Sie braucht nur die Augen zu schließen und kann sehen, wie sich seine Ohren in knallrote Glühlampen verwandeln.

»Das erzähle ich dir, wenn du hier bist«, sagt sie.

»Ist wieder was mit Puschkin?«

»Mit wem sonst?«

# Pia tropft

In Puschkins Zelle ist es kalt. Sie liegt im Nordflügel der Haftanstalt und bekommt nur wenig Sonne ab. Puschkin breitet den Mantel über sich und zieht die Knie dicht an den Körper. Den Mantel haben sie ihm zum Glück gelassen, Gürtel und Hosenträger hat er abgeben müssen. Dabei wird er sich nichts antun. Wer unschuldig ist, bringt sich nicht um.

In seiner zwei mal vier Meter großen Zelle ist es so wie in einem halben Dutzend anderer Gefängnisse, in denen er gesessen hat: die beiden schmalen Betten mit den durchgelegenen Matratzen, der rohe Holztisch, die wackligen Stühle, das Bücherbrett, auf dem eine Bibel liegt, das Klo im toten Winkel neben der Tür. Zum Glück ist das zweite Bett leer. Wenn man nachdenken muss, kann man niemanden um sich herum gebrauchen.

Wie viele Jahre seines Lebens hat er in solchen Zellen verbracht? Neun? Oder zehn? Zu dumm, in letzter Zeit lässt ihn sein Gedächtnis manchmal im Stich. Doktor Höppner sagt, er solle täglich Gehirnjogging betreiben, Kreuzworträtsel lösen wäre gut. Das täten viele alte Leute, damit könne man sich stundenlang beschäftigen. Puschkin hasst Kreuzworträtsel, er ist doch kein Tattergreis! Was hat er davon, wenn er ein Grautier mit vier Buchstaben weiß? Oder den längsten afrikanischen Fluss mit drei Buchstaben? Außerdem betreibt er ja Gehirnjogging! Seine heimlichen Bankgeschäfte helfen ihm, sein Hirn auf Trab zu bringen. Die anderen aus der Kirchweg-Sippe ahnen nichts von den hübschen Beträgen, die auf mehreren Bankkonten liegen. Das soll auch ruhig so bleiben – wenigstens vorläufig.

Ächzend dreht er sich zur Zellenwand. Der Unaussprechliche glaubt ihm nicht, Puschkin versteht das sogar. Er könnte dem Kommissar natürlich erzählen, welchen Verdacht er hat. Aber die Geschichte ist so unwahrscheinlich, dass sie ihm kein Mensch glauben würde. Und Czyszczon schon gar nicht. Deshalb bleibt Puschkin nur eine Chance: Er muss türmen. Er muss sich irgendwo verstecken und von dort aus versuchen, seine Unschuld zu beweisen.

Dabei gibt es allerdings ein Problem. So geschickt Puschkin als Tresorknacker war, so ungeschickt war er als Ausbrecher. Zweimal hat er es versucht, zuerst in Venezuela und ein paar Jahre später in Hongkong. Jedes Mal haben sie ihn erwischt, noch bevor er die Außenmauern erreicht hatte. Außerdem hat er letztes Jahr seinen Siebzigsten gefeiert. In seinem Alter kann er eine Kletterpartie über Gefängnismauern und -dächer vergessen. Nein, er braucht einen guten Plan – und er braucht Hilfe.

Für den Plan hat er in den nächsten Tagen ausreichend Zeit. Was die Unterstützung von außen angeht, wird es schwieriger werden. Holger, Marga und Viola werden ihm einen guten Verteidiger beschaffen. Aber ihm beim Ausbruch aus dem Gefängnis helfen? Ausgeschlossen! Die drei arbeiten schließlich bei der Bank. Sie sind so brav, dass sie einen Cent, den sie auf der Straße finden, zum Fundbüro bringen.

Von seinen ehemaligen Komplizen hat Puschkin ebenfalls keine Hilfe zu erwarten. Die einen sitzen im Knast, die anderen sind krank, einige bereits gestorben. Bleibt Pia, das einzige vernünftige Wesen aus der Kirchweg-Sippe. Sie ist mutig, viel mutiger als der Rest der Familie. Und sie liebt das Abenteuer – genau wie er selbst.

Ein Schlüssel dreht sich im Schloss, die schwere Stahltür öffnet sich.»Aufstehen«, sagt der Schließer. Jung, wie er ist, könnte er Puschkins Enkel sein. »Der Kommissar will Sie sehen.«

Als Puschkin ins Vernehmungszimmer kommt, steht der Unaussprechliche am vergitterten Fenster und schaut hinaus. »Wie geht es dir?«, fragt er, ohne sich umzudrehen.

»Könnte ich einen Kaffee haben?«, fragt Puschkin zurück.

»Hast du es dir überlegt?«, fragt der Kommissar, nachdem er aus einer zerkratzten Thermoskanne lauwarmen Kaffee in eine Tasse gegossen hat.

»Ich bin unschuldig«, antwortet Puschkin. »Jawoll!«

Der Unaussprechliche setzt sich hinter seinen Schreibtisch, schlägt den mit den Jahren immer dicker gewordenen Aktenordner zu und beginnt zu sprechen. »Ich habe mir Gedanken gemacht, Puschkin. Früher hast du nie so verbissen geleugnet. Zuerst hast du immer versucht, dich herauszureden, klar, das tut jeder. Aber wenn ich dir die Beweise vorgelegt habe, hast du schnell gestanden. Du bist nicht dumm, Puschkin, du hast gewusst, dass dir das vor Gericht Pluspunkte bringt.«

Puschkin trinkt seinen Kaffee und reckt sich, dass seine Knochen knacken. Pass bloß auf, befiehlt er sich. Wenn Polizisten viel reden, wird es gefährlich.

»Nun ist die Beweislage in diesem Fall so eindeutig wie noch nie«, fährt Czyszczon fort. »Und trotzdem leugnest du. Das finde ich sehr merkwürdig. Dazu kommt, dass kaum was gestohlen wurde. Entweder hast du bei den Einbrüchen was anderes als Geld und Wertpapiere gesucht oder ...«

»Ich bin unschuldig, Wilhelm«, unterbricht ihn Puschkin.

Der Kommissar scheint ihm gar nicht zuzuhören. »... oder du bist tatsächlich unschuldig und es versucht dich einer aufs Kreuz zu legen.«

Als Puschkin schweigt, fragt der Kommissar: »Gibt es jemanden, der mit dir noch eine offene Rechnung hat? Jemand von früher, meine ich? Jemand, der dir die Einbrüche in die Schuhe schieben will? Mensch, Alter, red schon! Vielleicht können wir dir helfen!«

»Helfen?« Puschkin steht auf und wischt sich mit einem nicht besonders sauberen Taschentuch den Schweiß von der Glatze. »Ihr braucht mir nicht zu helfen.«

Kommissar Czyszczon drückt einen Klingelknopf neben der Tür. »In Ordnung, du musst es wissen. Übrigens: Deine Enkelin hat mich angerufen. Heute Mittag war sie sogar schon im Präsidium.«

»Pia?«

Der Kommissar nickt. »Sie wollte dich besuchen. Ich habe sie auf morgen vertröstet.«

Zum Geburtstag hat Pia einen echten Sandsack bekommen. Einen dicken schwarzen Sack, wie ihn sonst nur Boxprofis haben. Puschkin hat dafür gesorgt, dass sie ihn kriegt. Ihre Eltern haben nämlich was dagegen, dass sie boxt. Mama hat Angst, dass Pia eine platte Nase und hässliche Blumenkohlohren kriegt. Und Papa fürchtet, dass sie irgendwann von der Schule fliegt, weil sie immer wieder Jungs verprügelt. Puschkin war früher mal Meisterboxer und hat Pia nicht nur die ersten Boxhandschuhe geschenkt. Er hat ihr auch gezeigt, was man für den Anfang wissen sollte: wie man aus der Deckung heraus arbeitet, wie man seine Führhand benutzt, wann man Gerade und Haken einsetzt, wie man sich seinen Gegner mit schnellen Beinen vom Leib hält. Irgendwann hat sie ihm beim Training im Garten die Nase blau geschlagen. Tagelang hat er wie ein Clown ausgesehen. Da hat er beschlossen, dass sie einen Sandsack haben müsse. Um sich von einem Mädchen k. o. schlagen zu lassen, sei er zu alt, hat Puschkin gesagt.

Das schwere Ding hängt im Keller in einer Ecke. Fast täglich zieht Pia ihre knallroten Boxhandschuhe an und übt Schlagserien. Normalerweise schaut ihr Puschkin dabei zu, korrigiert ihre Beinarbeit und ermahnt sie, sauber zu boxen. Aber wie soll sie sich auf saubere Schläge konzentrieren, wenn sie sich gerade vorstellt, dass statt des Sandsacks der blöde Deutschlehrer vor ihr steht? Oder Einstein? Oder Alexander aus ihrer Klasse, der sie ständig wegen ihrer roten Haare aufzieht? Puschkin sagt: »Wer wütend wird, verliert. Alte Boxerregel.« Unsinn, gegen den Sandsack gewinnt Pia immer.

Am Nachmittag nach Puschkins überraschender Verhaftung schlägt Pia Dubletten. Zehnmal donnert sie eine Links-rechts-Kombination gegen den Sandsack, zehnmal eine Rechts-links-Kombination und das Ganze wieder von vorn. Irgendwann hat sie keine Kraft mehr. Schwer atmend hockt sie sich auf den alten Gartenstuhl, auf dem sonst Puschkin sitzt. Der Schweiß tropft ihr von der Stirn auf den Kellerboden und macht schwarze Flecken.

In diesem Moment hört sie ihre Mutter rufen: »Besuch für dich!«

Pia rappelt sich mühsam hoch, wischt sich den Schweiß ab und trottet nach oben. Im Hausflur steht Johannes. Mensch, den hat sie total vergessen!

»Geh schon mal in mein Zimmer«, sagt sie. »Ich beeile mich.«

»G-g-gut«, stottert Johannes.

In Windeseile springt Pia unter die Dusche und wirft sich danach die Sachen über, die sie vor dem Boxtraining ausgezogen hat: Sweatshirt und Hose. Sie ist nicht in Johannes verliebt. Da ist es piepegal, was sie anzieht.

Als sie in ihr Zimmer kommt, sitzt er am Schreibtisch und blättert in einer Mädchenillustrierten. Außer Johannes würde das kein Junge aus ihrer Klasse tun.

»Schieß los«, sagt er, und jetzt stottert er kein bisschen mehr.

»Wir müssen Puschkin helfen!«, sagt er, nachdem sie ihren Bericht beendet hat. »Hast du schon eine Idee?«

Pia weiß, dass Johannes sie um ihren verrückten Opa beneidet. Am liebsten würde er ihn sich ausleihen, hat er mal gesagt.

Sie schüttelt den Kopf. »Morgen werde ich ihn besuchen.«

»Lassen sie dich denn ins Gefängnis rein?«

»Der Unaussprechliche hat es mir versprochen«, antwortet sie und erzählt Johannes von dem alten Kommissar mit dem schwierigen Namen.

Für ein paar Minuten versinken beide in tiefes Schweigen. Irgendwann schaut Johannes Pia an, schaut wieder weg, kriegt knallrote Ohren und flüstert: »Du hast so tolle Haare.«

»Mensch, Johannes!«, regt sich Pia auf. »Das erzählst du mir seit hundert Jahren. Es gibt Wichtigeres als meine Haare! Puschkin bringt sich um, wenn er im Gefängnis bleiben muss!«

»Entschuldigung«, murmelt Johannes. »Dein Opa ist wohl zu alt, um Gitterstäbe durchzusägen, Bettlaken zusammenzuknoten und sich abzuseilen?«, fragt er.

Pia nickt. »Und dass wir beide in den Knast einbrechen und Puschkin rausholen, können wir auch vergessen.«

»Wir brauchen einen Trick«, sagt Johannes, während er im Zimmer auf und ab geht. »Puschkin könnte sich zum Beispiel in der schmutzigen Wäsche verstecken, wenn sie aus dem Gefängnis abgeholt wird. Oder im Müll. Es wird ein bisschen stinken, aber das hält er schon aus. Dein Opa ist klein und dünn, sie werden bestimmt nichts merken. Wenn du ihn morgen besuchst, machst du mit ihm einen Treffpunkt und eine Uhrzeit aus. Da warten wir dann mit einem Taxi und bringen ihn in ein sicheres Versteck.«

»Das ist es!« Pia springt auf und haut Johannes auf die Schulter, dass es kracht.

»Und wenn er mit unserem Plan nicht einverstanden ist?«, fragt Johannes mit schmerzverzerrtem Gesicht. Scheint so, als hätte Pia ein bisschen zu fest zugeschlagen.

»Puschkin wird einverstanden sein. Jede Wette! Übrigens: Morgen kommt Pablo.«

»Wer?«

»Mein Brieffreund aus Argentinien. Hab ich dir noch nicht von ihm erzählt? Er bleibt eine Woche.«

»Aha.«

»Er wird uns bestimmt helfen.«

»Aha.«

»Kannst du mal was anderes sagen als ›Aha‹?«, giftet sie Johannes an.

»Nee.«

Am Abend räumt Pia ihr Zimmer auf. Freiwillig tut sie das sonst nie. Solange sie ihr Bett noch findet, ist für sie – im Gegensatz zu Mama – alles in schönster Ordnung. Aber jetzt braucht Pia was, das sie ablenkt, das ihr hilft, nicht an Puschkin zu denken.

Als Pia zu ihrem Kleiderschank kommt, stellt sie fest, dass der Glasschneider, den sie hinter der Unterwäsche versteckt hat, verschwunden ist. Puschkin hat ihn ihr vor ein paar Monaten geschenkt. »Vielleicht hast du mal Verwendung dafür«, hat er gesagt. »Auch wenn du keine Tresorknackerin wirst.«

Und jetzt ist das Ding nicht mehr da! Pia reißt die Wäsche aus dem Schrank, fegt die Bücher vom Regal, räumt ihren Schreibtisch aus, schaut unter der Matratze und unter dem Bett nach, untersucht jeden Winkel ihres Zimmers. Es hilft nichts – der Glasschneider ist weg.

In diesem Moment kommt Mama herein. Offenbar hat sie gerade geduscht. In der einen Hand hält sie einen Fön, in der anderen bunte Lockenwickler. »Wie sieht es denn hier aus?«, ruft sie entsetzt. »Was soll Pablo denken? Sofort räumst du auf, Pia!«

»Ja, Mama.«

»Und zwar gründlich!«

»Ja, Mama.«

»Und sag nicht immer ›Ja, Mama‹!«

»Ja, Mama.«

Während Pia die Sachen an ihren Platz zurücklegt, denkt sie fieberhaft nach. Es könnte natürlich sein, dass die Polizei den Glasschneider bei der Hausdurchsuchung gefunden und mitgenommen hat. Dann hätten sie in ihrem Zimmer sein müssen und sie wäre mit ziemlicher Sicherheit aufgewacht. Aber was ist, wenn Puschkin ihn hat? Wenn er ihn für die Einbrüche gebraucht hat?

# Puschkin hält die Luft an

Am Tag nach Puschkins Festnahme sitzt Pia im Besuchsraum der Untersuchungshaftanstalt und wartet auf ihren Großvater. Nachdem sie draußen an dem großen Stahltor geklingelt und man sie hereingelassen hat, wurde sie zuerst in einen Raum mit einer Theke geführt. Dort musste sie ihren Rucksack abgeben und ihre Hosentaschen leeren. Danach ist sie zusammen mit einem Beamten durch einen langen Flur gewandert.

Alle paar Schritte haben sie vor Türen gestanden, die der Mann mit einem großen Schlüssel auf- und hinter ihnen wieder zugeschlossen hat. Es ist richtig unheimlich gewesen, und sie hat sich vor dem Beamten gefürchtet, obwohl der eigentlich ganz nett zu ihr gewesen ist.

Der Besuchsraum wird von einer Glasscheibe in zwei Hälften geteilt. Auf jeder Seite der Scheibe steht ein Stuhl, auf hölzernen Ablagen sind Mikrofone angebracht. Vom einzigen Fenster aus blickt man auf eine hohe Betonmauer, die mit Stacheldraht und einzementierten Stahlstücken gesichert ist. Endlich öffnet sich die Tür hinter der Scheibe und ein Beamter bringt Puschkin herein. Opa sieht auf den ersten Blick aus wie immer. Er ist unrasiert, sein alter schwarzer Pullover hat Flecken, seine braune Cordhose ist zerknautscht. Bestimmt hat er drin geschlafen. Aber das ist nichts Besonderes, das tut er zu Hause auch manchmal. Während sich der Beamte in einer Ecke des Raumes an die Wand lehnt, setzt sich Puschkin umständlich auf den Stuhl und drückt auf den Knopf am Mikrofon.

»Hallo, mein Mädchen«, sagt er. Seine Stimme tönt verzerrt aus dem Lautsprecher, der links über ihr hängt.

Pia drückt ebenfalls auf den Knopf. »Hallo, Puschkin«, sagt sie. Wenn sie nicht aufpasst, fängt sie gleich an zu heulen. »Wie geht es dir?«

»Schlecht.«

»Alle glauben, dass du was Schlimmes angestellt hast. Aber ich glaube das nicht.«

Er lächelt. »Danke, Pia.«

»Was sollst du eigentlich verbrochen haben?«, fragt sie.

»In den letzten zwei Wochen haben sie hier in der Stadt in vier Banken eingebrochen. Dabei sind Tresore der Firma Security aufgeknackt worden. Die Dinger hätte ich früher mit verbundenen Augen aufmachen können. Aber diesmal habe ich nichts mit den Einbrüchen zu tun.«

»Wieso behalten sie dich dann hier?«

Puschkin lächelt. »Sie haben Beweise. Und die sprechen gegen deinen alten Opa.«

Pia schaut zu dem Beamten hinüber, der es sich inzwischen auf einem Stuhl gemütlich gemacht hat. »Können wir reden?«, fragt sie. »Ich meine, so richtig?«

Puschkin schüttelt den Kopf. Dann wischt er sich langsam mit dem Handrücken über die Stirn. Auf seiner Handinnenfläche steht was mit Kugelschreiber geschrieben:

FREITAG
15.00 Uhr
Taxi Hinterausgang
Hafenkrankenhaus

»Aber …«, beginnt sie.

Doch Puschkin legt den Finger auf den Mund. »Kapiert?«, fragt er.

Sie nickt. »Kapiert, Puschkin. Übrigens: Dein Glasschneider ist weg. Du hast ihn mir geschenkt, weißt du noch? Ich hab ihn in meinem Kleiderschrank versteckt. Hast du ihn dir genommen?«

Puschkin schüttelt den Kopf.

»Wer kann es dann gewesen sein?«, fragt Pia.

Als Puschkin nicht antwortet, fragt sie weiter: »Hast du einen Verdacht?«

Er winkt ab. »Vielleicht, vielleicht auch nicht. Wir werden sehen.«

»Heute Abend kommt Pablo«, sagt Pia zum Abschied. »Soll ich ihn von dir grüßen?«

»Tu das. Und sag ihm, er darf in meiner Wohnung an alles rangehen. Nur nicht an die Kommode im Schlafzimmer.«

»In Ordnung, Opa.«

Gleich nach dem Besuch im Gefängnis ruft Pia Johannes an und berichtet von dem Gespräch mit Puschkin.

»Wie will es dein Opa schaffen, ins Krankenhaus zu kommen?«, fragt Johannes. »Die Ärzte sind doch nicht blöd. Die merken bestimmt, wenn er ihnen was vorspielt.«

»Das lass mal seine Sorge sein.«

»Freitag also«, sagt Johannes, und seine Stimme zittert.

»Bloß keine Panik«, beruhigt sie ihn. »Das mit dem Taxi kriege ich schon hin.«

»Und was ist mit mir?«

»Für dich gibt es auch was zu tun. Erzähl ich dir später.«

Damit legt Pia auf. Johannes könnte echt ein bisschen mutiger sein. So wie der Lennart aus der Siebten zum Beispiel. Der ist mit seinem BMX-Rad sogar schon die Treppe vor der Schule runtergesprungen. Vierzehn Stufen mit einem einzigen Satz! Die meisten sagen, er spinnt. Pia findet ihn ... na ja ... irgendwie unbeschreiblich. Und geträumt hat sie auch schon von ihm.

Vor dem Abendessen hilft Pia ihrer Mutter beim Tischdecken. Pablo und seine Eltern kommen, da wird einiges an Besteck und Geschirr gebraucht. Außerdem kann sie dabei in der Küche unauffällig nach dem verschwundenen Glasschneider suchen.

»Wo bist du gewesen?«, fragt Mama, während sie die Avocados für den Salat schneidet.

»Ich bin rumgefahren«, antwortet Pia.

»Rumgefahren, aha«, sagt Mama. Und nach einer Pause: »Du warst nicht zufällig bei Opa?«

»Bei Puschkin?« Pia tut erstaunt.

»Du bist gesehen worden.«

»Von wem?«

»Von Tante Marga«, antwortet Mama. »Sie hatte einen Termin in der Nähe der Haftanstalt.«

»Zufall«, sagt Pia und denkt zum hundertsten Mal: Tante Marga ist eine alte Petze.

Mama stellt die Salatsoße auf den Tisch, baut sich vor Pia auf und schaut ihr tief in die Augen. »Dein Großvater hat einen schlechten Einfluss auf dich. Wenn ich gewusst hätte, wie oft ihr zusammensteckt, hätte ich nie zugelassen, dass er zu uns zieht. Vergiss nicht, dass er ein Verbrecher war. Wer weiß, vielleicht ist er es noch immer.«

»Puschkin ist unschuldig!«

»Das wird sich herausstellen.«

»Und wenn nicht?«, fragt Pia. »Wenn er seine Unschuld nicht beweisen kann?«

»Dein Opa wird einen fairen Prozess bekommen«, sagt Mama, ohne auf Pias Fragen einzugehen. »Aber er muss mitarbeiten, sagt sein Anwalt. Sonst wandert er für die nächsten Jahre ins Gefängnis. Da hilft ihm auch sein Alter nichts.«

Als Pia schweigt, fährt ihre Mutter fort: »Falls du irgendwas ausheckst, falls du Opa bei der Flucht aus der Haftanstalt helfen willst oder so, dann …«

»Dann?«

Mama lässt seufzend die Arme sinken und geht zum Kühlschrank. »Das Gefängnis ist ausbruchsicher. Das hat uns der Kommissar mit dem schwierigen Namen gesagt. Da kommt auch ein Fassadenkletterer und Tresorknacker wie Opa nicht raus. Er braucht es also gar nicht erst zu versuchen. Außerdem musst du dich in den nächsten Tagen um Pablo kümmern.«

Bevor Pia Mama antworten kann, klingelt es. Pia rennt zur Haustür und öffnet einem blonden Jungen. Er hat unwahrscheinlich blaue Augen und eine leicht gebräunte Haut. Allerdings ist er kleiner, als sie sich vorgestellt hat, höchstens ein paar Zentimeter größer als sie. Obwohl es draußen ziemlich kalt ist, trägt er nur ein dünnes blaues T-Shirt mit der weißen Aufschrift »Argentina«. Hinter ihm stehen ein Mann und eine Frau. Sie lächeln Pia an.

»Pablo?«, fragt sie.

Der Junge macht einen schnellen Schritt auf sie zu und drückt ihr, bevor sie reagieren kann, einen Kuss auf die linke und einen auf die rechte Backe.

»Hola, Pia!«, ruft er. »Da bin ich!«

Sie räuspert sich. Wahrscheinlich sind ihre Ohren jetzt mindestens so rot wie ihre Haare. »Ja ... äh ... hallo«, stottert sie.

Zum Glück kommt ihr Mama zu Hilfe. Sie begrüßt Pablo und seine Eltern und bittet alle ins Haus. Dann schaut sie auf ihre Armbanduhr. »Sie haben sicher Hunger. Wir können gleich essen«, sagt sie.

»Herzlichen Dank für die Einladung«, sagt Pablos Vater, ein Mann wie ein Bär und so blond wie sein Sohn. »Aber wir haben leider nicht viel Zeit. Wir haben noch einen dringenden Termin.«

In der Küche hat sich inzwischen die ganze Sippe versammelt. Kaum sitzen alle, erzählt Tante Marga, dass sie schrecklich gern einmal in Urlaub nach Argentinien fliegen würde. Da gebe es doch so viele wilde Tiere.

»Sie meinen bestimmt Afrika«, sagt Pablos Vater freundlich, während Pia die Augen verdreht.

Als Vorspeise gibt es gemischten Salat mit Avocados, als Hauptgericht Gnocchi mit Gorgonzolasoße. Pablos Eltern lassen es sich schmecken – wenn auch in einem atemberaubenden Tempo. Genauso schnell erzählen sie vom Flug, von Argentinien, von ihrem Haus und der Kälte in Deutschland. Nicht einmal Tante Marga schafft es, sie zu unterbrechen. Und das will was heißen. Nur Pablo scheint irgendwie nicht zufrieden zu sein. Immer wieder schaut er zum Herd hinüber, wo sich inzwischen das dreckige Geschirr stapelt.

»Ist was?«, flüstert Pia ihm zu.

»Gibt es kein Fleisch?«, flüstert er zurück.

»Hat's dir nicht geschmeckt, Pablo?«, unterbricht Mama die beiden.

»Doch, muy bien«, antwortet er.

Noch vor dem Nachtisch – Mama hat zur Feier des Tages Tiramisu gemacht – springen Pablos Eltern auf. »Wir müssen los«, sagt Pablos Vater und schaut auf seine Armbanduhr. »Gibt es in der Nähe einen Taxistand?«

»Ich rufe Ihnen einen Wagen«, sagt Papa und verschwindet in der Diele.

»Sollten wir noch irgendwas wissen?«, fragt Mama. »Darf der Junge bestimmte Sachen nicht essen? Oder braucht er Medikamente?«

Pablos Mutter lacht. »Medikamente? Nein, Pablo ist rebosante de salud. Er ist kerngesund.«

Dann bedanken sich Pablos Eltern für das wunderbare Essen, für die tolle Gastfreundschaft und überhaupt, knutschen alles ab, was sie in die Finger kriegen, und laufen schließlich zum Taxi, das vor der Tür wartet.

»Uff«, macht Pia, als der Wagen um die nächste Ecke verschwunden ist. Im Gegensatz zu Einstein und ihren Eltern hat sie es verhindern können, dass sie geküsst wurde. Tante Marga hat sich mit Begeisterung auf die Backen knutschen lassen, vor allem von Pablos Vater.

»Schlafe ich bei dir?«, fragt Pablo, als sie wieder in der Küche sitzen und Mama den Nachtisch serviert. Pablo spricht fantastisch Deutsch. Nur ein winziger Akzent ist zu hören.

»Nein, bei Puschkin«, antwortet Pia, die wieder rot geworden ist. Das passiert ihr nur sehr selten.

»Bei Pias Opa«, sagt Mama. »Er ist im Moment im …« – sie zögert eine Sekunde – »… im Urlaub. Pia zeigt dir alles.«

Zehn Minuten später sind Pablos Sachen eingeräumt. Er hat nicht viel mitgebracht: ein paar T-Shirts, einen dünnen Pullover, zwei Hosen, Unterwäsche, seine Fußballschuhe und deutsche und spanische Bücher.

»Du wirst frieren«, sagt Pia.

Er schüttelt den Kopf. »Ich friere nie.«

»Wie kalt wird es in Buenos Aires?«, will Pia wissen. »Im Winter, meine ich.«

»Zehn Grad.«

»Minus?«

»Nein, plus.«

»Du wirst frieren«, wiederholt sie und überlegt sich schon, welchen ihrer Pullover sie ihm leihen wird.

»Esst ihr eigentlich nie Fleisch?«, fragt er.

»Nur zu Ostern und zu Weihnachten«, antwortet sie. »Leider.«

»In Argentina essen wir immer Fleisch«, sagt Pablo.

»Ich werde mit Mama sprechen«, sagt Pia.

Während die beiden in Puschkins Wohnung sitzen und reden, lässt Pia ein Gedanke nicht los: Wann soll sie Pablo erzählen, dass Opa verhaftet worden ist? Jetzt sofort? Oder später?

Als ob der Junge Gedanken lesen könnte, fragt er: »Wohin ist dein Opa in Urlaub gefahren?«

»Ja … äh …«, stottert Pia.

»Weißt du das etwa nicht?«

»Natürlich weiß ich das«, sagt sie. »Er ist an der See.«

»Im Hotel?«

»Ja, ja.«

»Und wann kommt er zurück?«

»Keine Ahnung. Wahrscheinlich erst, wenn du nicht mehr da bist.«

Pablo schaut sie eine Weile schweigend an. Ob er Verdacht geschöpft hat? Um ihn abzulenken, fragt sie: »Kommst du morgen mit in die Schule?«

Pablo schüttelt den Kopf. »Heute Nacht schlafe ich bestimmt nicht. Wir haben in Argentina eine andere Zeit, ich muss mich erst umstellen.« Er lacht. »Ich will nicht gleich am ersten Tag in deiner Klasse einschlafen.«

»Dann frage ich meinen Klassenlehrer, ob ich dich ab Montag mitbringen darf. Na dann: Schlaf gut, Pablo.«

Er springt auf und macht Anstalten, sie wieder zu küssen. Doch diesmal ist sie darauf vorbereitet. Sie dreht den Kopf zur Seite, gibt ihm einen Klaps auf die Schulter und läuft aus der Wohnung.

Am Morgen geht es Puschkin schlecht. Er hat in der Nacht kaum geschlafen, das verflixte Rheuma hat ihn gezwickt wie lange nicht mehr. Außerdem hat er wieder mal von Buenos Aires geträumt. Von den breiten Boulevards. Vom Rio de la Plata und dem alten Hafen, in dem es bis in den letzten Winkel nach Fisch roch. Von den Tango-Cafés im Stadtviertel San Telmo. Von Carmen, in die er bis über beide Ohren verliebt war, die er mit nach Deutschland hatte nehmen wollen. Er hat von dem riesigen Gebäude der Nationalbank geträumt und von einem der größten Tresore, vor dem er je gestanden hat. Er hat sich im sechsten Stock an einem dünnen Seil hängen sehen. Und er hat von dem Gesicht eines Mannes geträumt, das er vergessen zu haben glaubte. »Mañana«, hat der Mann gesagt, ohne dabei den Mund zu öffnen, »mañana.« Puschkin ist vor Schreck aufgewacht und hat danach nicht mehr einschlafen können. »Morgen«, hat der Mann gesagt. Was hat das zu bedeuten?

Puschkin steht auf, schlurft zur Toilette und wäscht sich. Er hat wieder in Hose und Pullover geschlafen, für den dünnen Schlafanzug, den er in der Kleiderkammer bekommen hat, war es in der Nacht zu kalt. Inzwischen stinkt Puschkin wahrscheinlich wie ein ausgewachsenes Wildschwein. Es wird höchste Zeit für eine Dusche.

Von den Nachbarzellen her ist das Klappern von Besteck und Geschirr zu hören, gleich werden sie mit dem Frühstück bei ihm sein. Na, dann mal los! Puschkin zählt bis drei, hält die Luft an, stellt sich auf die Zehenspitzen und beginnt, mit angehaltenem Atem Kniebeugen zu machen. Nach der zehnten bleibt er tief unten in der Hocke, atmet aus, hält die Luft wieder an – und steht blitzschnell auf. Im selben Moment wird ihm schwarz vor Augen.

Als er zu sich kommt, liegt er in einem blütenweißen Bett. Die Matratze ist ein bisschen durchgelegen, aber bei Weitem nicht so schlimm wie die in seiner Zelle. Ein junger Arzt mit Pferdeschwanz und einem Brillanten im Ohrläppchen sitzt am Bett und fühlt Puschkins Puls. Vor den schmalen Fenstern gegenüber sind Gitter angebracht, demnach haben sie ihn in die Krankenstation der Untersuchungshaftanstalt gebracht.

»Wie geht es Ihnen?«, fragt der Arzt.

»Schlecht«, antwortet Puschkin. Das ist geschwindelt. Bis auf eine leichte Übelkeit fühlt er sich eigentlich ganz gut.

»Sie sind zusammengebrochen«, sagt der Arzt. »Zum Glück hat man Sie bei der Frühstücksausgabe gefunden. Ihr Herz ist nicht in Ordnung. Wir können Sie hier nicht behandeln, dafür sind wir nicht ausgerüstet.« Er schüttelt den Kopf. »Man sollte alte Leute wie Sie gar nicht mehr einsperren.«

Da bin ich ganz Ihrer Meinung, würde Puschkin jetzt am liebsten sagen. Stattdessen murmelt er: »Hafenkrankenhaus. Da war ich schon mal. Professor Klein kennt mich.«

»Ach, der Herzspezialist. Das ist gut.« Der Arzt steht auf und drückt Puschkin die Hand. »Ich werde veranlassen, dass Sie auf seine Station kommen. Und jetzt versuchen Sie, ein bisschen zu schlafen, ja?«

Als der Doktor aus der Tür ist, atmet Puschkin auf. Die ältesten Tricks sind immer noch die besten – vor allem, wenn man es mit Grünschnäbeln wie diesem Arzt zu tun hat. In spätestens einer Stunde wird er im Hafenkrankenhaus sein. Er wird ein paar Untersuchungen über sich ergehen lassen müssen und danach wird er in aller Ruhe den zweiten Teil des Plans in Angriff nehmen.

Während Puschkin auf seinen Abtransport ins Krankenhaus wartet, sitzt Pia im Lateinunterricht und versucht, sich zu konzentrieren. Latein gehört nicht gerade zu ihren starken Fächern. Außerdem schweifen ihre Gedanken immer wieder ab – und zwar nicht zu Pablo, der fest geschlafen hat, als sie aus dem Haus gegangen ist. Nein, sie muss an Puschkin denken. Im Vergleich zu dem, was ihr morgen bevorsteht, ist lateinische Grammatik das Unwichtigste von der Welt.

»Schläfst du, Pia?«, hört sie die Stimme von Herrn Lötscher, der auch ihr Klassenlehrer ist.

»N-n-nein«, antwortet sie.

Herr Lötscher ist einer der nettesten Lehrer der Schule. Er ist der einzige, dem es richtig wehtut, wenn er schlechte Noten geben muss. Außerdem bringt er mindestens zweimal im Monat selbst gebackenen Kuchen mit. Herr Lötscher backt leidenschaftlich gern. Das sieht man ihm an.

»Geht's dir nicht gut?«, fragt er.

»Alles in Ordnung«, antwortet sie.

Er nimmt seine Lesebrille ab. »Du musst aufpassen, Pia«, sagt er. »Den Dativ solltest du beherrschen.«

»Ich strenge mich an, Herr Lötscher«, sagt sie und fragt dann: »Darf ich am Montag Pablo mitbringen? Er ist mein Brieffreund aus Argentinien und für eine Woche zu Besuch.«

»Spricht er denn Deutsch?«

»Besser als ich, Herr Lötscher.«

»Dann habe ich nichts dagegen.«

Später in der Stunde schiebt Rebecca eine Botschaft von Johannes zu Pia hinüber. Täglich schreibt er ihr einen Liebesbrief, obwohl sie es ihm schon tausend Mal verboten hat. Aber an diesem Tag steht nichts von dem üblichen »Du hast so schöne Haare!« oder »Du bist schöner als Nicole Kidman!« drin. Heute hat Johannes in seiner krakeligen Schrift geschrieben: »Was soll ich am Freitag tun?«

Sie reißt vorsichtig ein Blatt aus ihrem Heft und schreibt darauf: »Große Pause, Ecke Mülltonnen!« Dann faltet sie das Papier und lässt es über Rebecca, Anna und Eva zu Johannes hinüberwandern. Anna und Eva kichern, doch das stört Pia diesmal nicht.

Nach dem Klingeln wollen die anderen mehr über Pablo wissen.

»Sieht er gut aus?«, fragt Rebecca.

»Spielt er Fußball?«, fragt Micha.

»Wie lange bleibt er?«, fragt Anna.

Pia bläst die Backen auf und ruft: »Darf ich auch mal was sagen? Gut. Pablo sieht aus wie Hugh Grant, spielt Fußball wie Maradona und bleibt eine Woche. Alles klar?«

»Was soll ich tun, Pia?«, fragt Johannes, als sie sich endlich bei den Mülltonnen treffen. Dort sind sie ziemlich allein, nur zwei Fünftklässler spielen mit einem Tennisball Fußball.

Pia beißt ein großes Stück von ihrem Schulbrot ab und beginnt mit vollem Mund zu sprechen. »Du kannst doch gut Dialekte nachmachen«, nuschelt sie.

Johannes nickt. »Bayrisch, sächsisch, schwäbisch, fränkisch – was du willst.«

»Und deshalb rufst du am Freitag bei der Polizei an.«

»Bei der Polizei?«, ruft er und wird ein bisschen blass. Dann verzieht sich sein Gesicht zu einem Grinsen. »Jetzt verstehe ich. Ich soll die Polizei auf die falsche Fährte locken. Ich soll sie anrufen und ihnen sagen, dass ich Puschkin irgendwo gesehen habe.«

Sie nickt. »Und das nicht nur einmal. Schick sie rum, bis sie den Drehwurm kriegen.«

»Und jedes Mal soll ich einen anderen Dialekt sprechen, damit sie nicht merken, dass es immer derselbe Anrufer ist. Richtig?«

»Kluger Junge.«

»Und wenn sie mich fragen, warum mir Puschkin aufgefallen ist?«

»Sag ihnen, dass ein kahlköpfiger alter Mann in Nachthemd und Mantel durch die Gegend läuft. Erzähl ihnen, dass du dir Sorgen um ihn machst.«

Einen Moment denkt Johannes nach. »Ich muss wissen, wo ihr hinfahrt und wann ich anrufen soll«, sagt er dann.

»Du hast doch ein Handy«, sagt sie.

»Klar.«

»Auch einen Stadtplan?«

Er nickt.

»Ich versuche, mir das Handy von meiner Mutter zu leihen, und rufe dich an, sobald wir im Taxi sitzen. Wenn ich Norden sage, erzählst du der Polizei was von einer Straße im Süden. Und wenn ich Westen sage ...«

»… was von Osten«, unterbricht sie Johannes. »Mensch, Pia, ich bin nicht blöd.« Er atmet tief ein und aus. »Junge, Junge«, murmelt er. »Mit dir ist es verdammt, verdammt …«

»… gefährlich?«, hilft ihm Pia.

Er nickt. »Und aufregend.« Nach einer Weile fügt er hinzu: »Und schön.«

Als sie nach dem Klingeln wieder in ihr Klassenzimmer gehen, fragt Johannes: »Und?«

»Was und?«

»Wie ist er?«

»Pablo? Er ist in Ordnung. Vielleicht ein bisschen … ach, ich weiß nicht … stürmisch oder so.«

»Stürmisch? Aha.« Johannes verzieht das Gesicht. Sie kann sich genau vorstellen, was er denkt. Dabei ist nichts zwischen ihr und Pablo. Außer der doofen Küsserei.

# Pia macht eine Stadtrundfahrt

Irgendwann am Donnerstagnachmittag kriecht Pablo aus dem Bett und kommt zu Pia in die Küche. Dort schneidet er wortlos ein großes Stück von Mamas teurer Biowurst ab und isst es abwechselnd mit einem trockenen Brötchen. Außerdem schüttet er eine Tasse Kaffee nach der anderen in sich hinein. Pia schaut ihm dabei zu und überlegt fieberhaft, was sie tun soll. Soll sie ihm alles erzählen? Soll sie lieber bei dem Märchen von Puschkins Urlaub bleiben? Oder soll sie ihn nur in einen Teil der Geschichte einweihen? Aber in welchen?

»Hola, Pia«, sagt Pablo plötzlich. Es scheint, als habe er gerade erst registriert, dass sie ihm gegenübersitzt.

»Gut geschlafen?«, fragt sie.

»Bis sechs konnte ich nicht einschlafen«, antwortet er. »Die Zeitumstellung, weißt du? Danach ging's.« Er reckt sich. »Was machen wir heute?«, will er wissen.

»Wozu hast du Lust?«, fragt Pia zurück.

»Caramba, ich muss raus!«, antwortet er. »Drinnen werde ich verrückt.«

»In Ordnung«, sagt Pia. »Willst du einen Pullover von mir?«

»Ich friere nicht.«

Sie holen Pias und Papas Rad aus der Garage und fahren los – Pia in Pullover und Anorak, Pablo im T-Shirt. Das Thermometer an der Sparkasse zeigt sechs Grad. Entweder ist der Knabe ein Angeber, oder er ist das Abgehärtetste, das Pia je gesehen hat.

Zuerst fahren die beiden zum Bolzplatz am Gymnasium. Die Jungen, die sich da wie jeden Nachmittag getroffen haben, wollen Pablo zuerst nur ungern mitspielen lassen. Aber dann zaubert er mit dem Ball, dass ihnen Hören und Sehen vergeht. In einer halben Stunde schießt er ein Dutzend Tore. Pia versteht nicht viel von Fußball. Aber so wie Pablo spielt, wäre er hier in der Stadt der Superstar.

Das finden auch seine Mitspieler. »Wo kommst du her?«, fragt einer, als das Spiel zu Ende ist. Der Junge geht in Pias Schule.

»Aus Buenos Aires«, antwortet Pablo. Auf seinem T-Shirt ist nicht der kleinste Schweißfleck zu sehen.

»Cool. Das ist in Spanien, stimmt's?«

»Argentinien«, korrigiert ihn Pablo. »Wir waren zweimal Weltmeister.«

»Wir auch.«

»Wir haben Messi.«

»Wir haben Manuel Neuer.«

»Wir haben die besten Jugendspieler del mundo – der Welt.«

Der Junge aus Pias Schule zögert einen Augenblick. Dann legt er Pablo lächelnd den Arm um die Schultern. »Stimmt«, sagt er und fragt: »Bleibst du jetzt in Deutschland?«

Pablo schüttelt den Kopf.

»Schade«, sagt der Junge. »Wir hätten dich in unserem Fußballverein brauchen können.«

»Hasta mañana«, verabschiedet sich Pablo.

»Häh?«, macht der Junge.

»Bis morgen.«

Auf ihrer weiteren Fahrt durch die Stadt sagen Pia und Pablo nicht viel. Pias Brieffreund ist ein toller Fußballspieler, das hat sie gerade gesehen. Aber was hat Puschkin davon? Sie wird das Taxi besorgen, Johannes die Polizei ablenken. Und Puschkin wird versuchen, irgendwie aus dem Krankenhaus herauszukommen. Für Pablo gibt es eigentlich nichts zu tun. Oder soll er vielleicht das Fenster von Puschkins Krankenzimmer kaputt schießen, damit Opa hinausklettern kann?

Sie wird Pablo nicht einweihen, beschließt sie. »Je weniger Mitwisser es bei einer Aktion gibt, desto besser«, hat Puschkin mal gesagt. Genau daran wird sie sich halten.

Nachdem sie sich den Sporthafen angeschaut haben, fahren sie langsam durchs Hafenviertel zurück nach Hause. Die Häuser hier sind heruntergekommen, von den Fassaden blättert der Putz, eine Bar reiht sich an die andere. Mehrmals müssen sie Betrunkenen ausweichen, die, ohne auf den Verkehr zu achten, über die Straße stolpern.

»Die gibt's auch bei uns in Buenos Aires«, sagt Pablo. Im nächsten Moment schreit er plötzlich los: »Du, Pia, da ist mein Opa! Was tut der hier?«

Pablo deutet aufgeregt auf einen kleinen Mann, der auf dem Bürgersteig links von ihnen eilig in Richtung Kunstmuseum geht. Er trägt eine Baseballkappe mit der Aufschrift »Argentina« und hat die Hände tief in den Taschen seines weiten Mantels vergraben.

»Hola, Opa!«, ruft Pablo und will mit seinem Rad die Fahrbahn wechseln. Doch in diesem Augenblick kommt ihm ein Bus entgegen. Der Fahrer hupt wie wild, Pablo reißt den Lenker herum und findet sich eine Sekunde später auf dem Boden wieder. Sofort springt Pia von ihrem Rad und hilft ihm hoch.

»Spinnst du?«, schnauzt sie ihn an, während der Bus seine Fahrt fortsetzt.

Pablo klopft den Straßendreck von seinen Sachen. Bis auf eine kleine Schürfwunde am Ellbogen scheint er unverletzt zu sein. »Er ist weg«, murmelt er, als ob er Pia gar nicht zugehört hätte.

»Wer? Der Bus?«

»Nein, mein Opa. Gerade war er noch da.«

Hinter den beiden hat sich ein kleiner Stau gebildet. Die ersten Autofahrer beginnen zu hupen. Pia hebt das Rad auf und zieht Pablo von der Straße. »Vielleicht hast du dir das mit deinem Opa nur eingebildet«, sagt sie.

»Nein, hab ich nicht!«, widerspricht Pablo. »Ich kenne doch meinen Opa. Den Mantel hat er sich extra für Deutschland gekauft.«

»Vielleicht hat er dich nicht gehört«, sagt Pia.

»Er ist krank. Aber schwerhörig ist er nicht.«

»Frag doch deine Eltern, was los ist«, schlägt sie vor.

Pablo schüttelt den Kopf. »Die haben genug zu tun.«

Kurz bevor sie nach einer halbstündigen Fahrt in den Kirchweg einbiegen, sagt Pablo: »Komisch, dass mich Opa nicht gehört hat.«

Pia gibt ihm einen Klaps auf die Schulter. »Vergiss es. Soll ich dir Boxen beibringen? Ich hab sogar einen Sandsack!«

»Worauf warten wir?«

Am nächsten Tag, es ist halb drei am Nachmittag, hat sich die Sonne wieder hinter dicke Wolken verzogen. Ein starker Wind bläst vom Meer her und spielt mit den Ulmen im Park des Hafenkrankenhauses. Puschkin sitzt in seinem Zimmer, starrt aus dem Fenster und wird von Minute zu Minute unruhiger. Zwei Fingernägel haben schon dran glauben müssen, dabei hat er sich das Nägelkauen vor sechzig Jahren abgewöhnt. Zu Mittag hat es Gulasch auf Reis gegeben. Puschkin hat beides stehen lassen. Er muss sich konzentrieren, auch wenn es ihm schwerfällt. Falls sein Plan scheitert, wird er keine zweite Chance bekommen. Dann werden sie wissen, dass sie noch besser auf ihn aufpassen müssen.

Nachdem Puschkin hierhergebracht worden ist, haben sie ihn, wie er es nicht anders erwartet hat, zunächst einmal gründlich untersucht. Die Ärzte haben ihm so viel Blut abgezapft, dass er schon befürchtet hat, sie hätten ihm den letzten Tropfen aus seinen Adern geholt. Außerdem haben sie ihn an geheimnisvolle Maschinen angeschlossen und in Röhren geschoben, in denen er sich wie ein Brathähnchen vorgekommen ist. Und schließlich hat der Professor ihn abgehorcht und auf ihm rumgetrommelt, als hätte er ein saftiges Schnitzel vor sich.

In den Zeiten zwischen den Untersuchungen wäre Puschkin gern ins Patientencafé gegangen. Oder in den

Park. Doch das haben sie ihm nicht erlaubt. Rund um die Uhr sitzt ein Polizist vor Puschkins Zimmer, alle acht Stunden wechselt sich die Bewachung ab. Zwei der Polizisten sind jung und halten sich ängstlich an ihren Auftrag. Der dritte ist in Holgers Alter und nimmt alles ein bisschen lockerer. Zu Puschkins Glück hat dieser freundliche Mensch im Augenblick Dienst. Das erleichtert die Sache.

Puschkin schaut auf die Uhr des Krankenhauszimmers, seine Armbanduhr hat er im Gefängnis abgeben müssen. Es ist kurz vor drei. In ein paar Minuten wird Pia mit einem Taxi am Hintereingang des Krankenhauses stehen und auf ihn warten. Hoffentlich ist nichts dazwischengekommen, seit ihrem Besuch in der Untersuchungshaft hat er nichts mehr von ihr gehört.

Entschlossen steht Puschkin auf, klemmt sich seine Schuhe unter den Arm und hängt Hose, Hemd, Unterwäsche, Jacke und Mantel darüber. Über alles legt er das große Badetuch – und zwar so geschickt, dass von den Anziehsachen nichts mehr zu sehen ist. Dann öffnet er die Tür zum Flur. Der Polizist sitzt auf seinem Stuhl und blättert in einer Zeitung.

»Wo wollen Sie hin?«, fragt er.

»Ich würde gern baden«, sagt Puschkin.

»Im Zimmer haben Sie eine Dusche.«

»Eine Badewanne ist was anderes«, sagt Puschkin und setzt sein schönstes Dackelgesicht auf. »Bitte, im Knast gibt's nur die dummen Gemeinschaftsduschen!«

Der Polizist lächelt. »In Ordnung. Aber ertrinken Sie mir nicht, sonst kriege ich Ärger.«

»Alles klar, Chef«, sagt Puschkin und denkt: Ärger wirst du in jedem Fall bekommen.

Im Badezimmer hängt er das Badetuch über einen Stuhl und zieht sich eilig um. Während Wasser in die Wanne läuft, stellt er sich in Schuhen, Hose, Jacke und Mantel vor das verschlossene Milchglasfenster und holt eine große Büroklammer aus der Tasche. Die hat er bei seiner letzten Vernehmung dem Unaussprechlichen vom Schreibtisch geklaut. Puschkin biegt das Ding gerade und steckt es vorsichtig ins Fensterschloss. Solche Schlösser kann jedes Kind aufmachen, eigentlich sind sie eine Beleidigung für einen Experten wie ihn.

Nicht einmal zwanzig Sekunden dauert es, dann hat er das Fenster geöffnet. Aber noch ist Puschkin nicht fertig. Geschickt biegt er die Büroklammer ein zweites Mal um, schleicht auf Zehenspitzen zur Tür und schließt sie geräuschlos ab. Türen von Krankenhausbadezimmern sind niemals abgeschlossen. Der freundliche Kollege von der Polizei wird sich wundern, wenn er nachschauen will, was mit dem Untersuchungshäftling los ist.

Als Nächstes dreht Puschkin das Wasser ab und klettert aufs Fensterbrett. Gleich neben dem Fenster führt eine Feuerleiter auf ein verstecktes Rasenstück zwischen Hintereingang und Kapelle. Puschkin holt tief Luft, unterdrückt den Schwindel, der in ihm hochsteigt, und schwingt das linke Bein zur Feuerleiter hinüber.

Während Puschkin die ersten Sprossen der Leiter hinunterklettert, sitzt Pia in einem Taxi am Hintereingang des Hafenkrankenhauses und wartet auf ihn. Der Taxifahrer, ein riesiger Kerl, der eine Schlägermütze aus schwarzem Leder auf seinem eckigen Schädel trägt, hat das Seitenfenster heruntergedreht und raucht. Pia würde ihm gern sagen, dass es entsetzlich stinkt und dass er von den Zigaretten Krebs bekommt. Aber sie traut sich nicht. Der Mann ist ein Superschwergewicht, schätzungsweise 130 Kilogramm. Wenn sie Pech hat, wirft er sie aus dem Auto. Und das darf auf gar keinen Fall passieren.

Als Pia von der Schule nach Hause gekommen ist, hat Pablo wie am Tag zuvor noch geschlafen. Jedenfalls war kein Geräusch aus Puschkins Wohnung zu hören. Pia hat rasch gegessen und gewartet, bis Mama sich zu ihrem Mittagsschlaf verabschiedet hat. Dann ist sie zur nächsten Bushaltestelle gelaufen und hierhergefahren. Wenn sie zurückkommt, wird Mama Fragen stellen. Und Pablo auch. Aber das ist ihr jetzt egal.

Wo wird sich Puschkin wohl verstecken? Zu Hause im Kirchweg bestimmt nicht, da wird ihn die Polizei als Erstes suchen. Aus Deutschland verschwinden wird er auch nicht. Wie soll er dann seine Unschuld beweisen? Und was ist, wenn er erwartet, dass sie ihm ein Versteck besorgt hat? Wo soll sie dann mit ihm hin?

In diesem Moment sind Schritte auf dem Asphalt zu hören. Bevor Pia sich umdrehen kann, fliegt die Tür des Taxis auf und Puschkin plumpst auf den Sitz neben ihr. »Kap-Horn-Straße 13!«, ruft er dem Taxifahrer zu. »Ich hab's eilig!«

»Alles klar?«, fragt Pia, während der Wagen losfährt. Gott sei Dank scheint Opa zu wissen, wo er sich verstecken wird.

Puschkin nickt, zieht die Jacke aus und krempelt die Ärmel seines Hemdes hoch. Unter seinen Achseln sind schwarze Schweißflecken zu sehen. Außerdem ist sein Gesicht grau und seine Lippen sind noch schmaler als sonst. »Feuerleitern sind nichts mehr für ein altes Wrack wie mich«, flüstert er ihr ins Ohr. »Gar nichts, jawoll!«

»Wohin fahren wir eigentlich?«, fragt Pia.

»Kap-Horn-Straße. Hab ich doch gesagt, oder?«

»Hast du, Opa. Ist das im Süden, Westen, Osten oder Norden?«, will Pia wissen.

»Wieso?«, fragt Puschkin.

»Im Süden!«, brummt der Taxifahrer.

Pia zieht Mamas Handy aus der Hosentasche und tippt die Nummer von Johannes ein.

»Süden«, sagt sie nur, als der Junge sich meldet, und unterbricht die Verbindung.

»Ist das nicht Violas Handy?«, fragt Puschkin, dem jeder Atemzug schwerzufallen scheint.

Pia nickt. »Ich hab es mir ausgeliehen.«

Puschkin legt ihr seine Hand auf den Arm. Sie zittert. Wenn er zu Hause an seinen Schlössern bastelt, zittert sie nie – selbst wenn er eine halbe Flasche Wodka getrunken hat.

»Weiß deine Mutter davon?«, fragt er.

»Noch nicht«, antwortet Pia und grinst.

»Und mit wem hast du gerade gesprochen?«

»Mit Johannes.«

Dann sagen sie beide nichts mehr. Das Taxi hat die Innenstadt verlassen und nähert sich dem Hafenviertel. Gestern noch ist Pia mit Pablo hier entlanggefahren. Da hätte sie nicht gedacht, dass sie so schnell in diesen Teil der Stadt zurückkehrt.

Hinter einem Supermarkt biegt der Fahrer in eine Seitenstraße ab und hält vor einem vierstöckigen Haus. Auf jedem zweiten Balkon steht eine Satellitenschüssel, zwischen einigen Fenstern sind Leinen gespannt, an denen Wäsche hängt.

»Wir sind da«, sagt Puschkin. Ob sie daran gedacht habe, Geld mitzubringen, fragt er leise.

Sie nickt. Sie hat ihr Sparschwein geplündert und die Taschen voller Münzen. Fünfzehn Euro verlangt der Taxifahrer und damit ist Pias Vermögen bereits auf die Hälfte zusammengeschmolzen. Puschkin wartet, bis das Taxi um die nächste Ecke biegt. Dann nimmt er Pia an die Hand und zieht sie hinter sich her zur nächsten Bushaltestelle.

»Wo willst du hin?«, fragt sie erstaunt. »Ist dein Versteck denn nicht hier?«

Puschkin schüttelt den Kopf. »Die Polizei fahndet bestimmt schon nach mir«, erklärt er ihr atemlos. »Der Taxifahrer wird sich an den alten Glatzkopf, der es so schrecklich eilig hatte, und an das rothaarige Mädchen erinnern. Der Unaussprechliche soll ruhig in der Kap-Horn-Straße suchen. Er wird früh genug merken, dass ich ihn reingelegt habe.«

Die beiden brauchen nicht lange auf den Bus zu warten. Die Linie 31 bringt sie zum zentralen Busbahnhof. Dort steigen sie in die 16 um und irgendwann stehen Pia und Puschkin in einer Wohnung im Osten der Stadt. Sie befindet sich genau über einer Gaststätte, die CAFÉ ARGENTINA heißt. Ausgerechnet …

Die Wohnung hat ein Wohnzimmer, ein Schlafzimmer, Bad und Küche. Auf den Schränken und Ablagen liegt fingerdick der Staub, die Fenster zur Straße hin sind lange nicht geputzt worden. Aber der Kühlschrank ist voll, und wer immer ihn gefüllt hat, hat sogar an eine Flasche Wodka gedacht – der Marke Puschkin natürlich.

Pias Opa holt ein Glas aus dem Wohnzimmerschrank und gießt es halb voll. Dann lässt er sich, jede Menge Staub aufwirbelnd, in einen der Sessel fallen und nimmt einen großen Schluck.

»Wir haben es geschafft, Pia«, sagt er. »Danke, mein Mädchen. Ohne dich wäre das nichts geworden. Tut mir leid, aber du wirst damit rechnen müssen, dass dich die Polizei verhört.«

»Macht nichts, Opa. Ich bin ein Kind. Die können mir nichts.«

»Pass auf den Unaussprechlichen auf, hörst du?«

»Versprochen, Puschkin.«

Er trinkt das Glas aus und beginnt zu erzählen: wie er es mit dem Kniebeugen-Trick geschafft hat, dass er in seiner Zelle bewusstlos zusammengebrochen ist; wie sie ihn ins Hafenkrankenhaus gebracht haben; wie er das mit der Feuerleiter neben dem Badezimmerfenster von einem redseligen Krankenpfleger erfahren hat; wie beim Hinuntersteigen eine Leitersprosse abgebrochen ist und er sich so erschrocken hat, dass er um ein Haar einen Herzanfall bekommen hätte.

»Wem gehört die Bude hier überhaupt?«, will Pia wissen.

»Einem Freund. Walter heißt er. Er war früher auf Gemälde spezialisiert, Rembrandt und solche Sachen. Der Knabe hat auf der ganzen Welt gearbeitet, genau wie ich. Wir haben zusammen ein paar Monate im Knast gesessen. Danach hat er seine Frau kennengelernt und ist solide geworden – genau wie ich.«

Puschkin solide? Pia will lachen. Doch irgendwie klappt es nicht richtig. Seit Opa zu ihr ins Taxi gesprungen ist, hat sie ein Gefühl, als ob sie über dünnes Eis gehe. Irgendwie kommt ihr alles wie ein Traum vor.

»Wie hat dieser Walter eigentlich erfahren, dass du ausbrechen willst?«, fragt sie.

»Berufsgeheimnis«, sagt Puschkin und legt ihr den Finger auf den Mund. »Kleine Mädchen müssen nicht alles wissen.«

Normalerweise würde sich Pia eine solche Unverschämtheit nicht gefallen lassen. Aber heute steckt sie Puschkins Sprüche widerspruchslos weg. Er ist nicht der klapprige, alte Opa, für den ihn alle halten. Oh nein! Er hat Freunde. Er bekommt Hilfe, wenn er sie braucht. Und er hat Geheimnisse. Bis vor ein paar Tagen hat sie sich eingebildet, dass sie ihn kennt. In Wirklichkeit hat sie keine Ahnung, wer er ist.

»Du, Opa …«, beginnt sie.

Aber Puschkin schüttelt den Kopf. »Keine Fragen mehr, ich muss mich erholen.«

Pia nickt. »Ist dir eigentlich aufgefallen, dass wir auf der Fahrt hierher keinen einzigen Polizisten gesehen haben?«, fragt sie.

»Tatsächlich?«

Sie nickt. »Ich hab doch ein paar Mal Johannes angerufen. Und der hat sich bei der Polizei gemeldet und hat sie in die falsche Richtung geschickt. Er kann Schwäbisch sprechen. Oder Sächsisch. Oder was weiß ich.«

»Gute Arbeit«, sagt Puschkin mit schwerer Zunge und ist im nächsten Augenblick eingeschlafen. Nach Pablo hat er nicht gefragt. Aber das versteht Pia. In Puschkins Lage hätte sie ihn auch vergessen.

Bei Pia zu Hause steht ein Mercedes vor der Garage. Hinter seiner Windschutzscheibe ist ein Parkausweis mit dem Wappen der Polizei angebracht. Ob das der Unaussprechliche ist? Ob er schon herausgefunden hat, dass sie Puschkin bei der Flucht geholfen hat?

Einstein macht ihr auf. Er brummt irgendwas Unverständliches und verschwindet im Wohnzimmer. Dort hockt offenbar die ganze Sippe und redet wild durcheinander. Pia geht in die Küche und legt Mamas Handy an seinen gewohnten Platz neben den Kochbüchern. Das wäre geschafft.

Und jetzt auf in den Kampf!

Als sie die Wohnzimmertür öffnet, bricht das Gespräch ab. »Wo warst du?«, ruft Papa, neben dem tatsächlich der Unaussprechliche hockt.

Pia setzt sich auf den einzigen verbliebenen freien Stuhl. »Bei Johannes.«

»Warum hast du mir nicht Bescheid gesagt?«, fragt Mama.

»Du hast geschlafen«, antwortet Pia. »Da wollte ich dich nicht wecken. – Was ist eigentlich los?«

»Dein Großvater ist abgehauen«, sagt der Kommissar

und schaut auf seine Armbanduhr. »Vor ungefähr zwei Stunden.«

»Abgehauen?«, fragt Pia unschuldig. »Aus dem Krankenhaus?«

»Er ist vom Badezimmerfenster aus auf die Feuerleiter geklettert – und weg war er!«, erzählt Einstein. »Er hat sie alle ausgetrickst, sogar den Polizisten, der vor seiner Tür gesessen hat.«

»Opa soll geklettert sein?«, ruft Pia. »So ein Blödsinn! Puschkin hat Schwindelanfälle, der traut sich auf keine Leiter mehr!«

Für ein paar Augenblicke ist es still im Zimmer. Pia weiß, was jetzt kommt. Und richtig. »Du hast Puschkin nicht zufällig geholfen?«, fragt der Unaussprechliche. »Ich meine, aus dem Hafenkrankenhaus zu verschwinden?«

»Ich?«, fragt Pia zurück.

In diesem Moment klingelt das Handy des Kommissars. »Ein alter Mann und ein rothaariges Mädchen. – Interessant. – Kap-Horn-Straße 13. – Ja, ich fahre gleich hin. Warten Sie dort auf mich. Und bitte keine voreiligen Aktionen.«

Der Unaussprechliche steht auf. »Ich muss los«, sagt er und gibt den Erwachsenen die Hand. Zu Pia gewandt knurrt er: »Wir beide sprechen uns noch.«

Kaum schlägt die Haustür zu, reden alle auf Pia ein. Aus dem Durcheinander hört sie immer dieselbe Frage: »Wo ist Opa?«

Schließlich hält sie es nicht mehr aus und sagt: »Puschkin ist in einem sicheren Versteck. Aber ich werde es niemandem verraten. Euch nicht und schon gar nicht der Polizei. Er braucht Zeit. Sonst kann er nicht beweisen, dass er mit den Einbrüchen nichts zu tun hat.«

»Aber Kind!«, ruft Papa.

»Aber Kind!«, ruft Mama.

»Aber Kind!«, ruft Tante Marga.

»Aber Kind!«, macht Einstein die drei nach. Er findet sich mal wieder furchtbar witzig.

Doch Pia fährt ungerührt fort: »Wenn ich Puschkins Versteck verrate, geht einer von euch zur Polizei. Stimmt's? Ihr wollt ihn loswerden, das weiß ich genau. Ins Altersheim oder ins Gefängnis – das ist euch piepegal! Hauptsache, er ist weg und ihr habt eure Ruhe!«

Mama und Papa sitzen da wie vom Donner gerührt. Dann ruft Mama: »Wie kannst du so was sagen, Kind? Wir haben deinen Opa schließlich in unser Haus aufgenommen!«

Pia steht auf. »Ich gehe rauf zu Pablo. Mir reicht's!«

Bevor sie jemand aufhalten kann, rennt Pia in den zweiten Stock hinauf. Pablo hockt auf Puschkins Sofa und hört die »Ärzte«-CD, die Pia ihm am Abend zuvor geliehen hat.

Über seinem linken Auge ist ein roter Streifen zu sehen. Dort hat ihn Pia mit einer linken Geraden beim Boxtraining getroffen. Es muss ihm ziemlich wehgetan haben, aber er hat bloß gelacht.

Als Pablo sie sieht, nimmt er die Kopfhörer ab und fragt: »Was ist los? Deine Padres haben mich weggeschickt. Entschuldigung, deine Eltern.«

Pia zuckt mit den Schultern. »Irgendwas mit der Polizei.«

»Hast du was angestellt?«

»Quatsch.«

»Dein Bruder?«

»Der doch nicht!«

»Vielleicht dein Opa?«

»Wie kommst du denn darauf?«

Pablo tippt auf den Ordner, der auf der Kommode liegt. Puschkin muss ihn dort vergessen haben. Da drin hat er alles abgeheftet, was jemals über ihn in der Zeitung gestanden hat.

»Dein Opa war Tresorknacker«, sagt er.

»Na und? Er hat damit aufgehört. Zufrieden?«

»Schon gut. Kannst du Schach?«

»Ein bisschen.«

Pablo holt ein Taschenschach aus seinem Rucksack und baut die Figuren auf.

»Was war eigentlich dein Großvater?«, fragt Pia, während sie den Königsbauern von e2 nach e4 zieht.

»Reisender, glaube ich. Er war viel unterwegs.«

# Puschkin trifft einen alten Fuchs

Am Morgen hat Puschkin Muskelkater. Kein Wunder nach der gefährlichen Kletterpartie am Hafenkrankenhaus. Aber sonst fühlt er sich prima. Nachdem er sich gewaschen und angezogen hat, macht er Frühstück. Sein Freund Walter hat nicht nur das Badezimmer mit allem Lebensnotwendigen ausgerüstet und ihm Unterhosen, Unterhemden und Socken gekauft. Nein, er hat auch Verpflegung für eine Woche in den Kühlschrank gestellt. Heute wird Puschkin die Wohnung noch nicht verlassen. Die Spürhunde des Unaussprechlichen werden mit Sicherheit überall unterwegs sein.

Nach dem Frühstück holt Puschkin das Telefon ins Wohnzimmer und schlägt das Branchenfernsprechbuch unter dem Stichwort »Hotels und Pensionen« auf. Es sind vier dicht bedruckte Seiten. Himmel, mit so vielen Nummern hat er nicht gerechnet.

Als Erstes telefoniert er mit dem Hotel »Atlantis« an der Promenade. »Guten Tag«, sagt er und räuspert sich. »Müller hier. Ich bin mit dreien Ihrer Gäste zu einem Geschäftsessen verabredet. Leider muss ich den Termin absagen.«

»Sagen Sie mir bitte die Namen?«, tönt eine freundliche Männerstimme aus dem Hörer.

»Selbstverständlich. Paul Brinkmann, Pablo Santana und Silvio Carlucci.«

Nach einer Weile sagt der Mann von der Rezeption: »Tut mir leid, die drei Herren sind nicht in unserem Computer verzeichnet.«

»Spreche ich denn nicht mit dem Hotel Römerhof?«

»Nein, mit dem Atlantis.«

»Entschuldigung. Da muss ich mich verwählt haben.« Zufrieden lächelnd legt Puschkin auf. So ist er schon vor vierzig Jahren vorgegangen und der Trick klappt noch immer.

Zwei Stunden später hat er sich bis zum Buchstaben S vorgearbeitet, die Ohren tun ihm vom vielen Telefonieren weh. Doch in keinem der Hotels und Pensionen hat man ihm weiterhelfen können. Die drei Namen waren nirgendwo bekannt.

Irgendwann ruft Puschkin im Sansibar an. Er kennt das Hotel. Es liegt mitten im Hafenviertel und ist ein ziemlich heruntergekommener Kasten. Mindestens einmal im Monat ist dort früher die Polizei aufgetaucht. Wer sich im Sansibar versteckte, musste gute Nerven haben.

Nachdem er es ein Dutzend Mal hat klingeln lassen, meldet sich eine unfreundliche Frauenstimme.

Puschkin sagt sein Sprüchlein auf.

»Ich gebe am Telefon keine Auskunft über unsere Gäste«, knurrt die Frau. »Wie, sagten Sie, heißen Sie?«

»Müller«, antwortet Puschkin.

»Müller heißt jeder.«

Puschkin denkt nach. »Ich schulde den drei Herren Geld«, erklärt er schließlich. »Heute ist der letzte Termin. Verbinden Sie mich bitte. Sie würden mir einen großen Gefallen tun. Einen sehr großen, jawoll.«

»Na gut.« Das Rascheln von Papier tönt aus dem Hörer. »Wir haben hier einen Carlucci. Aber er heißt nicht Silvio.«

»Wie denn?«

»Salvatore. Die beiden anderen wohnen nicht bei uns.«

»Vielleicht sind sie nicht mitgekommen«, sagt Puschkin.

»Soll ich Sie nun mit Herrn Carlucci verbinden?«

»Ich bitte darum.«

Während es im Hörer knackt und pfeift, legt Puschkin ein Taschentuch über die Sprechmuschel.

»Carlucci«, meldet sich eine tiefe Männerstimme. Kein Zweifel, das ist Paul Brinkmann, der sich früher auch Pablo Santana und Silvio oder Salvatore Carlucci genannt hat.

»Spricht dort nicht Seidenberg?«, fragt Puschkin.

»Nein.«

»Dann habe ich mich wohl verwählt«, sagt Puschkin und legt auf.

Im Hotel Sansibar ist er also abgestiegen, der Paul. Scheint ihm nicht gut zu gehen. Früher hat er nur in den besten Hotels gewohnt. In den guten alten Zeiten, als keine Bank in Südamerika vor ihm sicher war. Als jeder Polizist zwischen Feuerland und Mexiko sein Bild kannte. Als sich sogar die Kollegen vor ihm fürchteten. Wenn Puschkin Glück hat, ist Paul auf den Trick mit dem

Anruf reingefallen. Wenn er Pech hat, wechselt der alte Fuchs noch heute das Hotel. Und dann kann Puschkin von vorn anfangen.

Er steht auf und stellt den Fernseher an. Auf zwei Programmen zeigen sie Filme, im lokalen Fernsehsender Nachrichten aus der Region. Irgendwann liest die Sprecherin vor: »Die Serie von Einbrüchen, bei denen in den vergangenen Wochen Banktresore aufgebrochen wurden, hat letzte Nacht ihre Fortsetzung gefunden.« Während die Frau weiterspricht, zeigen sie die Sparkasse am Friesenplatz und das Bild eines alten Kletterschuhs, der am Tatort gefunden wurde.

Puschkins Herz beginnt wie wild zu schlagen. Der ausgetretene, an vielen Stellen geflickte Schuh gehört ihm. Eindeutig! Mit dem ist er vor dreißig oder vierzig Jahren an Bankgebäuden hochgeklettert – in Buenos Aires zum Beispiel. Oder in Montevideo. Eigentlich müsste der Schuh zu Hause im Keller liegen. Verflixt, wie kommt der Latschen ins Fernsehen?

Wie Puschkin es auch dreht und wendet – sein Gegner ist noch immer Sonderklasse. Das muss ihm der Neid lassen …

Den Morgen verbringen Pia, Pablo und Johannes im Schwimmbad. Die beiden Jungen verstehen sich gut, viel besser, als Pia gedacht hat. Pablo kann nicht nur fantastisch Fußball spielen, er schwimmt auch wie ein Fisch. Außerdem ist er ein guter Lehrer. Er braucht nicht länger als eine Stunde, um Johannes einen Vorwärtssalto vom Einmeterbrett beizubringen.

Danach gehen sie zu Salvatore. Er hat das beste Spaghetti-Eis in der Stadt. Pablo ist so begeistert, dass er gleich zwei Portionen isst und die Bedienung küssen will. Leider versteht das Mädchen keinen Spaß. Sie haut Pablo eine runter und wirft die drei raus. Wieder staunt Pia: Ihr argentinischer Freund ist nicht nur äußerst unempfindlich gegen Kälte, er scheint auch kaum Schmerzen zu spüren. Obwohl seine Backe knallrot leuchtet, lacht er, bis sie bei Johannes zu Hause angekommen sind.

Johannes' Eltern arbeiten als Ärzte im Krankenhaus und haben an diesem Wochenende Dienst. Da können sich die Freunde im Wohnzimmer breitmachen und so viel fernsehen, wie sie wollen.

Obwohl der Zeichentrickfilm ziemlich komisch ist, ist Johannes nicht bei der Sache. Pia fällt auf, dass er alle paar Minuten aus dem Fenster schaut. Als sie ihn anstößt, schüttelt er bloß den Kopf.

Irgendwann muss Pablo zur Toilette. Sofort fragt Pia Johannes, was los sei.

»Wir werden verfolgt«, antwortet der.

»Bei dir piept's ja!«

»Schau mal aus dem Fenster«, fordert Johannes Pia auf. »Was siehst du?«

»Ein paar Bäume. Und die Bäckerei. Und ein kaputtes Fahrrad.«

»Sonst nichts?«

»Wird das hier ein Quiz oder was?«

»Was ist mit der alten Telefonzelle?«, fragt Johannes.

»Da steht ein Mann.«

»Und neben dem Eingang zum Kinderspielplatz?«

»Da steht noch ein Mann«, antwortet Pia.

»Die beiden verfolgen uns«, sagt Johannes leise.

»Uns? Wieso?«

»Sie sind mir schon auf dem Weg zum Schwimmbad aufgefallen«, antwortet Johannes. »Bei Salvatore haben sie uns auch beobachtet. Und jetzt sind sie wieder da.«

»Mist«, knurrt Pia. »Die sind bestimmt von der Polizei.«

Einige Augenblicke ist es still im Zimmer. Johannes starrt wieder aus dem Fenster, Pia hat die Augen geschlossen und denkt nach. Es ist nicht schwer zu erraten, was der Kommissar mit dem unaussprechlichen Namen vorhat. An Puschkin kommt er nicht ran, deshalb hält er sich an sie. Sie an seiner Stelle würde wahrscheinlich genauso handeln.

»Ich würde nicht mehr zu Puschkin gehen«, sagt Johannes. »Sie werden dir folgen und dann haben sie ihn.« Er reicht ihr sein Handy. »Hast du Puschkins Nummer?«

Sie nickt.

»Ruf ihn an. Sag ihm, was los ist.«

»Vielleicht hast du recht.« Sie tippt die Nummer ein und wartet.

»Ja?«, hört sie schließlich Puschkins verschlafene Stimme.

»Ich kann dich nicht besuchen, Puschkin. Ich werde überwacht. Tut mir leid, du musst ohne mich auskommen.«

»Kein Problem, Kind. Wir sehen uns, wenn alles vorbei ist. Kannst du mir eine Nummer geben, über die ich dich erreiche?«

»Ruf mich über Johannes' Handy an.« Sie gibt Puschkin die Nummer. »Und halte die Ohren steif.«

»Du auch, mein Kind.«

Pia gibt Johannes das Telefon zurück. »Du bist ein echter Freund«, sagt sie und wuschelt ihm durch die Haare. »Der beste Freund, den ich je hatte. Ehrlich.«

Johannes wird knallrot. »Da-da-dann könntest du-du-du mir eigentlich m-m-m-mal einen Ku-ku-kuss geben«, stottert er.

Genau in diesem Moment geht die Tür auf und Pablo kommt zurück. Irgendwas in seinem Gesicht ist anders als vorher, aber Pia könnte nicht sagen, was. »Bist du auf dem Klo eingeschlafen?«, fragt sie.

Pablo schüttelt den Kopf. »Da liegen so viele Zeitschriften rum«, antwortet er. Seine Stimme klingt so wie immer. »Ich konnte einfach nicht aufhören zu lesen.«

Später muss Johannes zum Geburtstag seiner Oma. Er hat keine Lust, aber seine Eltern bestehen darauf. Seine Großmutter hat ihm zu Weihnachten einen Computer geschenkt und erwartet seinen Besuch. Pia kennt das. Es gibt Geschenke, die sind reine Erpressung. Aber darüber kann man mit den meisten Erwachsenen nicht reden.

Auf ihrer Fahrt nach Hause schaut Pia sich immer wieder unauffällig um. Pablo soll nichts merken. Die beiden Männer sind nicht zu sehen. Aber das hat nichts zu bedeuten. Irgendwo sind sie und beobachten sie, darauf geht sie jede Wette ein.

Zu Hause nimmt Mama Pia beiseite. »Dieser Kommissar Czyszczon hat angerufen«, erzählt sie. »Er kommt um fünf und will noch mal mit dir reden.«

Pia zuckt mit den Schultern. »Ich werde Puschkins Versteck nicht verraten«, sagt sie. »Da kann sich der Kommissar auf den Kopf stellen!«

»Jetzt ist aber Schluss, Pia«, schimpft ihre Mutter. »Wenn jeder so handeln würde wie du, liefen überall Verbrecher frei herum. Wir wären nirgends mehr sicher!«

»Puschkin ist kein Verbrecher!«

»Dann soll er mit der Polizei reden!«

»Die glaubt ihm ja nicht!«

»Und wenn Opa krank wird?«, fragt Mama. »Wenn der alte Mann wieder einen Herzanfall bekommt? Wer soll ihm dann helfen? Im Krankenhaus ist er doch viel besser aufgehoben!«

»Puschkin geht's gut«, antwortet Pia energisch. »Und jetzt muss ich mich um Pablo kümmern.«

Nach Pias Anruf ist Puschkin gleich wieder eingeschlafen. Deshalb braucht es eine Weile, bis er mitbekommt, dass es an der Tür seines Verstecks klopft. Es ist das vereinbarte Zeichen: lang – kurz; lang – lang – kurz. Das kann nur Walter sein. Puschkin hievt sich umständlich von der Couch hoch und öffnet. Das letzte Mal haben sie sich vor ein paar Monaten an Puschkins siebzigstem Geburtstag getroffen. Seitdem ist der frühere Gemäldedieb noch dicker geworden. Puschkin schätzt ihn auf 150 Kilo. Ohne Schuhe. Wenn er so weitermacht, wird der Knabe nicht alt werden.

Als Puschkin ihn um Hilfe gebeten hat, hat Walter ihm sofort die Wohnung angeboten. Allerdings hat er es abgelehnt, mit einem Wagen vor dem Krankenhaus zu warten. Er müsse auf sein schwaches Herz Rücksicht nehmen, hat er gesagt, sein Arzt habe ihm größere Aufregungen verboten. Also war Puschkin nichts anderes übrig geblieben, als Pia einzuschalten. Irgendwie hat er immer noch ein schlechtes Gewissen, dass er das getan hat. Schließlich hätte bei der Flucht wer weiß was passieren können.

Walter setzt sich auf einen der Küchenstühle, zieht ein großes geblümtes Taschentuch aus der Jacke und wischt sich den Schweiß aus dem Gesicht. Dann zieht er wortlos den Reißverschluss der riesigen Reisetasche auf, die er achtlos aufs Sofa geworfen hat, und packt aus: Pullover, Hosen und Hemden, zwei Paar Schuhe, eine Pudelmütze und eine dicke Wolldecke, die Puschkin sofort aufs Bett legt. Schließlich greift Walter in die Innentasche seiner Weste und holt ein Bündel Geldscheine heraus. »Es sind tausend«, sagt er. »Reicht das fürs Erste?«

Puschkin steckt das Geld ein. »Danke«, murmelt er. »Das vergesse ich dir nie!«

»Du musst verrückt sein«, sagt Walter und wirft eine Zeitung auf den Tisch. »Da bist du gerade mal ein paar Stunden raus und machst den nächsten Bruch.«

Puschkin wirft einen Blick auf die Zeitung. EINBRECHEROPA SCHLUG WIEDER ZU steht in großen Buchstaben auf der letzten Seite. Darunter sind drei Fotos zu sehen: die Sparkasse am Friesenplatz, der alte Kletterstiefel und ein Bild von Puschkin, das bestimmt schon zehn Jahre alt ist. »Ach, die Geschichte meinst du«, sagt er. »Ob du es glaubst oder nicht, Walter, ich bin unschuldig.«

»Und ich bin der Weihnachtsmann«, sagt Walter. »Sag mal, wieso lässt du mich eigentlich das Geld mitbringen? Sind die Tresore leer gewesen?«

»Mann, ich war's nicht!«, beteuert Puschkin und fragt dann: »Bist du mit dem Auto gekommen?«

»Aber sicher.«

»Bringst du mich zum Sansibar?«, fragt Puschkin weiter. »Bitte!«

»Was willst du denn in dem Schuppen?«, fragt Walter zurück.

»Der Skorpion ist da.«

Walter zuckt ein bisschen zusammen. Das haben die Leute immer getan, wenn vom Skorpion die Rede war. »Ich dachte, der lebt gar nicht mehr!«, sagt er.

»Der Skorpion steckt hinter den Einbrüchen«, sagt Puschkin. »Er weiß genau, wie ich gearbeitet habe.«

»Aber ... wieso ... was hat er gegen dich?«, will Walter wissen.

Puschkin winkt ab.

»Erzähl ich dir ein anderes Mal. Also: Fährst du mich nun zum Sansibar?«

Wenig später sitzen die beiden in Walters Wagen. Puschkin hat die Strickmütze und eine Sonnenbrille aufgesetzt. Trotzdem hat er das Gefühl, dass er für jeden Polizisten leicht zu erkennen ist.

Das Sansibar liegt eingeklemmt zwischen einem türkischen Supermarkt und einem Bowling-Treff. Die Fenster im Erdgeschoss sind vergittert, die Gardinen, die vor hundert Jahren mal weiß gewesen sind, verblichen. Auf den rosafarbenen Putz hat jemand einen Kopf mit herausgestreckter Zunge und weit abstehenden Ohren gemalt.

Das Eingangsportal ist verschlossen, Puschkin muss, nachdem er geklingelt hat, lange warten, bis eine Frauenstimme aus dem Lautsprecher oberhalb des Briefkastens tönt.

»Ich möchte zu Herrn Carlucci«, sagt Puschkin.

»Wer sind Sie?«

»Müller.«

»Haben wir nicht telefoniert?«

»Haben wir.«

Aus dem Lautsprecher ertönt ein Klicken, dann hört Puschkin schlurfende Schritte, und die Hoteltür öffnet sich. Vor ihm steht eine Frau in einem geblümten Morgenrock und mit hellblauen Hausschuhen an den Füßen. »Sie kommen mir bekannt vor«, sagt sie. »Sie sind bestimmt schon mal hier gewesen.«

»Unwahrscheinlich.«

Die Frau bittet Puschkin, ihr zu folgen, und geht voraus in den Frühstücksraum. An einem Tisch gleich neben dem Kamin sitzt ein Mann im schwarzen Anzug. Er hat seine Baseballmütze mit dem Aufdruck »Argentina« tief in die Stirn gezogen. Vor ihm steht ein Glas Wasser.

»Ich lasse euch allein«, sagt die Frau. »Aber ich will keinen Ärger, hört ihr? Wenn ihr Ärger macht, fliegt ihr raus.«

Puschkin bleibt in der Tür stehen. Vor seinem inneren Auge laufen Bilder ab: die Nationalbank in Montevideo, in der es von bewaffneten Wächtern nur so wimmelte; das Juweliergeschäft in Caracas, in dessen Tresoren es mehr Duplikate als Originale gab; das Casino in Havanna, wo sie den Tresor zehn Meter unter der Erde fanden; die Südamerika-Bank in Rio de Janeiro, wo der einzige Fluchtweg durch die Abwasserkanäle der Stadt führte.

An all diesen und an anderen Orten hat er mit dem Skorpion gearbeitet, nie hat Puschkin einen besseren Partner gehabt. Der Skorpion hat immer alles perfekt vorbereitet, Puschkin konnte sich ganz auf die Tresore konzentrieren. Aber Freunde sind sie nicht geworden, da ist immer etwas zwischen ihnen gewesen. Dem Skorpion war nicht zu trauen, eine Zeit lang hieß es sogar, er sei ein Spitzel der Polizei.

Irgendwann hat Paul Brinkmann in Singapur zu tun gehabt, hat dort ein Riesending gedreht. Da ist Puschkin im Alleingang in die argentinische Nationalbank eingebrochen. Er hatte es schon lange vorgehabt, aber der Skorpion war dagegen gewesen. Das Gebäude sei zu gut bewacht, hatte er gesagt, es sei verrückt, es zu versuchen.

Nachdem Puschkin den Tresor und einige Schließfächer geöffnet hatte, ist dann prompt eingetreten, was der Skorpion vorhergesagt hat. Innerhalb weniger Minuten ist das Gebäude von Polizei umzingelt gewesen. Um nicht verhaftet und eingesperrt zu werden, hat Puschkin zum ersten und einzigen Mal in seinem Leben Tarzan gespielt. Mit einem zentnerschweren Rucksack auf dem Rücken hat er sich am Seil auf das Dach des Nachbargebäudes hinübergeschwungen. Von dort ist er auf das nächste und das übernächste gesprungen, bis er am Ufer des Rio de la Plata gelandet ist, wo er sein schnelles Motorboot versteckt hatte. Mit dem Erlös der Beute hat er sich noch am selben Tag nach Europa abgesetzt.

Mehr als dreißig Jahre hat Puschkin nichts von dem Skorpion gehört – bis zu dem Anruf vor zwei Wochen.

»Ich habe auf dich gewartet, Hermann«, sagt der Mann mit der Kappe, ohne dabei aufzuschauen. »Bringst du mir das Geld?«

»Nein.«

»Dann verschwinde!«

»Ich warne dich, Paul.«

Jetzt schaut der Skorpion hoch. Er ist blass, seine Wangen sind eingefallen, die Augen liegen tief in ihren Höhlen. »Du willst mir drohen?«, sagt er, und ein heiseres Lachen ist zu hören, das in einem Hustenanfall endet.

Als er vorbei ist, sagt Puschkin: »Du kriegst keinen Cent von mir. Kapiert?«

Der Skorpion steht auf. Erbärmlich dünn ist er geworden, der Trainingsanzug hängt wie ein Sack um seinen Körper. Früher war er ein muskulöser Bursche, er konnte sich nur mit den Fingerspitzen an jedem Mauervorsprung hochziehen.

»Wenn du mir das Geld nicht gibst, bringe ich dich wieder in den Knast«, zischt der Skorpion. »Das schwöre ich!«

»Versuche es doch«, sagt Puschkin und hat Mühe, ruhig zu bleiben. »Du hast die Security-Tresore genau so geknackt, wie ich es früher getan habe. Du hast mich jedes Mal mit irgendwelchen Anrufen von zu Hause weggelockt, damit ich kein Alibi habe. Wahrscheinlich bist du sogar bei uns im Kirchweg gewesen und hast den Glasschneider und meinen alten Kletterschuh geklaut. Kompliment, Paul. Aber vergiss nicht, ich kann den Spieß auch umdrehen. Wenn du nicht verschwindest, gebe ich der Polizei einen Tipp. Was glaubst du, wie lange die brauchen, um dich zu überführen?«

»Wir werden sehen, Hermann«, sagt der Skorpion. »Das Spiel ist noch nicht zu Ende.« Damit verschwindet er ohne ein weiteres Wort in der Tür neben dem Kamin.

Als Puschkin wieder neben Walter im Auto sitzt, fragt der: »Hast du ihn getroffen?«

Puschkin nickt. »Der Skorpion ist verflixt alt geworden. Dabei ist er zehn Jahre jünger als ich. Zehn Jahre, jawoll!«

»Und?«, fragt Walter weiter. »Hast du was erreicht?«

»Erreicht?« Puschkin denkt nach. »Keine Ahnung.«

# Pia findet Bären gut

Schlag fünf klingelt es am Haus Kirchweg 27 und Kommissar Czyszczon steht vor der Tür. Puschkin ist, wie er Pia immer wieder erzählt hat, schon oft von der Polizei vernommen worden, für sie ist es heute das erste Mal. Bis vor ein paar Minuten hat sie mit Pablo Schach gespielt. Das Spiel ist in Argentinien Schulfach und er hat natürlich haushoch gewonnen. Das hat sie geärgert. Verlieren mag sie nämlich überhaupt nicht.

»Pia!«, hört sie ihre Mutter rufen. »Besuch!«

»Ist das Juan?«, fragt Pablo. Seit ihrem Schwimmbadbesuch nennt er Johannes so. Dem scheint das zu gefallen.

Pia schüttelt den Kopf. »Nee, irgendein Typ von der Polizei.«

»Was will er von dir?«

»Keine Ahnung.«

Ohne sich weiter um Pablo zu kümmern, läuft sie hinunter ins Bad und kämmt sich ihre roten Haare. Aus dem Spiegel schaut ihr eine Zwillingsschwester von Pippi Langstrumpf entgegen – allerdings ohne Sommersprossen auf der Nase. In Pias Gesicht sind die Spuren vergangener Prügeleien zu sehen: eine Narbe über der linken

Augenbraue, ein winziger Höcker über der Lippe, ein feiner Riss am linken Ohrläppchen, ein verblassender grüner Fleck am Kinn. Er stammt von ihrem letzten Kampf mit Alex. Er hat sie vor einer Woche nach der Schule mehr aus Zufall mit einer Geraden getroffen, bevor er in einen ihrer schnellen Aufwärtshaken gelaufen ist. Allmählich müsste der Knabe einsehen, dass er gegen sie keine Chance hat.

Als Pia ins Wohnzimmer kommt, sitzt Mama mit dem Kommissar auf der Couch. Sie hat Kaffee gemacht und eine Schale mit Plätzchen auf den Tisch gestellt.

»Ich möchte gern mit Pia allein sprechen«, sagt der Unaussprechliche, der einen zerknautschten Anzug, einen schwarz-weißen Schlips und unmögliche spitze Schuhe trägt.

»Na?«, sagt der Kommissar, nachdem sich die Tür hinter Mama geschlossen hat.

Pia schweigt.

»Wie geht's?«

Pia zuckt mit den Schultern.

»Hast du mir was zu sagen?«

»Nein.«

Der Kommissar gießt sich Kaffee nach. Dann sagt er: »Wir wissen, dass du Puschkin bei seiner Flucht aus dem Krankenhaus geholfen hast. Du hast das Taxi besorgt, mit dem ihr zur Kap-Horn-Straße gefahren seid. Danach seid ihr mit dem Bus zurück in die City. Es gibt mehrere Zeugen, die euch gesehen haben. Außerdem musst du noch einen Komplizen gehabt haben. Jemand hat uns mit verstellter Stimme angerufen und behauptet, er hätte Puschkin gesehen. Er hat uns kreuz und quer durch die Stadt geschickt. Du wirst mir natürlich nicht sagen, wer das gewesen ist, stimmt's?«

Pia nickt.

»Konnte ich mir denken.« Er massiert sich die Schläfen. »Tja, ihr seid uns leider entwischt.«

»Pech«, rutscht es Pia heraus. Obwohl sie sich anstrengt, ein unbeteiligtes Gesicht zu machen, kann sie sich ein Grinsen nicht verkneifen.

»Das ist gar nicht lustig. Gestern hat dein Opa wieder zugeschlagen. Da verschwindet der alte Mann aus dem Krankenhaus und hat nichts Besseres zu tun, als gleich ein neues Ding zu drehen.«

»Woher wollen Sie wissen, dass er es gewesen ist?«, fragt Pia schnippisch.

Der Unaussprechliche holt eine Zeitung aus der Tasche, schlägt sie auf und tippt auf ein Bild, das die Sparkasse am Friesenplatz, Puschkin und einen alten Kletterschuh zeigt. »Dein Opa ist über das Dach des Nachbarhauses in die Bank eingestiegen und hat den Tresor geknackt. So hat er es schon immer gemacht. Den Schuh haben wir am Tatort gefunden. Er gehört deinem Opa. Eindeutig. Wir haben ihn mit dem Schuh verglichen, den wir hier im Haus sichergestellt haben. Wir müssen deinen Opa finden«, fährt der Kommissar fort, weil Pia schweigt. »Auch in seinem Interesse. Wenn er so weitermacht, kommt er in diesem Leben nicht mehr aus dem Gefängnis raus. Das willst du doch nicht, oder?«

Pia schüttelt den Kopf. Natürlich will sie das nicht. Trotzdem wird sie sein Versteck nicht verraten. Vielleicht ist die Sache mit dem Schuh ja nur ein Trick. Vielleicht hat ihn die Polizei selbst in die Bank gelegt.

»Von mir erfahren Sie nichts«, sagt sie.

»Schade«, sagt der Kommissar und trinkt seinen Kaffee aus. »Wenn du es dir anders überlegst, rufe mich an. Ja?«

Damit geht er. Pia läuft zum Fenster und schaut dem Unaussprechlichen nach. Falls Puschkin wirklich unschuldig sein sollte, wird es nach dem neuen Einbruch noch schwerer sein, es zu beweisen. Doch sie darf die Hoffnung nicht aufgeben, bis jetzt hat die Polizei ihren Opa nicht geschnappt. Deshalb rennt Pia kurz entschlossen zur Haustür. »Ich fahre zu Johannes!«, ruft sie. »Zum Abendessen bin ich wieder da!«

Ihre Mutter steckt den Kopf aus der Kellertür. »Und was ist mit Pablo?«, fragt sie.

»Keine Ahnung. Er kann dir ja beim Waschen helfen.«

Eine Stunde lang sucht Johannes im Internet, dann haben Pia und er die wichtigsten Informationen über die fünf Einbrüche, die Puschkin begangen haben soll, zusammen. Was sie in einem Dutzend Zeitungsartikeln gefunden haben, entlastet Pias Opa nicht. Ganz im Gegenteil.

Johannes druckt die Artikel aus und fährt dann den Computer herunter. Als Pia vor der Tür gestanden hat, ist er gerade mit seinen Eltern vom Geburtstag seiner Oma zurückgekommen. Vom vielen Kuchenessen war ihm schlecht. Trotzdem hat er sich sofort an die Arbeit gemacht. Schließlich sei Pia seine beste Freundin, hat er gestottert und ist wieder mal knallrot geworden.

»Das bin ich«, hat sie gesagt und hinzugefügt: »Wenn

Pablo weg ist, habe ich wieder mehr Zeit für dich. Jetzt muss ich mich um ihn kümmern. Das verstehst du doch, oder?«

Die Beweise sind wirklich erdrückend, wie das so schön heißt. Das Einzige, was nicht ins Bild passt, sind die Kletterpartien über die Dächer der Häuser in der Nachbarschaft der Banken. Aber vielleicht ist Puschkin in Wirklichkeit gar nicht so krank, wie er immer tut. Er war in der vergangenen Zeit oft allein unterwegs. Selbst Pia hat er nicht erzählt, wo er sich rumgetrieben hat …

In diesem Augenblick schießt Pia eine Idee durch den Kopf, eine Idee, die ihr Antworten auf die meisten ihrer Fragen geben könnte. Aufgeregt bittet sie Johannes, das Branchenfernsprechbuch zu holen.

»Wie viele Banken gibt es bei uns?«, fragt sie.

Johannes schlägt nach. »Sechs«, antwortet er.

»In wie viele Banken soll Puschkin bisher eingebrochen sein?«, fragt Pia weiter.

»In fünf«, antwortet Johannes.

»Welche fehlt noch?«

»Die Beamtenbank. – Mensch, Pia!«, ruft er. »Du meinst doch nicht etwa, dass er auch noch die sechste …«

Pia legt ihm ihre Hand auf den Arm. »Ich meine erst mal gar nichts. An welchen Wochentagen sind die Einbrüche gewesen?«

Johannes blättert in den Computerausdrucken. »Freitags oder samstags. Und immer zwischen neun und Mitternacht – steht in der Zeitung.« Er schluckt und krächzt dann: »Gestern war Freitag. Da soll Puschkin in die Sparkasse am Friesenplatz eingebrochen sein.«

»Und heute ist Samstag«, sagt Pia. »Vielleicht kriegen wir raus, wer der Einbrecher ist.«

»Und wenn …« Johannes zögert und schaut sie bekümmert an. »Und wenn es doch dein Opa ist?«, fragt er.

»Unmöglich«, sagt Pia. »Hast du gehört? Das ist unmöglich!«

An diesem Abend geht Pia früh ins Bett. Normalerweise kämpft sie um jede Minute, die sie länger aufbleiben darf. Sie sei schrecklich müde, sagt sie nach dem Abendessen zu Mama. Pablo sitzt mit Papa und Einstein im Wohnzimmer vor dem Fernseher und schaut Fußball. Die drei gucken nicht mal hoch, als Pia an der Tür vorbeikommt.

Aber Pia ist überhaupt nicht müde, im Gegenteil. In ihrem Zimmer legt sie den großen Teddybären, den sie auf dem Rummel gewonnen hat, so ins Bett, dass nur die Spitzen seines zotteligen Fells unter der Decke hervorgucken. In einer Stunde wird Mama nach ihr schauen. Sie wird den Bären garantiert für Pia halten. Normalerweise macht ihre Mutter nur die Tür auf und gleich wieder zu, wenn sie sieht, dass alles in Ordnung ist. Hoffentlich wird das heute auch so sein …

Dann zieht Pia warme Sachen an. Auf Mitternacht zu kann es kalt werden und sie hat keine Lust zu erfrieren. Schließlich holt sie aus den Tiefen ihres Kleiderschranks eine Tasche und die beiden dünnen Kletterseile, die ihr Puschkin geschenkt hat. Das eine bindet sie sich um den Bauch, das andere knotet sie um die Heizung. Als Nächstes öffnet sie das Fenster und klettert aufs Fensterbrett hinaus. Behutsam schiebt sie die Fensterflügel wieder so zu, dass nur ein Spalt offen bleibt, durch den das Seil läuft.

Bis zum Boden sind es höchstens fünf Meter, ein Klacks für eine gute Fassadenkletterin wie sie. Unten steckt sie die dicken Handschuhe, die ihre Handflächen geschützt haben, in die Tasche und läuft los. Das Seil lässt sie an der Hauswand hängen. Dünn, wie es ist, wird es niemandem auffallen.

Kurz nach neun trifft sie an der Rathauspassage ein. Johannes wartet schon. Er trägt eine schwarze Hose, schwarze Schuhe, einen schwarzen Pullover und eine schwarze Mütze. Wie ein professioneller Fassadenkletterer sieht er aus. Dabei weiß Pia ganz gut, dass ihm bereits schwindlig wird, wenn er bloß auf eine Streichholzschachtel steigt. Doch inzwischen hat ihm Pablo ja Saltos vom Einmeterbrett beigebracht, vielleicht wird es ab jetzt auch mit dem Klettern besser.

Ohne ein Wort zu wechseln, laufen die beiden los – durch die Rathauspassage, am Innenhafen vorbei, wo die Ausflugsschiffe liegen, über den Flachsmarkt. Auf den Straßen sind um diese Zeit nicht mehr viele Leute unterwegs, aber aus den Restaurants und Kneipen ertönt Lärm.

Die Beamtenbank liegt im Schatten eines Versicherungshochhauses, auf dessen Dach rote Lichter blinken. An der Vorderfront befinden sich nur das große Eingangsportal und zwei vergitterte Fenster im ersten Stock. Außerdem ist die Wand glatt, da gibt es nicht die kleinste Unebenheit, an der man sich festhalten könnte. Ein Einbrecher müsste schon Saugnäpfe an den Händen haben, um dort hinaufzukommen. Das Beste wird sein, sich zu verstecken und zu warten, was passiert. Wenn überhaupt was passiert …

Vor dem Versicherungsgebäude wachsen große Entlüftungsrohre aus dem Boden. Hinter eines dieser Rohre hocken sich Pia und Johannes. Verbrauchte warme Luft streicht über ihre Köpfe hinweg.

»Kaugummi?«, fragt Johannes und hält Pia eine fast volle Packung hin.

»Klar.«

»Bist du aufgeregt?«

»Ja. Und du?«

»Wie verrückt. Was ist mit Pablo?«

»Der guckt mit Papa und Einstein Fußball«, antwortet sie.

»Weiß er über Puschkin Bescheid?«, fragt Johannes.

»Er hat rausgekriegt, dass er früher Bankräuber war. Von Opas Flucht hat Pablo keine Ahnung.«

»Ist auch besser so.«

Mit jeder Minute, die der Zeiger auf Pias Armbanduhr weiterrückt, wird es kälter. Zu allem Überfluss beginnt es zu regnen. Nicht lange und Pias Haare sind klitschnass. Johannes hat wenigstens eine Mütze auf dem Kopf.

Plötzlich fasst Johannes Pia am Arm. »Schau mal!«, flüstert er aufgeregt und deutet auf das Dach des Geschäftshauses gleich neben der Beamtenbank. Dort ist ein schwacher Lichtschein zu sehen. Er wandert unruhig an den Schornsteinen entlang. Dann wird es wieder dunkel. Einen Augenblick später bewegt sich eine schwarze Gestalt über das Dach der Bank. Es ist nicht zu erkennen, was sie tut, die Entfernung ist einfach zu groß.

Aber Johannes hat nicht nur an Kaugummi gedacht. Er öffnet seinen Rucksack und fischt ein Fernglas heraus. »Ein Nachtsichtgerät«, erklärt er Pia. »Ich hab es von meinem Vater ausgeliehen. Wir müssen aufpassen, dass es nicht kaputtgeht.«

Pia grinst. Diese Art von »Leihen« kennt sie. »Gib her«, sagt sie. Doch Johannes hat das Glas schon an die Augen gesetzt. »Es ist Puschkin«, sagt er nach einer Weile.

»Was?«

»Tut mir leid«, sagt er und reicht Pia das Glas. »Es ist dein Opa.«

Sie stellt die Entfernung so ein, dass sie alles scharf erkennen kann, und sieht ein Seil an der Seitenwand des Bankgebäudes herunterbaumeln. Im nächsten Moment beugt sich eine Gestalt über die Dachkante. Sie ist klein und schmächtig, trägt schwarze Sachen und eine tief ins Gesicht gezogene Mütze.

»Wir müssen näher ran«, flüstert sie und zieht Johannes hinter sich her zu einem parkenden Lieferwagen, der auf der anderen Seite der Straße steht. Von dort aus haben die beiden einen besseren Blick auf die Seitenfassade der Bank.

Kaum sind sie angekommen, seilt sich der Einbrecher auch schon an der Wand ab. Er macht das wie ein Bergsteiger, der in schwierigem Fels hängt. Zentimeter für Zentimeter kommt er näher an ein Fenster heran, das sich im dritten Stock der Bank befindet. Es ist ebenfalls vergittert. Doch die Gitterstäbe haben im Vergleich zu den Fenstern an der Vorderfront einen größeren Abstand.

Als der Fassadenkletterer genau vor dem Fenster hängt,

holt er etwas Glänzendes aus der Hosentasche und macht sich an der Scheibe zu schaffen.

»Glasschneider«, flüstert Pia Johannes zu. »Er benutzt einen Glasschneider.«

Johannes scheint sie nicht zu hören. Mit offenem Mund starrt er zum Fenster hinauf. Der Mann dort schiebt jetzt ein Bein zwischen die Gitterstäbe, dann Schulter und Arm – und ist im nächsten Augenblick verschwunden. Eine solche Meisterleistung traut Pia nur einem auf der Welt zu: Puschkin!

»Wahnsinn«, murmelt Johannes. »Und was machen wir jetzt?«

Pia antwortet nicht. Eine Riesenwut steigt in ihr hoch. Von wegen »Ich kann nur draußen meine Unschuld beweisen«! Puschkin hat sie benutzt, um in die nächste Bank einbrechen zu können! Er ist gar nicht so alt und klapprig, wie er immer tut. Sein ständiges Jammern über Rheuma und Schwindelanfälle ist nur einer seiner vielen Tricks gewesen. Vielleicht war sogar der Herzanfall vor den Sommerferien gespielt.

Johannes stößt sie an. »Was machen wir jetzt?«

»Wir warten weiter«, knurrt sie. »Ich will hundertprozentig sicher sein, dass es Puschkin ist.«

»Er ist es«, sagt Johannes. »Jede Wette!«

Der Regen hat inzwischen aufgehört, doch Pias Pullover und Hose sind nass, und sie friert immer stärker. So fest sie kann, schlingt sie die Arme um den Leib und tritt von einem Fuß auf den anderen. Trotzdem wird ihr nicht warm.

Dann gellt plötzlich eine Sirene los und die Lichter in der

Bank gehen an. Pia und Johannes haben sich noch nicht von dem Schreck erholt, da kommen von allen Seiten Polizeiwagen angerast. Sie sind so schnell da, dass man glauben könnte, sie hätten in den Straßen rings um die Bank auf ihren Einsatz gewartet. Polizisten springen aus den Autos und rennen auf das Gebäude zu. Aus einem grauen BMW steigt ein Mann in Zivil, schließt das Eingangsportal auf und stürmt zusammen mit den Polizisten hinein.

»Jetzt haben sie ihn«, flüstert Pia.

Johannes schluckt. »Hoffentlich tun sie ihm nichts.«

Zehn Minuten später verlassen die ersten Polizisten die Bank. Dafür hält ein anderer Wagen vor dem Portal. Drei Männer mit silbernen Koffern und Kameras steigen aus.

»Die Spurensicherung«, flüstert Johannes.

»Ob sie Puschkin gleich da drinnen vernehmen?«, fragt Pia.

»Vielleicht ist er ja rechtzeitig abgehauen«, sagt Johannes.

»Durchs Fenster jedenfalls nicht«, stellt Pia fest.

»Bist du sicher?« Johannes gibt ihr das Glas. »Schau mal, ob du das Seil findest.«

Pia sucht die gesamte Fassade mit dem Nachtsichtgerät ab, von links nach rechts und von oben nach unten – das Seil ist verschwunden. »Aber ich hab doch …«, beginnt sie.

Johannes unterbricht sie. »Nein, wir haben nicht die ganze Zeit hingeguckt. Wir waren abgelenkt von der Polizei, von den Sirenen und so.«

Sie denkt nach. Und auf einmal muss sie grinsen. »Das hat Puschkin extra gemacht«, sagt sie.

»Wie meinst du das?«

»Er hat sich denken können, dass man die Bank überwacht. Der Unaussprechliche ist ja nicht blöd. Der hat sich genau wie wir ausgerechnet, dass sich Puschkin auch noch die letzte Bank vornehmen wird«, sagt sie.

»Und da hat dein Opa die Alarmanlage ausgelöst, um in dem Durcheinander zu verschwinden.«

»Genau«, sagt Pia.

»Er ist der Größte«, sagt Johannes.

»Das ist er.« Pia gibt ihm ein Zeichen und die beiden ziehen sich vorsichtig von dem Platz vor dem Bankgebäude zurück. Dann rennen sie los und werden erst langsamer, als sie die Rathauspassage erreicht haben.

»Und jetzt?«, fragt Johannes, als er wieder Luft bekommt.

»Jetzt gehst du nach Hause«, antwortet Pia.

»Und du?«

»Ich hab noch was vor.«

Johannes schaut auf seine Armbanduhr. »Es ist halb zwölf, Pia!«

»Es ist halb zwölf, Pia!«, äfft sie ihn nach. »Du redest wie meine Mutter!«

»Entschuldigung.«

Pia legt ihm den Finger auf den Mund. »Es ist besser, wenn du es nicht weißt. Danke, dass du mir geholfen hast.« Damit drückt sie ihm einen Kuss auf die Backe und verschwindet Richtung Busbahnhof.

Mit dem Bus ist Pia schon einmal zu Puschkins Versteck in der Goethestraße gefahren. Nach der Flucht aus dem

Hafenkrankenhaus haben sie für die Strecke eine Viertelstunde gebraucht. Zu Fuß zieht sich der Weg endlos hin. Natürlich könnte es Pia mit einer Abkürzung versuchen. Doch sie traut sich nicht, nachts sieht die Stadt ganz anders aus als bei Tage. So trottet sie von Bushaltestelle zu Bushaltestelle und kämpft mit dem Wunsch, sich zum Schlafen auf eine der Bänke neben den Fahrkartenautomaten zu legen. Sie weiß noch nicht, was sie Puschkin an den Kopf werfen wird, aber ihr wird garantiert was einfallen. Sie lässt sich von niemandem ausnutzen, auch von ihm nicht. Trotzdem wüsste sie zu gern, warum Opa in die Banken eingebrochen ist. Es geht ihm doch gut im Kirchweg. Ob er sich oben in seiner Wohnung langweilt? Ob er es einfach nicht lassen kann? Wie einer, der raucht? Oder steckt was ganz anderes dahinter?

Was soll sie bloß tun? Soll sie Puschkin verpfeifen? Soll sie ihn überreden, sich der Polizei zu stellen? Pia ist erst zwölf. Zwölfjährige Mädchen sollten solche schwierigen Entscheidungen nicht treffen müssen.

Sie überquert den Kanal, an dem links und rechts die alten Speicherhäuser stehen. Hier brennt nur jede dritte Straßenlaterne. Überall öffnen sich schwarze Löcher, Pia fühlt sich mit jedem Schritt unbehaglicher. Außerdem hat sie das Gefühl, dass ihr jemand folgt. Doch wann immer sie sich umdreht, ist die Straße hinter ihr menschenleer. Einmal schreit eine Katze. Oder eine Maus, mit Tieren kennt sich Pia nicht aus. Jedenfalls erschrickt sie so, dass sie stehen bleiben muss, weil sie keine Luft mehr kriegt.

Als Pia in die Schillerstraße einbiegt, atmet sie auf. Zwischen den Alleebäumen brennen helle Straßenlaternen, vor einer alten Villa kommt ihr sogar ein Mann mit einem Cockerspaniel entgegen. Er trägt Hausschuhe und hat einen dicken Schal um den Hals geschlungen.

»Du bist aber spät unterwegs, Kind«, sagt er freundlich, während der Hund an ihren Schuhen schnüffelt. »Soll ich dich vielleicht nach Hause bringen?«

»Nee!«, ruft sie und rennt los. Wenn sie richtig gezählt hat, geht es nach der nächsten Bushaltestelle links ab. Wieder glaubt sie, hinter sich Schritte zu hören. Sie bewegen sich im selben Tempo wie ihre. Doch diesmal dreht sich Pia nicht um. Wahrscheinlich bildet sie sich den Verfolger nur ein.

An der Bushaltestelle biegt Pia in die Goethestraße ein. Sie geht an den Häusern mit den Nummern 1, 3, 5, 7, 9 vorbei und steht dann vor der 11. Die blaue Leuchtreklame des CAFÉ ARGENTINA ist bereits ausgeschaltet, in der Gaststätte scheint niemand mehr zu sein. Ihr soll das recht sein, Zeugen kann sie nicht gebrauchen. Mit Ausnahme des ersten Stocks sind alle Fenster dunkel. Puschkin ist also da, er ist der Polizei tatsächlich entwischt.

Sie schleicht sich auf den Kiesweg neben dem Haus und hebt ein paar Steinchen auf, um sie gegen das erleuchtete Fenster zu werfen. In diesem Augenblick hört sie eilige Schritte hinter sich und eine Hand legt sich um ihren Mund. Die Finger riechen nach Gras und Erde. Dann hört sie eine Stimme flüstern: »Nicht erschrecken, Pia. Por favor, nicht erschrecken!«

# Puschkin bekommt Besuch

Spät am Abend schläft Puschkin vor dem Fernseher ein. Während ein alter Krimi über die Mattscheibe flimmert, schnarcht Pias Opa, dass die Fensterscheiben leise klirren. Er wird auch nicht wach, als Schritte durchs Treppenhaus tappen und vor der Wohnungstür stehen bleiben. Einen Augenblick später dreht sich laut quietschend ein Schlüssel im Schloss.

Puschkin begreift im ersten Moment gar nicht, was los ist. Aber dann fährt er in seinem Sessel herum und blickt in ein Gesicht, das ihn in den letzten Wochen bis in seine Träume verfolgt hat. »Du?«, bringt Puschkin heraus. »Wie … wie hast du mich gefunden?«

Der Skorpion stellt den Fernseher aus. Er ist ganz in Schwarz gekleidet. Seine eisgrauen Haare, die diesmal nicht unter einer Kappe versteckt sind, fallen ihm bis auf die Schultern. Mit den tiefen Falten um Mund und Nase sieht er wie ein Indianer aus, wie ein alter, schlauer Indianer.

»War nicht schwer«, sagt der Skorpion und setzt sich.

Er deutet auf das leere Glas, das vor Puschkin auf dem Couchtisch steht. »Kannst du es immer noch nicht lassen, Hermann? Das Zeug wird dich eines Tages umbringen.«

»Bist du gekommen, um mir das zu sagen?«, fragt Puschkin, dem es immer noch Mühe macht zu sprechen.

»Nein.« Der Skorpion streicht sich die Haare aus dem Gesicht. »Gib mir das Geld und du siehst mich nie wieder.«

»Vergiss es!«, ruft Puschkin und haut mit der flachen Hand auf den Tisch, dass das Glas einen erschrockenen Satz auf die Tischkante zu macht.

»Wie war das denn damals bei deinem Einbruch in die Nationalbank in Buenos Aires?«, fragt der Skorpion. Er scheint Schmerzen zu haben, immer wieder verzieht er das Gesicht. »Zuerst hast du dieses Riesending von Security aufgeknackt«, fährt er fort. »Gab's nur zweimal auf der Welt. War nicht besonders viel drin. Richtig?«

»Richtig.«

»Und dann?«

Puschkin denkt nach. »Die Schließfächer. Ein paar von den Konservenbüchsen habe ich aufgemacht. Die waren so leicht zu knacken wie Haselnüsse. Aber was hat das mit dir zu tun?«

»In einem Schließfach waren Goldbarren«, antwortet der Skorpion.

»Woher weißt du das?«, ruft Puschkin erstaunt.

»Es war mein Gold.«

Puschkin schüttelt den Kopf. Was der Skorpion da sagt, haut ihn um. Das ist wie ein Schlag auf die Kinnspitze. Volltreffer – und das Licht geht aus ... Hastig schraubt er den Verschluss der Wodkaflasche auf und gießt sein Glas bis zum Rand voll.

»Ich soll dich beklaut haben?«, fragt er, nachdem er getrunken hat. »Das ist nicht wahr, Paul! He, das kannst du mir nicht erzählen!«

»Doch, das ist wahr.« Mit einem Mal wird die Stimme des Skorpions gefährlich leise. So hat sie geklungen, als er Puschkin vor zwei Wochen angerufen hat. Es ist ein Tag gewesen, an dem Puschkin einen besonders schweren Rheumaanfall gehabt hat. Vor Schmerzen hat er kaum denken und schon gar nicht richtig zuhören können. Er hat nur verstanden, dass der Skorpion Geld von ihm wollte. Und dass er ihm damit gedroht hat, ihn bis an sein Lebensende ins Gefängnis zu bringen, wenn er es nicht rausrückt.

»Die Geschichte in der Nationalbank ist dreißig Jahre her«, sagt Puschkin. »Kein Hahn kräht mehr danach. Außerdem: Wie willst du beweisen, dass es dein Gold gewesen ist?«

»Lies das«, sagt der Skorpion und knallt Puschkin ein Blatt Papier hin.

Der setzt seine Lesebrille auf. Viel Spanisch kann er nicht mehr. Doch das wenige reicht aus, um den Inhalt zu verstehen: Die Kriminalpolizei von Buenos Aires bestätigt dem deutschen Staatsbürger Paul Brinkmann, dass aus seinem Schließfach mit der Nummer 3 197 280 411 Gold im Wert von 3 500 000 Pesos gestohlen wurde. Das Papier ist ein Dutzend Mal abgestempelt und mit fast ebenso vielen Unterschriften versehen.

»Urkunden kann man fälschen«, sagt Puschkin.

Der Skorpion lacht heiser. »Stimmt. Aber gibst du wenigstens zu, dass du das Gold gestohlen hast?«

»Natürlich.«

»Du hast es in Argentinien zu Geld gemacht und bist auf dem schnellsten Weg nach Europa abgehauen.«

Puschkin nickt.

»Und wo ist das Geld?«, will der Skorpion wissen.

»Das geht dich nichts an.«

Während Puschkin und der Skorpion für eine Weile schweigend in ihren Sesseln sitzen, befreit sich Pia draußen vor dem Haus von der fremden Hand um ihren Mund und dreht sich um. Vor ihr steht Pablo. Seine Haare sind zerzaust, das dünne T-Shirt und die Hose vom Regen durchnässt. »Mann, hast du mich erschreckt«, flüstert Pia. »Ich dachte, du bist zu Hause! Was tust du hier?«

»Und du?«, fragt er zurück.

Sie zuckt mit den Schultern. Pablo ist ihr wahrscheinlich den ganzen Weg hierher gefolgt. Vielleicht hat er sogar mitgekriegt, was an der Bank passiert ist. Zu blöd, sie hätte ihn doch einweihen sollen.

»Das mit dem Urlaub an der See war gelogen«, sagt er. »Dein Opa hat irgendwas ausgefressen. Und jetzt versteckt er sich da oben. Stimmt's?«

»Stimmt. Aber er ist unschuldig.«

»Unschuldig?« Er lacht. »Wenn ich das richtig mitbekommen habe, ist er vorhin in eine Bank eingebrochen. Caramba, dein Opa ist ein großer Verbrecher!«

»Ist er nicht!«, versucht Pia, Puschkin zu verteidigen. Dabei ist sie sich selbst nicht mehr sicher. Im Gegenteil. Im Augenblick sieht es so aus, als ob Opa alle getäuscht hat. Außer dem Unaussprechlichen vielleicht.

In diesem Moment tauchen zwei Schatten im Fenster

über der Leuchtschrift vom CAFÉ ARGENTINA auf und verschwinden wieder. Puschkin scheint demnach nicht allein zu sein.

»Gib mir das Seil«, flüstert Pablo. Pia tut es. Ihr argentinischer Freund lässt das Seil ein paar Mal kreisen und wirft es geschickt an der Fassade hoch, wo es sich knirschend hinter einem Mauervorsprung verhakt. Und schon klettert der Junge an einem Regenrohr die Hauswand hoch.

Wenig später sitzt Pablo im Fenster neben Puschkins Wohnzimmer und winkt ihr. Er ist ein verflixt guter Fassadenkletterer, Pia kann das beurteilen. Pablo wirft ihr das Seil zu und zieht sie zu sich herauf. Das Fenster ist zum Glück nur angelehnt. Lautlos schiebt Pablo es auf und lässt sich ins Zimmer gleiten. Pia folgt ihm.

Auf einmal beginnen ihre Beine zu zittern, sie will es stoppen, aber es wird immer schlimmer. Die letzten Stunden scheinen ein bisschen zu viel für sie gewesen zu sein. Zum Glück steht an der Wand des Zimmers ein Bett. Dort hockt sich Pia hin und wartet darauf, dass das Zittern verschwindet.

Jetzt sind von nebenan Stimmen zu hören. Die eine gehört eindeutig Puschkin. Die andere kennt Pia nicht. Es ist ein Bass, leise und irgendwie unheimlich.

Pablo setzt sich neben sie. Als er sie mit der Schulter berührt, spürt sie, dass er zittert. Das ist merkwürdig. Warum er? Steht er etwa auch unter Schock? Ist er vielleicht nicht schwindelfrei? Hat er draußen auf dem Fensterbrett Angst bekommen?

»Was ist los?«, flüstert sie ihm ins Ohr.

»Da drinnen …«, beginnt er und bricht ab.

»Ja?«, versucht Pia, ihm zu helfen.

»Da drinnen ist mein Opa«, presst Pablo heraus.

»Was?«

»Pscht«, macht Pablo.

»Bist du sicher?«

»Na ja … nicht so ganz.«

Ohne ein Geräusch steht Pia auf, schleicht auf immer noch wackligen Beinen zur Tür und legt ihr Ohr ans Holz. Da beschimpft einer ihren Großvater, den sie mehr liebt als sonst jemanden auf der Welt. Da verflucht einer ihren Opa, der, wenn sie das richtig versteht, einen seiner früheren Komplizen bestohlen hat.

So leise sie kann, läuft sie zum Fenster und schaut hinaus. In der Goethestraße ist niemand zu sehen, in den meisten Häusern brennt um diese Zeit nur das Licht über den Eingangstüren. Der Wind, der den ganzen Tag vom Meer her geblasen hat, hat sich gelegt, die Blätter der Straßenbäume hängen schlaff herunter.

Sie geht zurück zum Bett und macht Pablo ein Zeichen, aufzustehen.

»Was hast du vor?«, flüstert er.

»Schau nach, ob es wirklich dein Opa ist«, flüstert sie zurück. Dann wickelt sie zuerst sich, dann ihm das Seil um und lässt ihn aus dem Fenster klettern. Gespannt schaut sie zu, wie er über das schmale Sims oberhalb der Leuchtreklame balanciert. Pia gibt immer so viel Seil, dass sie Pablo auffangen kann, falls er abstürzen sollte.

Endlich hat er es geschafft. Für ein paar Sekunden schaut er ins Fenster hinein, dann zieht er am Seil und beginnt mit dem Rückweg.

»Und?«, flüstert Pia, als er zu ihr ins Zimmer geklettert ist.

»Er ist es«, antwortet Pablo. Dicke Schweißtropfen stehen auf seiner Stirn. Im fahlen Licht der Straßenlaternen glitzern sie silbern.

»Das will ich sehen«, flüstert Pia.

Bevor Pablo sie daran hindern kann, läuft sie schon zum Fenster und steigt hinaus. Ihm bleibt nichts anderes übrig, als sie bei ihrer Klettertour zu sichern. Inzwischen hat es wieder zu regnen begonnen. Das Sims ist glitschig, Pia muss sich bei jedem Schritt konzentrieren. Zum Glück haben ihre Beine aufgehört zu zittern.

Irgendwann hält sie sich am Fensterrahmen fest und blickt ins Nebenzimmer. Puschkin sitzt in seinem Sessel, vor ihm steht ein leeres Glas. An der Wand neben dem Fernseher lehnt ein entsetzlich dünner, kleiner Mann mit langen grauen Haaren. Er trägt einen schwarzen Pullover, eine schwarze Hose und schwarze Turnschuhe. Hat nicht der Fassadenkletterer an der Beamtenbank ganz genauso ausgesehen? Jetzt löst sich der Mann von der Wand und geht mit erhobener Faust auf Puschkin zu. Der bleibt regungslos im Sessel sitzen. Ob er wieder schlimmes Rheuma hat? Ob ihn der Mann gleich verprügelt? Kann sich Puschkin dann überhaupt wehren?

Kurz entschlossen klopft Pia ans Fenster. Die beiden alten Männer fahren erschrocken herum und starren sie an. Schließlich springt Puschkin aus seinem Sessel, macht das Fenster auf und hilft ihr hereinzuklettern.

»Bist du verrückt, Kind?«, brüllt er. »Du hättest dir das Genick brechen können!«

Ohne sein Geschrei zu beachten, löst Pia das Kletterseil, geht zur Tür des Nebenzimmers und lässt Pablo herein.

»Pablo!«, ruft der dünne Mann in den schwarzen Sachen.

»Opa!«

»Was tust du hier?«, krächzt der Mann.

Bevor der Junge ihm antworten kann, fragt Pia: »Sind Sie wirklich Pablos Großvater?«

Der Mann nickt.

Pablo geht auf seinen Opa zu. »Abuelo«, sagt er leise. »Ich dachte, du bist nach Deutschland geflogen, um einen guten Arzt zu finden! Was hast du mit Pias Opa zu tun? Er ist ein Verbrecher!«

Puschkin will etwas sagen, da hält ein Auto vor dem Haus. Kurz darauf sind die Bremsen eines zweiten Wagens zu hören. Dann schlagen Autotüren und schnelle Schritte bewegen sich über den Bürgersteig auf das Haus zu.

»Polizei«, flüstert Puschkin.

Pia knipst das Licht aus und schleicht zum Fenster. Ein Blick genügt und sie weiß Bescheid. Nicht nur Pablo, auch die Polizei ist ihr auf dem Weg hierher gefolgt. »Es ist der Unaussprechliche«, sagt sie.

»Verdammt!«, murmelt Puschkin und springt auf. »Verpfeift mich nicht!«, ruft er und ist auch schon im Nebenzimmer verschwunden.

Im nächsten Moment klingelt es. Pia wartet, solange es geht. Endlich drückt sie auf den Knopf, der die Haustür öffnet.

Aus dem Treppenhaus tönen schwere Schritte herauf.

Dann stürzt der Unaussprechliche zusammen mit vier uniformierten Polizisten in die Wohnung.

»Wo ist er?«, fragt der Kommissar. »Heraus mit der Sprache!«

Die drei reagieren nicht.

»Wir wissen genau, dass er hier ist«, sagt der Kommissar und zeigt auf die Flasche und das Glas, die auf dem Couchtisch stehen.

Immer noch schweigen die drei.

»Durchsuchen!«, befiehlt der Kommissar, lässt sich in einen der Sessel fallen und zündet sich eine Zigarette an.

Pia, Pablo und der Skorpion schauen zu, wie die vier Polizisten die ganze Wohnung auf den Kopf stellen.

»Er ist weg«, macht schließlich der größte der vier Meldung.

»Aber er kann sich doch nicht in Luft auflösen!«

Der Polizist zuckt mit den Schultern.

»Gut, ihr könnt gehen«, sagt der Kommissar. Dann wendet er sich an den Skorpion. »Was tun Sie in Walters Wohnung?«

»Er hat sie mir für die Zeit meines Aufenthalts in der Stadt zur Verfügung gestellt.«

»Wer sind Sie?«

Der Skorpion reicht dem Kommissar seinen Pass.

»Paul Brinkmann. Aha. Sie kommen aus Argentinien. Habe ich Sie vielleicht schon mal gesehen?«

»Unwahrscheinlich.«

»Und der Junge?«, fragt der Unaussprechliche.

»Ist mein Enkel Pablo. Paul heißt auf Spanisch Pablo,

verstehen Sie? Er wohnt bei Pia. Die beiden sind Brieffreunde.«

Der Kommissar kratzt sich am Kopf. »Interessant«, murmelt er. »Wirklich sehr interessant. Da seid ihr also heute Abend hergekommen, um Pablos Opa zu besuchen«, sagt er. Die beiden nicken.

Jetzt wendet sich der Kommissar an Pablo. »Und aus lauter Spaß bist du nicht durch die Haustür gegangen, sondern die Fassade hinaufgeklettert.«

»Genau.«

»Und du bist hinterher, Pia.«

Die nickt.

»Ich könnte schwören, dass dir dein Opa ins Fenster geholfen hat«, sagt er.

»Puschkin?«, fragt Pia unschuldig.

Während der Befragung hat sich das Gesicht des Kommissars mehr und mehr verfärbt. Inzwischen ähnelt es einer reifen Tomate. »Glaubt ihr, ich weiß nicht, was hier gespielt wird?«, brüllt er plötzlich los. »Ihr steckt mit Puschkin unter einer Decke. Einer wie der andere!«

»Beweisen Sie es«, sagt der Skorpion ruhig.

»Das werde ich!«, brüllt der Unaussprechliche weiter. »Und Puschkin werde ich auch kriegen, verlasst euch drauf!«

Damit stapft er aus der Wohnung. Eine Weile noch sind seine Schritte im Hausflur und auf dem Bürgersteig zu hören. Dann springt ein Motor an. Als Pia zum Fenster rennt, ist der Wagen des Kommissars bereits verschwunden.

»Wie hat Puschkin das bloß gemacht?«, fragt sie.

Der Skorpion lächelt. »Ach, der Hermann …«, sagt er.

»Du kennst ihn gut?«, fragt Pablo.

»Ja, mein Junge. Sehr gut.«

»Aber er ist ein Krimineller!«

In diesem Augenblick geht die Tür auf und Puschkin kommt zurück. Seine Sachen sind staubbedeckt, in seinem linken Hosenbein klafft ein großes Loch. »Danke«, sagt er.

»Wofür?«, fragt Pablo.

»Dass ihr mich nicht verpfiffen habt«, antwortet Puschkin.

»Wo warst du?«, fragt Pia.

Puschkin legt den Finger auf den Mund. »Gemütlich war's jedenfalls nicht.« Er lässt sich in einen Sessel plumpsen und atmet ein paar Mal tief durch. Dann wendet er sich an Pia und Pablo. »Ihr beide müsst ins Bett. Ich bestelle euch ein Taxi.« Er gibt Pia zwanzig Euro. »Das müsste reichen.«

»Und mein Opa?«, fragt Pablo.

»Ich bleibe noch ein bisschen hier«, antwortet der Skorpion.

»Aber ich will sofort wissen, was hier los …«, beginnt Pablo.

Doch sein Großvater unterbricht ihn: »Nicht heute, mein Junge. Ein anderes Mal. Einverstanden?«

Zehn Minuten später sitzen Pablo und Pia in einem Taxi, das sie zum Kirchweg bringt. Obwohl die Uhr am Armaturenbrett 0.50 Uhr anzeigt, fühlt sich Pia kein bisschen müde. Pablo scheint es ähnlich zu gehen. Pia wüsste zu gern, was er denkt.

Schließlich beendet er das Schweigen. »Du, Pia?«

»Mhm?«

»Warum hast du mich belogen? Warum hast du mir nicht gesagt, dass dein Opa in Schwierigkeiten steckt?«

Pia richtet sich auf. »Ich hatte Angst, dass du dich von deinen Eltern abholen lässt, wenn du das mit Opas Verhaftung erfährst.«

»Bist du noch sauer auf mich?«, fragt sie, als er schweigt.

Er schüttelt den Kopf.

»Was hast du dann?«

Jetzt dreht er sich zu ihr um. In seinen Augen stehen Tränen. »Was ist, wenn mein Opa auch ein Verbrecher war? Wie deiner, Pia?«

Sie wischt ihm eine Träne ab, die sich auf den Weg zum Kinn begeben hat. »Wie kommst du denn darauf?«, fragt sie. Nein, sie wird ihm nicht von ihrem Verdacht erzählen. Pablo braucht nicht zu wissen, dass sie fast sicher ist, dass es sein Opa war, der in die Beamtenbank eingebrochen ist. Bestimmt hat er auch die anderen Tresore geknackt.

Pablo scheint denselben Verdacht zu haben. »Ich glaube, mein Opa hat heute die Bank überfallen«, murmelt er.

»Lass uns morgen drüber reden«, sagt sie und kuschelt sich an Pablos Schulter.

Nach einer Weile legt er seinen Arm um sie. »Ich mag dich«, sagt er.

»Ich dich auch«, sagt sie und ist im nächsten Moment eingeschlafen.

# Pia traut ihren Augen nicht

Als Pia und Pablo zur Tür hinaus sind, will Puschkin zuerst das Licht wieder anknipsen. Doch dann verzichtet er darauf. Bestimmt wird der Unaussprechliche das Haus von jetzt an rund um die Uhr überwachen lassen. »Wie hast du mich gefunden, Paul?«, fragt er. Im schwachen Licht der Straßenlaternen ist der Skorpion nur schemenhaft zu erkennen.

»Ein Zufall. Deine Enkelin ist schuld.«

»Pia?«

»Eines Tages hat sie Pablo geschrieben, dass sie einen Opa hat, den sie Puschkin nennt und der früher mal Boxer gewesen ist. Ihre Beschreibung passte haargenau auf dich, Hermann! Als du nach dem Einbruch in die Nationalbank nach Europa abgehauen bist, bin ich dir ein paar Tage später gefolgt. Ich hatte dich gerade in einem kleinen Nest in den Alpen aufgespürt, da erfuhr ich, dass die Polizei wegen einer alten Geschichte hinter mir her war. Also habe ich mich in das nächste Flugzeug gesetzt und bin zurück nach Argentinien. Da bin ich bis heute geblieben. Später habe ich dich durch Privatdetektive suchen lassen. Entweder waren die zu dumm oder du zu clever, jedenfalls warst du wie vom Erdboden verschluckt – bis Pablo mir Pias Brief vorgelesen hat.«

Für ein paar Minuten ist nur das Atmen der beiden Männer zu hören. »Ich habe nicht gewusst, dass es dein Gold war, Paul. Das musst du mir glauben«, sagt Puschkin irgendwann. »Ich hätte niemals einen Kollegen bestohlen. So was tut man doch nicht!«

Der Skorpion stöhnt. »Mir geht's schlecht, Hermann. Du siehst ja, wie klapprig ich geworden bin. In den USA gibt es ein Krankenhaus, in dem sie Leute wie mich operieren. Aber es kostet mehr als fünfzigtausend Dollar. So viel Geld habe ich nicht.«

»Du hast hier in der Stadt sechs Tresore geknackt«, wirft Puschkin ein.

»Hast du nicht die Zeitung gelesen?«, fragt der Skorpion. »Ich habe fast nichts mitgenommen. Viel war in den alten Dingern sowieso nicht drin. In den Banken haben sie jetzt neue Tresore. Die kriegst du nur noch mit Sprengstoff auf. In die alten Securitys legen sie Verträge und solches Zeug.«

Puschkin hat plötzlich ein schlechtes Gewissen, ein verdammt schlechtes sogar. Auch zwischen Ganoven gibt es eine Ehre. Zumindest war das früher so. Vorsichtig fragt er: »Wie viel brauchst du?«

»Das habe ich dir schon am Telefon gesagt«, antwortet der Skorpion. »Fünfzigtausend. Das Gold wäre heute mehr wert«, fährt er fort, als er Puschkins entsetztes Gesicht sieht. »Viel mehr. Wie ich dich kenne, hast du das Geld gut angelegt. Fünfzigtausend dürften für dich kein Problem sein.«

Der Skorpion hat recht, Puschkin hat das Geld tatsächlich gut für sich arbeiten lassen. Die Familie glaubt, er sei arm wie eine Kirchenmaus. Dabei ist er reich, auf seinen Bankkonten liegen hübsche Summen. Eigentlich hat er das Geld eines Tages an Pia vererben wollen. Das Mädchen hätte es verdient. Sie hat als Einzige in der Familie immer zu ihm gehalten. Sogar jetzt, wo alles gegen ihn gesprochen hat, hat sie ihm geholfen.

Und nun soll er mit dem Skorpion teilen? Mit dem Mann, der ihn auf seine alten Tage noch einmal ins Gefängnis gebracht hat? Mit dem Mann, der ihn zur Flucht aus dem Hafenkrankenhaus gezwungen hat?

»Gibst du mir Bedenkzeit?«, fragt Puschkin.

»Bis morgen«, antwortet der Skorpion. »Du weißt, wo du mich erreichst.«

Damit steht er auf. Doch Puschkin hält ihn zurück. »An deiner Stelle würde ich nicht gehen. Du kannst meinetwegen im Schlafzimmer schlafen, ich nehme die Couch.« Er schaut auf seine Armbanduhr. »Der Kommissar lässt das Haus garantiert überwachen. Wenn du jetzt ins Sansibar zurückfährst, weiß er, dass du nicht hier wohnst. Der Unaussprechliche ist nicht dumm, der wird vielleicht schon wissen, wer Paul Brinkmann ist und was wir früher miteinander zu tun hatten. Das könnte ihn auf dumme Gedanken bringen. Denk dran: Wenn er mich wieder einbuchtet, kannst du dein Geld vergessen.«

Nach einer Pause fragt er: »Hast du eigentlich den Glasschneider bei uns im Kirchweg geklaut?«

Der Skorpion nickt.

»Meinen Kletterstiefel auch?«

Wieder nickt der Skorpion.

Puschkin hat noch eine letzte Frage. »Die Frau, die mich angerufen hat, um mich während deiner Einbrüche von zu Hause wegzulocken – war das die Wirtin vom Sansibar? Hat sie mir meine Alibis kaputtgemacht?«

»Du musst nicht alles wissen, Hermann.«

Kurz bevor das Taxi in den Kirchweg einbiegt, wacht Pia auf. Pablo schläft noch, ein leises Schnarchen ist zu hören.

»Welche Hausnummer?«, fragt der Taxifahrer.

»Sie können uns hier rauslassen«, antwortet Pia. Sie gibt dem Fahrer den Zwanzig-Euro-Schein, den sie von Puschkin bekommen hat. »Reicht das?«

Der Mann nickt und steckt den Schein lächelnd in die Tasche. Sieht so aus, als hätte er ein gutes Geschäft gemacht.

Jetzt wird Pablo wach. »Wie spät ist es?«, fragt er und gähnt, dass Pia ihm fast bis in den Magen gucken kann.

»Kurz vor zwei. Los, Schlafmütze, wir müssen aussteigen.«

Das Kletterseil hängt noch wie vor fünf Stunden aus Pias Zimmerfenster. Ihre Eltern scheinen von dem Ausflug nichts gemerkt zu haben.

Zuerst klettert Pia an der Hauswand hoch. Sie hält sich am Seil fest und unterstützt den Aufstieg mit den Füßen an der Mauer. So hat es ihr Puschkin beigebracht und so geht es tatsächlich am leichtesten. In Höhe ihres Fensters muss Pia erst die eine, danach die andere Hand vom Seil nehmen, um sich am Fensterrahmen hochzuziehen.

Dabei ist sie schon ein paar Mal abgerutscht. Doch in dieser Nacht gelingt es ihr ohne Probleme. Geräuschlos zieht sie die Fensterflügel auf und gleitet ins Zimmer. Niemand wartet auf sie, im Haus scheinen alle fest zu schlafen.

Nun folgt ihr Pablo. Noch schneller als sie steigt er die Hauswand hinauf. »Buenas noches«, flüstert er, nachdem er ins Zimmer gestiegen ist, und gibt ihr zwei Küsse – einen auf die linke Backe, einen auf die rechte.

»Gute Nacht«, flüstert sie und gibt ihm zwei Küsse zurück. Zumindest im Dunklen könnte sie sich an die Knutscherei gewöhnen.

Am Morgen wird Pia vom Duft frischer Brötchen geweckt. Durchs Fenster scheint die Sonne herein, es verspricht ein Sonntag wie aus dem Bilderbuch zu werden. Eilig springt Pia aus dem Bett – und bekommt erst einmal einen Schreck. Ihr Fenster steht sperrangelweit offen und das Seil hängt immer noch an der Hauswand herunter! Hastig zieht sie es herein, wickelt es auf und legt es zu dem anderen Seil in den Kleiderschrank.

Als Pia frisch geduscht in die Küche kommt, sagt Tante Marga: »Du lebst ganz schön gefährlich, Kind.«

»Wie meinst du das?«, fragt Papa.

Tante Marga legt das Messer zur Seite. »Ihr solltet der Dame verbieten, am Haus herumzuklettern. Stellt euch vor, es passiert was.«

»Pia?«, fragt Mama streng. »Was hast du wieder angestellt?« Halleluja, die Familie scheint von dem nächtlichen Ausflug nichts mitbekommen zu haben. Auch Tante

Marga nicht. Sonst hätte sie ihr Wissen bestimmt schon herausposaunt.

»Na ja, ich bin gestern ein bisschen geklettert. Aus meinem Fenster und so.«

»Erstens«, beginnt Mama.

»… ist es gefährlich«, beendet Pia ihren Satz. »Ich weiß, Mama.«

»Zweitens«, fährt Papa fort.

»… müssen wir hinterher die Hauswand streichen«, sagt Pia. »Tut mir leid. Ehrlich!«

»In Ordnung. Willst du uns nicht endlich sagen, wo dein Opa steckt?«, fragt er.

Pia schüttelt den Kopf.

»Geht es ihm wenigstens gut?«

»Ja.«

»Lass dir nicht jedes Wort einzeln aus der Nase ziehen!«

»Ja, es geht ihm gut.«

»Ist er noch in der Stadt? Heraus mit der Sprache!«

»Mehr sage ich nicht, Papa.«

Tante Marga springt auf. Heute trägt sie nicht ihr rotes Knackwurstkleid. Heute hat sie einen weiten geblümten Hosenanzug angezogen, der auch nicht viel besser aussieht. Die meisten Leute tragen so was im Bett. »Was man sich von diesem Gör alles bieten lassen muss!«, ruft sie empört. »Pia gehört der Hintern …«

»Marga!«, wird sie von Papa unterbrochen. »Es reicht!«

Mit hocherhobenem Kopf rennt Tante Marga aus der Küche. Dabei stößt sie fast mit Pablo zusammen, der im Schlafanzug und mit ungekämmten Haaren zum Frühstück kommt.

»Alte Petze«, murmelt Pia.
»Meinst du Pablo?«
»Nein, Mama.«

In der Nacht von Samstag auf Sonntag liegt Puschkin stundenlang wach. Die Couch unter ihm ist hart wie ein Brett. Wenn er sich umdreht, hat er das Gefühl, über einen Felsen zu rollen. Außerdem gehen ihm die 50 000, die der Skorpion von ihm haben will, nicht aus dem Kopf. Paul Brinkmann, der nebenan im Schlafzimmer schnarcht, ist schwer krank, das sieht ein Blinder. Wie er gestern ausgemergelt und erschöpft im Sessel gesessen hat, hat es ausgeschaut, als ob er nicht mehr lange zu leben hätte. Allerdings ist dem Skorpion nie richtig zu trauen gewesen. Es könnte gut sein, dass er das Geld für was anderes braucht, dass er es gar nicht für eine Operation in den Vereinigten Staaten haben will.

Andererseits steht die Summe dem Skorpion zu – ganz gleich, was er damit macht. Dabei spielt auch keine Rolle, dass er die Goldbarren wahrscheinlich selbst gestohlen hat. Eigentlich ist Puschkin mit 50 000 sogar gut bedient. Für Pia wird immer noch genug übrig bleiben.

Erst gegen Morgen schläft Puschkin ein. So bekommt er nicht mit, wie der Skorpion am späten Vormittag die Wohnung verlässt. Auf dem Küchentisch findet Puschkin später einen Zettel. »Du hast Zeit bis heute Abend«, steht drauf, »sonst gehst du wieder in den Knast!« Er schüttelt den Kopf über so viel Unverstand. Hat der Skorpion vergessen, dass heute Sonntag ist? Dass alle Banken geschlossen haben? Woher soll er bis zum Abend so viel Geld nehmen? Er trägt es doch nicht in seinem Portemonaie mit sich herum!

Nachdem Puschkin gefrühstückt hat, geht er zum Telefon und wählt die Nummer des »Sansibar«.

»Geben Sie mir bitte Carlucci«, sagt er. Diesmal verbindet ihn die Frau ohne weitere Diskussion.

»Bist du mit einem Scheck einverstanden?«, fragt Puschkin, als sich der Skorpion meldet.

Der Skorpion antwortet nicht. Puschkin hört nur den stoßweisen Atem seines früheren Komplizen.

»Hast du dir es also doch überlegt«, sagt der Skorpion endlich, und seine Stimme klingt erleichtert.

»Ja«, knurrt Puschkin, der sich überhaupt nicht erleichtert fühlt. Oder doch – um fünfzigtausend. »Also: Willst du einen Scheck?«

»In Ordnung«, antwortet der Skorpion. »Schreib mir einen Verrechnungsscheck. Ich werde ihn einlösen, wenn ich wieder in Argentinien bin.«

»Ich will dich nie mehr sehen, Paul«, sagt Puschkin. »Hörst du? In diesem Leben nicht und in keinem anderen.«

»Ich dich auch nicht, Hermann.«

»Was wird aus mir?«, fragt Puschkin. »Ich habe keine Lust, mich noch länger zu verstecken.«

»Sobald ich den Scheck habe, schicke ich jemanden zur Polizei«, antwortet der Skorpion. »Der Unaussprechliche bekommt mein Geständnis, eine kleine Entschädigung für die kaputten Fensterscheiben in den Banken und ein paar Sachen, die beweisen, dass du nichts mit den Einbrüchen zu tun hast.«

»Sie werden die Flughäfen kontrollieren«, sagt Puschkin.

Der Skorpion lacht. Diesmal endet sein Lachen nicht in einem Hustenanfall. »Sollen sie doch«, sagt er. »Sie werden mich nicht kriegen.«

»Na dann: Leb wohl, Paul!«

»Adios, Hermann!«

Nachdem er aufgelegt hat, wählt Puschkin Johannes' Nummer. Das Handy von Pias Freund hört die Polizei garantiert nicht ab.

Es klingelt zweimal, dann ist Johannes dran.

»Ich muss unbedingt Pia treffen. Richtest du ihr was aus?«

»Mach ich.«

»Sie soll um Punkt 16 Uhr zur alten Brauerei kommen. In einer Zigarrenkiste in der Kommode in meinem Schlafzimmer liegt ein Scheckbuch. Den Schlüssel für die Kommode findet sie unter dem Wohnzimmertisch. Das Scheckbuch soll sie mir zur Brauerei bringen.«

»Alles klar.«

»Danke, Johannes. Du bist ein toller Junge.«

Puschkins Kommode ist für Pia bisher tabu gewesen. Hier hat ihr Opa die Schlösser versteckt, an denen sie nach der Schule Tresorknacken üben darf.

Aus der Kommode holt er sein wöchentliches Taschengeld für Pia, von dem ihre Eltern nichts wissen und das sie meistens für Eis und Pommes ausgibt. Und hier befindet sich auch das Lager für seinen Lieblingswodka.

Als Johannes sie angerufen und ihr gesagt hat, was Puschkin von ihr will, hat sie ihm zuerst nicht glauben wollen. Opa hat noch nie jemanden an seine Kommode gelassen, Mama hat schon Witze darüber gemacht. »Da hat er bestimmt seine Leichen drin versteckt«, hat sie gelästert. Der Schlüssel, der unter der Tischplatte klebte, hat sie schließlich überzeugt. Die Information konnte Johannes nur von Puschkin selbst haben.

Pia findet die Zigarrenkiste hinter zwei Fotoalben mit alten vergilbten Bildern. Sie steckt das Scheckbuch ein, schließt die Kommode ab und klebt den Schlüssel wieder unter den Tisch. Sie ist bereits aus der Haustür, da kommt Pablo hinter ihr hergelaufen. »Darf ich mit?«, ruft er.

»Nein!«

»Por qué no? Warum nicht?«

Pia zögert. Warum soll er eigentlich nicht mitkommen? Falls der Kirchweg von der Polizei beobachtet wird, ist es vielleicht gar nicht schlecht, dass Pablo sie begleitet. Zwei Kinder, die Fahrrad fahren, sind unverdächtiger als eins, von dem man weiß, dass es seinem Opa bei der Flucht geholfen hat.

»Also gut!«, sagt sie. »Nimm das Fahrrad von meinem Vater!«

Zur Brauerei sind es nur ein paar Hundert Meter. Pia hat hier mit Puschkin Fassadenklettern geübt. Sie kennt jeden Stein, sie kennt sogar den verwinkelten Keller mit den Notausgängen unterhalb des Gebäudes. Immer wieder ist sie hierhergegangen – auch wenn Mama und Papa ihr verboten haben, sich auf dem Gelände herumzutreiben. Dabei gibt es in der Stadt keinen aufregenderen Ort zum Spielen.

»Was wollen wir hier?«, fragt Pablo, als sie vor dem acht

Stockwerke hohen ehemaligen Verwaltungsgebäude stehen. In den Fenstern sind schon lange keine Scheiben mehr, bis hinauf zum zweiten Stock ist die Hauswand mit Graffitis übersät.

»Puschkin treffen«, antwortet Pia.

Pablo schaut sich nach allen Seiten um. »Ist das nicht gefährlich für deinen Opa?«, fragt er. »Die Polizei verhaftet ihn doch, sobald er sein Versteck verlässt.«

Pia legt Pablo die Hand auf den Arm. »Keine Sorge, mein Opa weiß, was er tut.« Das soll überzeugt klingen. Aber wenn sie ehrlich ist, ist sie sich da überhaupt nicht sicher.

In diesem Moment hören die Kinder die Kirchturmuhr vier schlagen. Gleichzeitig ruft eine leise Stimme: »Pia!«

Sie dreht sich um.

»Pia! Pia!«

Pablo packt ihren Arm. »Sieh mal! Da drüben!«, flüstert er.

Aus einem der Fenster im ersten Stock des Verwaltungsgebäudes winkt ihnen eine alte Frau. Sie trägt einen tief in die Stirn gedrückten blauen Hut und einen schwarzen Mantel. Ihre Lippen sind stark geschminkt, viel zu stark für Pias Geschmack. Sie hat die Frau noch nie gesehen. Wieso kennt die ihren Namen? Aber da fällt der Groschen. Mensch, das da vorn ist Puschkin!

Schnell läuft sie zu ihm und wirft ihm das Scheckbuch hinauf. Ihr Opa fängt es auf, grinst und ist im nächsten Augenblick verschwunden.

»Das … war …«, stottert Pablo.

»Puschkin«, sagt Pia und lacht. »Los, wir hauen ab!«

Als die beiden Kinder über einen Schotterweg auf die Straße zurückfahren wollen, stellt sich ihnen plötzlich der Unaussprechliche in den Weg. Wie aus dem Nichts taucht der Kommissar auf und fragt: »Was habt ihr hier zu suchen? Auf dem Gelände ist Spielen verboten!«

»Das wussten wir nicht«, sagt Pia. Die Polizei scheint den Kirchweg tatsächlich rund um die Uhr zu beobachten. Der Unaussprechliche muss ihnen gefolgt sein.

Das Handy des Kommissars klingelt. Er bedeutet den Kindern zu warten und nimmt das Gerät ans Ohr. »Entwischt ... aha ... Notausgang ... was seid ihr bloß für Idio... etwas in die Hand gedrückt ... ja, ich habe verstanden.«

»Was war das für eine Frau, mit der du dich an der Brauerei getroffen hast?«, fragt er Pia.

»Frau?«

»Du hast ihr was gegeben«, sagt der Kommissar.

Pia zögert mit der Antwort. »Ach, die meinen Sie. Ja, äh ...«

»Die hat uns nach dem Weg gefragt«, hilft ihr Pablo. »Da haben wir es ihr aufgezeichnet.«

»Aha«, sagt der Kommissar. Plötzlich läuft er rot an. »Verschwindet!«, brüllt er. »Oder ich vergesse mich! Von euch lasse ich mich nicht mehr auf den Arm nehmen! Nicht von solchen Rotzlöffeln, wie ihr es seid!«

Sofort springen die beiden Kinder auf ihre Räder und rasen nach Hause. Als sie die Räder in die Garage schieben, hält Pia sich den Bauch vor Lachen.

»Aha«, macht sie den Kommissar nach.

»Aha«, kommt das Echo von Pablo.

»Rotzlöffel!«

»Rotzlöffel!«

»Was machen wir heute?«, fragt Pablo, nachdem sie sich wieder beruhigt haben.

»Wie wär's mit Kino?«

»Superidee«, sagt Pablo.

»Aber Johannes muss mit.«

»Claro«, sagt Pablo. »Juan kommt mit.«

# Puschkin sieht Sterne

In den Kellern der alten Brauerei ist es stockfinster. Zum Glück hat Puschkin an eine Taschenlampe gedacht. Während er durch die Gänge hastet, steckt er Hut und Mantel in eine mitgebrachte Plastiktüte. Immer noch im Rennen wischt er sich die Schminke von Lippen und Augen und setzt sich eine bunte Strickmütze auf. Falls ihn die Spürhunde des Unaussprechlichen bei der Übergabe des Scheckhefts beobachtet haben sollten, werden sie nach einer alten Frau mit einem scheußlichen Hut suchen. Er ist schon in vielen Verkleidungen herumgelaufen – sogar als Streifenpolizist und als Feuerwehrmann –, aber als Frau noch nie. Und er hat auch nicht vor, es jemals wieder zu tun.

Vor einer eisernen Treppe, die aus den Kellergewölben nach oben führt, bleibt Puschkin stehen. Sein Puls rast, vor seinen Augen wirbeln Sterne. Er braucht unbedingt frische Luft, sonst schafft er es nicht. Am liebsten würde er den Keller jetzt sofort über die Treppe verlassen. Doch leider endet sie an einer Tür, die geradewegs hinaus auf die Straße führt. Falls die Polizei das Gelände abgeriegelt hat, wird er ihr in die Hände laufen.

In diesem Teil der unterirdischen Gänge scheint Puschkin jedenfalls noch allein zu sein. Sosehr er auch seine Ohren anstrengt, er hört kein Geräusch. Rasch hockt er sich auf eine Treppenstufe, steckt die Taschenlampe zwischen die Zähne, nimmt einen Scheck aus dem Scheckbuch und füllt ihn aus. Fünfzigtausend – nie im Leben hätte er sich vorstellen können, einmal so viel Geld herausrücken zu müssen. Aber allein schon wegen Pia kann Puschkin nicht zurück. Das Kind scheint das Gespräch zwischen ihm und dem Skorpion in der Goethestraße belauscht zu haben. Was soll sie von ihrem Opa halten, wenn er seinem ehemaligen Komplizen nicht hilft? Also unterschreibt er seufzend den Scheck und steckt ihn in einen mitgebrachten Briefumschlag.

Als Puschkin aus der Ferne Männerstimmen hört, läuft er weiter. Kein Zweifel, der Unaussprechliche ist ihm auf der Spur, er hat sich durch die Verkleidung nicht täuschen lassen.

Schließlich erreicht Puschkin die Treppe, die zum vereinbarten Treffpunkt führt. Er schleppt sich hinauf und öffnet die Tür. In einem kleinen Innenhof wartet Walter mit seinem Wagen. Kaum sieht er Puschkin, lässt er den Motor an und sperrt die Beifahrertür auf.

»Gib Gas!«, ruft Puschkin, nachdem er ins Auto geklettert ist.

»Wohin willst du?«, fragt Walter.

»Erst mal weg von hier!«

Der Wagen verlässt den Hof, überquert eine stillgelegte Bahnlinie, folgt einem holprigen Schotterweg, durchquert einen engen Tunnel und landet schließlich auf einer der Straßen, die zum Hafen hinunterführt. Als Walter in sie einbiegt, kommen ihnen zwei Polizeiautos entgegen. Sofort versteckt Puschkin den Kopf zwischen den Armen. »Kommen sie hinter uns her?«, fragt er.

»Keine Panik, sie fahren zur Brauerei«, sagt Walter und lehnt sich entspannt in den Fahrersitz zurück – soweit das bei seinem Gewicht überhaupt möglich ist. »Ich glaube, die sind wir los.«

»Abwarten«, murmelt Puschkin, dem das Herz immer noch bis zum Hals schlägt. »Bringst du mich zum Sansibar?«

»Willst du zum Skorpion?«

Puschkin nickt.

In den Straßen der Stadt herrscht an diesem Sonntagnachmittag wenig Verkehr. Schon bald rangiert Walter seinen Wagen in eine Parklücke vor dem Hotel. Als er den Motor abgestellt hat, zieht Puschkin den Briefumschlag mit dem Scheck aus der Tasche. »Bring ihm das«, sagt er. »Gib es ihm persönlich, hörst du? Wenn der Skorpion nicht da sein sollte, brichst du die Aktion ab.«

Fünf Minuten später ist Walter zurück. In der Hand hält er einen dicken wattierten Umschlag. Er quetscht sich auf den Fahrersitz und sagt: »Den soll ich zur Polizei bringen, Puschkin. Du wüsstest Bescheid.«

»Sonst hat der Skorpion nichts gesagt?«

»Doch«, antwortet Walter. »Du sollst nett zu Pablo sein. – Wer ist Pablo?«

»Pias Brieffreund aus Argentinien. Er wohnt bei mir«, antwortet Puschkin.

»Was hat der Skorpion mit diesem Pablo zu tun?«, fragt er.

»Das ist eine lange Geschichte, Walter. Viel zu lang für eine kurze Autofahrt.«

Zwei Wochen nach Puschkins Flucht aus der alten Brauerei ist Pia auf dem Nachhauseweg von der Schule. Im Kirchweg stößt sie fast mit dem Briefträger zusammen. Der greift in seine Tasche und fingert einen Brief heraus. »Für dich, Pia«, sagt er. »Aus Argentinien.«

Noch auf der Straße reißt sie den Brief auf.

»Querida Pia«, liest sie. »Wie geht es dir? Was macht deine Familie? Hat dein Opa die Aufregungen gut überstanden? Lässt ihn die Polizei jetzt endlich in Ruhe? Du siehst, ich bin neugierig. Du wirst mir also schnell zurückschreiben müssen.

Mein Opa ist vor drei Tagen operiert worden. Er hatte ein Krebsgeschwulst im Kopf, die Ärzte haben es rausholen müssen. Die Operation hat fast neun Stunden gedauert. Stell dir das mal vor! Wie es ausschaut, hat man meinem *abuelo* helfen können. Opa liegt in einem berühmten Krankenhaus in den USA und langweilt sich zu Tode. Jedenfalls hat er das gesagt, als ich gestern mit ihm telefoniert habe.

Bevor er nach Seattle geflogen ist, hat er meinen Eltern und mir gestanden, dass er früher ein berühmter Einbrecher gewesen ist. Obwohl ich seit meinem Besuch bei euch in Deutschland den Verdacht hatte, war ich doch ganz schön geschockt. Er war übrigens auch der Einbrecher in der Nacht, in der ich Juan und dich beobachtet habe. Was er in der Beamtenbank gewollt hat, hat er uns allerdings nicht verraten.

Als Gangster war mein Opa unter dem Namen »der Skorpion« bekannt. Hört sich ganz schön gefährlich an, oder? Er hat mit deinem Großvater in Südamerika zusammengearbeitet. Die Zeitungen haben sogar über sie berichtet. Komisch, dass ich in dem Aktenordner in Puschkins Wohnung nichts darüber gefunden habe. Sonst hätte ich schon früher Bescheid gewusst.

Meine Eltern haben bis zu dem Gespräch mit Opa keinen Schimmer gehabt, dass er ein Krimineller gewesen ist. Vor allem mein Vater war total fertig. Er hat wirklich geglaubt, dass Opa früher als Handelsvertreter unterwegs gewesen ist. Vielleicht konnte mein Großvater seine Vergangenheit nur deshalb so lange geheim halten, weil er nie im Gefängnis gesessen hat. Er habe immer beste Kontakte zur Polizei gehabt, hat er uns erzählt. Wenn etwas gegen ihn geplant war, habe er es erfahren und rechtzeitig abhauen können.

Schon komisch, dass ausgerechnet wir beide Brieffreunde geworden sind. Aber ich finde es prima, dass es so gekommen ist. Schließlich hätte mein Opa ohne Puschkins Geld nicht operiert werden können und sterben müssen.

Habe ich dir eigentlich erzählt, dass mir Puschkin mit seinen Schlössern Tresorknacken beigebracht hat? Ich hätte ein gutes Gehör, hat er mir gesagt, fast so ein gutes wie du. Du musst ihm ganz viele Grüße von mir ausrichten, hörst du? Er ist ein irrer Typ. Ich hoffe sehr, dass ihr mal mit ihm zusammen nach Buenos Aires kommt. Ob sich mein Opa darüber freuen wird, weiß ich nicht. Wenn ich vor seiner Operation über Puschkin gesprochen habe, hat er immer das Gesicht verzogen.

Wie geht's Juan? Ich glaube, er hatte die ganze Zeit über Angst, dass wir beide ... na, du weißt schon. Dabei braucht er überhaupt nichts zu befürchten. Ich finde dich total nett, Pia, ehrlich. Aber ich habe hier in Argentinien seit zwei Monaten eine Freundin. Sie hat schwarze Haare und ist sehr eifersüchtig. Da riskiere ich lieber nichts ...

Jetzt mache ich Schluss. Bitte entschuldige, dass ich so offen zu dir bin. Heute ist der bisher wärmste Tag (29 Grad!) und ich will noch schwimmen gehen.

Ich umarme dich!

Hasta la próxima vez! Bis zum nächsten Mal!

Pablo«

Pia steckt den Brief in ihre Schultasche. »Dieser Blödmann!«, murmelt sie, während sie die Straßenseite wechselt. »Steht auf schwarze Haare!«

Zu Hause ruft sie sofort Johannes an. »Magst du meine roten Haare?«, überfällt sie ihn.

»W-w-wie bitte?«, stottert Johannes.

»Magst du meine roten Haare?«, wiederholt sie. »Los, sag schon!«

»Du hast die schönsten Haare auf der ganzen Welt, Pia.«

Pia atmet auf. Es gibt also doch noch Jungen, die Geschmack haben. »Danke, Johannes. Du bist ein echter Freund. Wollen wir uns heute Nachmittag treffen?«

»Klar. Bei mir?« Johannes' Stimme klingt mit einem Mal sehr fröhlich. Wahrscheinlich ist er tatsächlich eifersüchtig gewesen.

»Ich komme«, sagt Pia.

Beim Mittagessen ist sie mit Puschkin allein, Mama

hat einen Termin bei ihrer Kosmetikerin. Puschkins Spaghetti sind wie immer erstklassig, nur die Soße schmeckt ein bisschen merkwürdig. Wahrscheinlich hat er mal wieder Kümmel drangetan. Er liebt das Gewürz. Wenn man nicht aufpasst, tut er das Zeug sogar in den Pudding.

»Schmeckt's dir?«, fragt er.

Sie nickt. »Nur der Kümmel …«, beginnt sie.

»Kümmel ist gesund«, unterbricht er sie.

»Pablo hat geschrieben«, erzählt Pia und nimmt eine zweite Portion – allerdings diesmal nur mit geriebenem Käse. »Ich soll dich herzlich grüßen.«

»Danke. Und was schreibt der Junge sonst noch?«

»Sie haben 29 Grad in Buenos Aires. Und er möchte gern wissen, warum sein Großvater in die Beamtenbank eingebrochen ist«, antwortet sie.

Puschkin gießt sich einen Verdauungswodka ein. »Dann hat ihm der Skorpion also was erzählt«, sagt er nachdenklich und trinkt. »Aber er scheint ein paar wichtige Dinge ausgelassen zu haben. Finde ich gut. Kinder müssen nicht alles wissen.«

»Opa!«, sagt Pia drohend und hält ihm die Faust unter die Nase. Dann erzählt sie weiter: »Pablos Opa ist operiert worden. Sie haben ihm ein Krebsgeschwulst aus dem Kopf geholt.«

»Schön«, murmelt Puschkin und versinkt in Schweigen.

»Du hast seine Operation bezahlt. Stimmt's?«

Puschkin schaut sie erstaunt an. »Woher weißt du das?«

»Pablo hat es geschrieben. Warum hast du das getan?«, fragt Pia.

»Warum?« Puschkin zögert mit der Antwort. Dann geht plötzlich ein Lächeln über sein Gesicht. »Weil ich bei ihm Schulden hatte, mein Mädchen. Verdammt hohe Schulden.«

»Seit damals?«

Puschkin nickt. »Die Vergangenheit ist niemals vorbei. Niemals! Merk dir das!«

Sie steht auf und gibt ihm einen dicken Kuss auf die Glatze. »Und was ist mit der Zukunft?«

In diesem Augenblick klingelt das Telefon, Puschkin geht ran. »Ja«, sagt er und »kann ich« und »meinetwegen« und »Tschüss«.

»Wer war dran?«, will Pia wissen.

»Der Unaussprechliche«, antwortet Puschkin. »Er braucht mich.«

»Wie bitte?«

»Sie haben den Schlüssel von ihrem Tresor verloren. Es ist ein Security. Jetzt soll ich das alte Schätzchen aufmachen.«

»Und? Wirst du?«

»Aber klar. Einen Tresor unter Polizeiaufsicht knacken – das werde ich mir doch nicht entgehen lassen. Attacke!«